河出文庫

心霊殺人事件
安吾全推理短篇

坂口安吾

河出書房新社

心霊殺人事件　安吾全推理短篇◉目次

心霊殺人事件

安吾全推理短篇

投手《ピッチャー》殺人事件

その一　速球投手と女優の身売り

新しい年も九日になるのに、うちつづく正月酒で頭が痛い。細巻《ほそまき》宣伝部長が後頭部をさすりながら朝日撮影所の門を通ろうとすると、なれなしく近づいた男が、

「ヤア、細巻さん。お待ちしていました。とうとう現れましたぜ。暁葉子《あかつきようこ》が。インタビューとろうとしたら拒絶されましたよ。あとで、会わして下さい。恩にきますよ」

こう云って頭をかいてニヤニヤしたのは、専売新聞社会部記者の羅宇木介《らおもくすけ》であった。

「ほんとか。暁葉子が来てるって？」

「なんで、嘘つかんならんですか」

「なんだって、君は又、暁葉子を追っかけ廻すんだ。くどすぎるぜ」

「商売ですよ。察しがついてらッしゃるくせに。会わして下さい。たのみますよ」

「ま、待ってろ。門衛《もんえい》君。この男を火鉢に当らせといてくれたまえ。勝手に撮影所の中を歩かせないようにな。たのむぜ」

暁葉子は年末から一カ月ちかく社へ顔をださないのである。暮のうち、良人《おっと》の岩矢天《いわやてん》狗《ぐ》が、葉子をだせと云って二三度怒鳴りこんだことがあった。天狗は横浜の興行師で、バクチ打、うるさい奴だ。葉子の衣裳まで質に入れてバクチをうつという悪党で、今まで葉子が逃げださないのが、おかしいぐらいであった。

しかし、葉子に恋人があるという噂《うわさ》を小耳にしたのは、ようやく三日前だ。おまけに、その恋人が、職業野球チェスター軍の名投手大鹿《おおしか》だという。猛速球スモーク・ボールで昨年プロ入りするや三十勝ちかく稼いだ新人王で、スモーク・ピッチャー（煙り投手）とうたわれている。

この話が本当なら宣伝効果百パーセントというところだが、あんまり話が面白すぎる。いい加減な噂だろうと思ったが、羅宇木介が執念深く葉子を探しているのに気がつくと、ハテナと思った。専売新聞はネービーカット軍をもつ有名な野球新聞だ。

細巻が部長室へはいると、若い部員がきて、

「暁葉子と小糸ミノリがお目にかかりたいと待ってますが」

「フン。やっぱり、本当か。つれてこいよ」

暁葉子はかけだしのニューフェイスだが、細巻がバッテキして、相当な役に二三度つけてやった。メガネたがわず好演技を示して、これから売りだそうというところ。細巻もバッテキの甲斐があったといささか鼻を高くしていた矢先であったから、はいってきた葉子とニューフェイス仲間のミノリを睨《にら》みつけて、

「バカめ。これからという大事なところで、一カ月も、どこをウロついて来たんだ。返事によっては、許さんぞ」

「すみません」

葉子は唇をかんで涙をこらえているようである。父とも思う細巻の怒りに慈愛のこもっているのが骨身にひびくのである。

「言い訳は申しません。私、家出して、恋をしていました」

「オイ。オイ。ノッケから、いい加減にしろよ」

「ホントなんです。せめて部長に打明けて、と思いつづけていましたが、かえってご迷惑をおかけしては、と控えていたのです」

「ふうン。誰だ、相手は？」

葉子はそれには答えず、必死の顔を上げて、

「私の芸に未来があるでしょうか。どんな辛い勉強もします」

「それが、どうしたというんだ」

「十年かかってスターになれるなら、そのときの出演料を三百万円かしていただきたいのです」

葉子は蒼《あお》ざめた真剣な顔で、細巻の呆《あき》れ果てたという無言の面持を見つめていたが、やがて泣きくずれてしまった。

ミノリが代って物語った。

「葉子さんの愛人はチェスターの大鹿投手なんです」

「やっぱり、そうか」

「家出なさった時から、私、相談をうけて、かくまってあげたり、岩矢天狗さんと交渉したりしたのですが、天狗さんは、手切れ金、三百万円だせ、と仰有《おつしや》るのです。大鹿さんは、昨日、関西へ戻りました。三百万円で身売りする球団を探しに。葉子さんは反対なさったのです。一昨日は一日云い争っていらしたようです。そして、大鹿さんに選手としての名誉を汚させるぐらいならと、社へ借金にいらしたのです。葉子さんのフビンな気持も察してあげて下さい」

「ふむ。大それたことを、ぬかしよる」

大声で叱りつけたが、神経が細くては出来ない撮影所勤め、太鼓腹をゆすって、案外平然たるものだ。しかし、頭に閃《ひらめ》いたことがあるから、二人を部屋に残しておいて、スカウトの煙山の部屋を訪ねた。スカウトというのは、有望選手を見つけだしたり、買収して引ッこぬいたりする役目で、ここに人材がいないとチーム強化ができない。煙山は日本名題《なだい》の名スカウトであった。

細巻は煙山の部屋へとびこんで、

「オイ、ちょッとした話があるんだが」

「なんだい」

「実はこれこれだ」

と、テンマツを語ってきかせる。

「フーム。ちょッとした話どころじゃないじゃないか。大鹿は灰村カントクの子飼いだから、動かないものだと、各球団で諦《あきら》めていた男だ。しかし、三百万円は高いな。そんな高額は各球団に前例がないと思うが、しかし、三百万の値打はある。あいつが加入すれば、優勝疑いなしだよ。さっそく社長に話してみようじゃないか」

敷島社長の部屋を訪れて相談したが、三百万という値はなんとしても高額すぎる。去年のトレードは五十万から八十万が最高と云われ、今年はベストテンの上位選手で百万、一人ぐらいは、百五十万、二百万選手ができるかも知れないと噂されている。球団が十五に増したから、選手争奪が激しく、高値をよんでいるのである。

「いくら三振王だってたかが新人《ルーキー》じゃないか。百万も高すぎるぜ」

太ッ腹の敷島だが、こう云うのは、ムリがない。

「しかしですね。あれが加入すれば必ず優勝しますよ。優勝すれば、安いものです。とにかく、大鹿は三百万の金がいる。三百万必要だから動くんですよ。さもなきゃ絶対動かん選手なんだから、相場を度外視して、三百万そろえて下さい」

「じゃア、こうしよう。とにかく、三百万、そろえれば、いいのだろう。大鹿に百万。暁葉子の出演料の前貸しとして二百万。これで当って見たまえ。暁葉子の二百万も例外だが、いずれ、返る金だから、あきらめるよ」

「そうですか。じゃ、それで当ってみましょう」

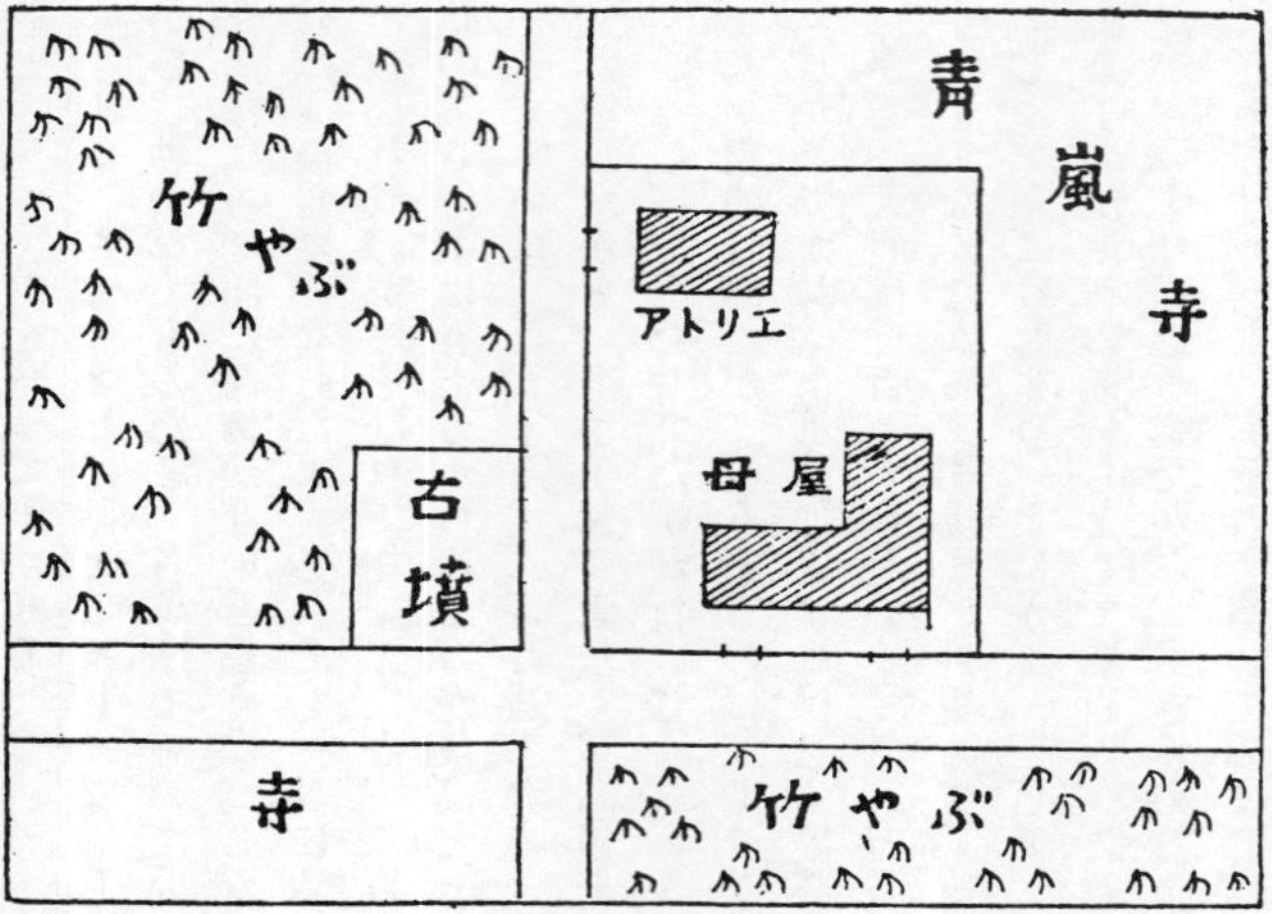

そこで煙山は、さッそくその日の夜行で京都へ走った。京都には、大鹿と葉子が愛の巣を営むための秘密の隠れ家があるのである。それは、大鹿と葉子だけしか知っていない。そこは嵐山片隅のアトリエだ。母屋から、かなり離れて独立している。主人の画家が死んだ後は、使用されずにいたものであった。煙山と細巻は葉子から、くだんの住所をききとると、話が落着するまでは誰にも知られず姿を隠しているようにと言い含めて、裏門から帰させ、煙山も裏門から脱けだして、京都へ走ったのである。

地図をたよりに来てみると、右隣と裏はお寺、左隣が古墳で、前が竹の密生した山という大変な淋しいところ。（上の地図参照）

初対面ではあるが、煙山スカウトとい

えば球界で有名なキレ者、その訪問をうければ、選手は一流中の一流と格づけされたようなものだ。大鹿は敬意を払って迎えた。

「実は、暁葉子が昨日社へ現れて、出演料三百万前借させてくれと云うのだな。君が三百万で身売りするのが見るに忍びんというわけだ。しかし、スターならいざ知らず、海のものとも山のものともつかない、ニューフェイスに、三百万はおろか、三十万でも社で渋るのが当然なわけだ。けれども、君とコミにして、君たちに必要な三百万、耳をそろえようというのだが、どうだろう。君の契約金百万、葉子への前貸し二百万という内訳だ。君の百万という契約金は少い額だとは思わないが」

「御厚意は感謝します。少いどころか、新人のボクに百万の契約金は有難すぎるお話ですが、しかし、ボクもムリと承知で、三百万で身売り先を探しているのです。葉子さんに迷惑かけては、男が立ちません。どんな不利な条件で、たとえば、一生球団にしばられてもかまいませんから、三百万の契約金が欲しいんです」

「なるほど、そうか。君がその覚悟なら、又、話は別だ。それでは、君の意向を社長につたえて、相談の上、返事するから、待っていてくれたまえ。君は、すでに、よその球団へ口をかけていたのか」

「いえ、まだ、どこといって、球団を指定していやしませんが、元夕刊スポーツの婦人記者の、上野光子が、関西方面でフリーの女スカウトの看板をあげてるんです。どこの球団にも所属せず、顔を利用して、ワタリをつけるというわけです。昨夜、上野光子に会って、希望をつたえたのです」

「ふウん。悪いのに、たのんだなア」

大鹿は煙山に顔を見つめられて、あかくなった。

「どうにも、仕方がなかったのです。ボクはまだプロ一年生で、球団にワタリをつける方法の心当りがなかったものですから」

上野光子といえば、球界では名題の女であった。女学生時代はバレーか何かの選手だったというが、五尺四寸ちょッとの素晴らしい体軀、肉体美人だ。好試合を追って、東奔西走、夕刊スポーツに観戦記をものして、スポーツファンの人気を博していたが、選手たちに対しては、怖ろしくニラミの利く存在だった。というのは、一流選手の大半は光子の誘惑の魔手にかかって関係を結んでおり、それを種におさえつけられているからであった。彼女に内幕をあばかれると、たいがいの名選手が家庭争議を起して、神経衰弱にならざるを得ない。

そのニラミをきかせて、フリーの女スカウトをやりだしたのだ。大鹿が顔をあからめているところをみても、彼も亦《また》誘惑にまけた一人だと見当がつくのである。

「光子はこの隠れ家を知っているのだね」

「いえ、この家は葉子さん以外は誰も知りません。上野光子とは外でレンラクしているのです」

「そうかい。それは、よかった。光子がカクサクしても、三百万という大金はどこの球団もださないと思うが、かりに、その口があったにしても保留しておいてくれ。すぐ返事をもってくるから」

「ハ。では、お待ちしています。葉子さんに、心配するな、と伝えて下さい」

「よし、心得た」

　煙山は直ちに東京へとって返す。三百万といえば、話にのる球団があろうとは思われないが、ただ問題は、専売新聞だ。あそこは打撃の一流どこをズラリと揃えたが、投手が足りない。大資本にモノを云わせて、必死に投手引きぬきに暗躍しているのだ。その新聞の記者が朝日撮影所の門前に葉子をはりこんでいるのを見ても、この新聞は大鹿の噂を知ったらしい。

　煙山が京都駅から急行にのると、車中で上野光子にぶつかった。スラリと延びたからだを毛皮で包んで、どこの貴婦人かと見まがう様子だ。

「ヤア、御盛大だね。商用かい」

「あら、煙山さんこそ。誰をひッこぬきにいらしたの？　大鹿投手？」

「え？　大鹿が動くんかい？」

「しらッぱくれて。あなたの社の暁葉子と大鹿さんのロマンス、ちょッと教えてよ」

「え？　なんだって？　初耳だな。君は、どこから、きいてきたのだ」

「そんなに、しらッぱくれるなら、きかなくッとも、いいですよ」

　光子はニヤリと笑って、自分の席へ行ってしまった。

煙山はとうとうイヤなことになったと思った。光子が関西の球団を当る限りは、大鹿の身売りは成功の見込みがない。しかし、東京へ行くとすれば、第一に、専売新聞、次に商売敵《がたき》の桜映画会社である。この二つが大資本に物を云わせて、名選手を縦横無尽にひッこぬいている。現に朝日映画のラッキーストライクからも三名ひきぬかれている。

こいつは油断がならないわい、と煙山も充分に心をかためた。

社へ戻ると大鹿の意向を社長につたえ、又、上野光子が上京して、大鹿売りこみのカクサクをしていることも言い添えた。

「なアに。専売新聞や、桜映画にしたところで、新人投手に三百万だすかい。いいところ、百万だ。ただの五十万でも、ほかの選手から文句がでるだろうぜ」

「しかし、契約の条件によりけりですよ」

「だからさ。最も有利な条件で百万どまりにきまッとる」

「いや、専売新聞に欲しいのは投手です。これは油断ができません。我々に欲しいのも第一に投手。次に三番四番が足りない。もしラッキーストライクに大鹿が加入して、三番にピースの国府一塁手、四番にキャメルの桃山外野手がとれたら、攻守ともに百万ドル。優勝絶対です」

「それは優勝絶対にきまっとる。国府と桃山がとれるかい」

「必ず、とってみせます。百万ずつで、とってみせます。それを条件に、大鹿に三百万、やって下さい。私もスカウトをやるからには、絶対とれないという大鹿をとりたいのですよ。上野光子に負けたくありませんな」

「まア、君、国府と桃山をとってからの話にしようじゃないか。百万ずつで二人がとれたら、大鹿のことも考えてみよう。三人そろえば、優勝絶対だから」

「じゃ、当ってみます。二人がウンと云ったら、大鹿はキットですね」

「まあ、二人のウンを先にきかせてくれ」

「よろしい。三日あとに吉報もってきます」

煙山はただちに再び西下した。

国府と桃山に当ってみると、百万円ならOKだという。煙山はよろこんだ。三日のうちに金をそろえてくるから、ほかの契約は断ってくれと念を押して、安心して、大鹿を訪ねた。

「ヤア、どうも返事がおくれて失礼した。実はコレコレで、国府と桃山の参加を条件に、その時は君にも三百万出そうと云う。どうやら国府と桃山には成功したから、よろこんでくれ。すぐ取って返して、三百万そろえてくるから」

「そうですか。実はちょッと、間の悪いことができたんです」

「どんなことが」

「実は岩矢天狗に二十日に三百万払うという約束をむすんだのです。二十日がせまっているのに、煙山さんから返事はこず、せっぱつまった気持のところへ、昨日、上野光子とレンラクがついたものですから、専売新聞か桜映画へたのんでくれ、どんな不利な条件でも、三百万になればいい、とたのんだのです」

「それは、まずいな。上野光子の返事は？」

「十九日の正午に料理屋で会うことになっています。きっと成功してみせると云いきったのです」

「それは困ったな。今日は十七日だね。十八日朝ついて、夜行で発って、十九日朝ついて、上野光子をだしぬくことはできるが、そうまでする必要はあるまい。私の方は確実なのだ。夜汽車で金を運ぶのは危険だから、十九日の朝たって夕方つく。私の方はハッキリしているのだから、上野光子がどうあろうとも、キッパリ拒絶してくれないか。さもなければ、上野をスッポカして会わないようにしてもらいたい」

「ハア。確実なら、そうします」

「むろん、確実だ。二十日に岩矢天狗に金を払うのは、どこだ」

「岩矢天狗が京都にくることになっています。葉子さんも、十九日の夜、こッちへ着くことになっています」

「そうかい。それなら、十九日中に間に合えばいいわけだ。かならず、約束を守るから、君も守ってくれ。暁葉子のためにも、わが社第一と考えてくれよ」

「ハ。わかりました」

そこで煙山は、安心して、東京へ戻った。敷島社長に以上の話をすると、上野光子の話がそこまで出来かかっている以上、ひくわけにはいかない。

「よろしい。約束通り、大鹿をとろう。今日の夕方までに五百万そろえておくよ」

「そうですか。カバンを持って、うけとりに来ますよ」

「君は今夜たつのかい」

「いえ、明朝たちます。夜汽車に金を運ぶのは危険ですし、上野光子にぶつかってもまずいでしょう。朝の急行の一番早いの、七時三十分にたちます。九時発の特急ツバメが、おそく発車して早くアチラへ着くのですが、特急は知った顔に会いますから、わざと七時三十分にたちます」

「よかろう」

　夕方まで時間があるので、小糸ミノリの家を訪ねて、暁葉子に会った。三百万円の契約がととのったムネを知らせると、安心して、涙ぐんでしまった。

「君も明日、京都へ行くそうじゃないか」

「ええ」

「あんまり、目立たないようにしてくれよ。何時の汽車だね」

「午後一時、東京発。京都へは夜の十一時ちかくに着くはずなんです。岩矢と約束があるのです。汽車の中で岩矢と二人だけの話をつけるつもりなのです」

「それは大鹿君が知っているのかね」

「いいえ」

　葉子は、苦しそうに、うつむいた。

「ずいぶん危険な話じゃないか。私が京都駅へ出迎えてあげようか」

「いいえ、危険はありません。身をまもる方法を知っていますから」

「そうかね。まア、気をつけてくれたまえ」

午後三時半ごろ、煙山は五百万円うけとった。千円札で三百八十万。百円札で百二十万。百円札が大変だ。トランク二つの荷物になってしまった。

ところが、その夜の六時ごろである。

専売新聞の社会部の電話が鳴る。居合した羅宇木介がとりあげると、ききなれない男の声で、

「専売新聞ですね。ハア、あのね。野球通の人にたのまれたのですが、明朝七時三十分発博多行急行にラッキーストライクの煙山スカウトがのるから、尾行してみたまえ、という話ですよ。サヨナラ」

ガチャリときれた。

暁葉子にかかりきって大鹿とのロマンス、大鹿の居所などを追っかけていた木介は、ギョッとして、金口《きんくち》副部長をふりかえり、

「変な電話ですぜ。これこれです」

「ふウン。部長に知らせろ」

部長の自宅へ電話で指令を乞《こ》うと、

「実はな。大鹿のことでは、上野光子が引ッこぬきの話をもちこんでるんだ。上野光子

は今夜の夜行で、京都へ行く筈《はず》だが、この引ッこぬきは金額の上で折合わなかったから、失敗するかも知れん。煙山がでかけるとすれば、これも大鹿引きぬきだ。コッちが引ッこぬきに失敗したら、暁葉子のロマンスを素ッぱぬいてやれ。煙山をつけてみろ。そして、大鹿の愛の巣を突きとめておけ。煙山をつけて行けば、自然にわかるだろう。わかったな」

「ハ」

そこで木介は伝票をもらって、出張の用意をととのえた。

その二　一月十九日正午——一時

とある料亭の別室で、向い合って話しているのは、大鹿と上野光子である。

「桜映画じゃ、一流投手二三人引ッこぬきに成功したらしいのよ。それで、大鹿さんのこと、うけつけてくれないの。それで専売新聞にかけあったんだけど、どうしても、百万までね。まア、それが、ホントのところ、あなたのギリギリよ」

大鹿はむしろそれでホッとした顔だ。

「いえ、もう、その話は、いいですよ。どうも、お世話さまでした」

「アラ。アッサリしてるわね。やっぱりラッキーストライクがいいのね。暁葉子さんのいる所が」

「いえ、そんな話はありませんよ」

「ウソ仰有《おつしや》い。今夜、煙山クンがコッチへ来るでしょう」

「そんな話、知らないですね」

「フン」光子の眉間《みけん》にピリピリ癇癪《かんしやく》が走った。

「あなた、専売新聞のネービーカット軍に移籍しなさい。お約束の三百万、だします。専売から、百万。私から、二百万。私の全財産ですわ。どう？」

「もう、お金の必要がなくなったんです」

「なに云ってんのさ。なぜ、あなたが三百万円欲しかったか、私はチャンと突きとめてますよ。誰から、きいたと思う？　岩矢天狗氏よ。あす二十日でしょう。彼氏、京都へ、暁葉子の手切金、うけとりに来る筈よ。三百万、払える？」

「ええ、ま、なんとかなります」

「甘チャンね。煙山クン、お金なんか、持ってきやしないのよ。持ってくるのは百万だけよ。それで、なんとかなるの？」

そこは大鹿の急所だ。なんといっても、三百万という大金は、手にとってみないうちは、煙をつかむようで、見当がつかない。思わず言葉を失って、うなだれてしまった。

「私は煙山クンに会ったわよ。百万でごまかすツモリなの。あとは暁葉子の義理でひきずる算段よ。卑怯じゃないの。あなた、それでもいいの」

光子の目がランランと火をふいている。

「たとえ岩矢天狗のようなヨタモノ相手でも、人の奥さんとネンゴロになって、損害バイショウが払えなかったら、男がすたるわよ。野球選手の恥サラシじゃないの。私が二百万だしますから、岩矢天狗に、札束叩きつけてやってよ」

「あなたから、お金をもらうイワレはありませんよ」

「イワレはなくったって、お金が払えなかったら、どうするのよ」

「なんとかします。ボクは覚悟しました」

「なんの覚悟よ」

大鹿は男らしく、顔に決意をみなぎらした。

「そのときは、たぶん、死にますよ」

「バカね」

光子は苦笑したが、やがて顔色をやわらげた。

「未来の世界的大投手が、そんなことで死ぬなんて、ダラシのないことね。私の言うこと、ききなさいな。私からお金をもらうイワレがないって云うけど、私と結婚しましょうよ」

大鹿はビックリして目をあげた。

「おどろくことないでしょう。去年の夏は、たのしかったわね。私、あなたの初登板の時から、日本一の大物だと思ったわ。ピースの豪球左腕投手一服《いっぷく》クンが嫉《や》いてね。なぜ、あんな小僧を相手にするんだ。なんて、つめよるのよ。小僧なんて、何云うのよ。あんたの三振記録なんて、小僧クンにたちまち破られるからって、言ってやったのよ。一服クン、去年の暮ごろから、しつこく私にプロポーズしてるのよ。今日も、街で出会ったの。一服クン、京都に住んでるでしょう。でね、すぐ結婚しよう、泊りに行こうなんて云うから、ハッキリ云ってやったの。私は二三日中に、大鹿さんと結婚するんですって。一服クン、青くなって、怒ったわよ」

大鹿はなんとも不快な気持がこみあげてきたが、しかし、この先どうしたらいいのか、思えば、クラヤミがあるだけだ。胸がつぶれる悲しさである。

「なにを、ふさいでいるのよ。ほがらかに、ハッキリなさいな。私と結婚するのよ。そして、ネービーカットへ移籍するのよ。煙山クンや、ラッキーストライクの卑劣さを嘲笑ってやりましょうよ。私、あなたのために、二百万円失うぐらい、なんとも思っていないわよ」

大鹿は冷めたく目をあげて、

「あなたと結婚するんでしたら、こんなに骨身をけずる思いをして、三百万円で苦労しやしませんよ」

光子の顔色が変った。

「なんですって?」

「ボクは暁葉子さんと結婚したいのです。そのために、こんなに苦しい思いをしているのです」

「フン。結婚できないわよ。岩矢天狗に三百万円、払えないもの」

「その時の覚悟はきめていますよ。どなたのお世話にもなりません。自分一人で解決します。色々と面倒なことお願いして、すみませんでした。失礼します」

「お待ち！」

「いえ、ボクの気持をみださないで下さい」

クルリとふりむくと、ひきとめる手をふりはらって、大鹿は、立ち去ってしまった。光子が追って出た時は、もう大鹿の姿はなかった。

光子はジダンダふんだ。どうしても、大鹿の住所を突きとめねばならない。突きとめてみせる。そして、復讐してやる。ラッキーストライクへの移籍話をぶちこわして、三百万円をフイにさせ、岩矢天狗への支払いを妨害してやる。そして、自分に縋《すが》らざるを得ないようにしてみせる。天下の女スカウト上野光子は誰にも負けない女なのだ。

何時に着くかは知れないが、今夜中には煙山が来る筈だ。なぜなら、明朝までに、三百万の契約金を大鹿に手渡す必要があるだろうから。彼女は煙山を京都駅に張りこんでやろうかと思った。しかし、張りこんで、後をつけたにしても、その時はもう彼らの商談の終りだ。

光子が考えこんで歩いていると、一服投手にパッタリあった。

「さっきは、よくも、捨てゼリフを残して逃げたな。ヤイ、お光」

「なによ。天下の往来で」

「フン。どこだって、かまうもんか。キサマ、ほんとに大鹿と結婚するのか」

「フフ」

「オイ。もし、結婚するなら、キサマか、大鹿か、どっちか一方、殺してやる」

「すごいわね」

「なア、オイ、ウソだと云え」

「さア、どうだか。今のところ、ハッキリしないから。二三日うちに分るわよ。大鹿さんと結婚するか、しないかが」

「大鹿はどこに住んでる」

「私もそれが知りたいのよ」

「フン。隠すな。痛い目をみたいか」

「隠すもんですか。私も探しているのだもの。あんた、探せたら、探してよ」

「よし、探してみせる。ついてこい」

「どっちよ」

「だいたい見当がついてるんだ。大鹿が、嵐山の終点で下車するという噂があるんだ」

「あそこから、又、清滝行の電車だってあるじゃないの」

「なんでも、いいや。意地で探してみせるから。オレが大鹿と膝ヅメ談判して、奴が手をひくと云ったら、お光はオレと結婚するな」

「さア、どうだか。大鹿さんと結婚しないったって、あんたと結婚するとは限らないわよ」

「そうは云わせぬ」

「じゃア、どう言わすの」

「とにかく、大鹿の隠れ家を突きとめてみせるから、ついてこい」

一服は、光子をムリヤリひっぱるようにして歩きだした。光子も大きいとは云え、六尺ゆたかの一服のバカ力にかかっては、仕方がない。

しかし奇策縦横の自信は胸に満々たる光子、イザという時の用意には充分に確信があるから、このデクノボーのバカの一念で大鹿の隠れ家が分ったら、モッケの幸い、と内内ホクソ笑んで、ひっぱられていった。

その三　尾　行

同じ朝の東京駅、七時三十分発博多行急行発車の十分前。金口副部長と羅宇木介が、煙山の姿の現れるのを待っている。

見知らぬ土地での追跡に一人じゃ危いというので、金口副部長も同行する事となったのである。

「ヤ、来た、来た」

「どれだい。煙山は？」

「ヤに大きなカバン二つぶらさげてやがら。あの男ですよ」

「あの鳥打帽かい？」

「そうです」

四十五六の苦味走った男。この煙山、野球のスカウトで名高いが、本来は、剣道と柔道の使い手、五尺四寸五分のあたりまえの背丈だが、ガッシリした体格だ。スカウトとしては名声があるが、その私生活は、はなはだ世評の香《かんば》しくない男だ。銀座にキャバレーを経営しているが、ここまで云えば、あとはアッタリマエでしょう、説明がいらぬという人物。モグリの商事会社もやってるし、あの手この手のイカサマ、きわどいところで法網をくぐっているのがフシギなくらい。しかし野球のスカウトとしてだけは、実績をあげ、名声は隆々として、そのせいか、そッちでは、暗い噂をきかない。引ッこぬき作業自体が、イカサマ事業に類しているから、それで満ち足りているのかも知れない。

煙山が乗車したのを見届けて、金口と木介は中央の二等車にのる。そこには煙山は乗っていない。

「ハテナ。一等車かな。それとも一番前の二等車かな。モク介、見てこいや」

「ヘエ」

木介はズッと見てきたが、

「イヤハヤ。敵はさるもの、驚きましたわい」

「なにを感心しとる」

「一等車にはいませんわ。一番前の二等車にも、いませんが。なんぞはからん、三等車の隅に、マスクをかけて顔をかくしていやがるよ。サッキの服装を見とったから、見破りましたが、煙山氏、お忍び旅行ですぜ。曰《いわ》くありですな。察するに二ツのトランクは、札束だ」

「今にして、ようやく、気がついたか」

「気がもめるね」

「煙山だって、自分の金じゃないのさ」

「なるほど。あさましきはサラリーマンだね。しかし煙山氏の月給袋は、だいぶ、コチトラより重たいだろうなア」

と、木介は悲しいことを言っている。

無事、京都へとさしかかる。京都着は午後六時四十一分の予定。

「モク介。煙山の車へ行って、見張ってろよ」

「ヘエ」

しかし木介は京都へ着かないうちに、うかない顔で戻ってきた。

「煙山の姿が、見えないですよ」

「便所か」

「煙山の坐ってた近所の人にきいてみたが、みんな知らないってさ。それから一応、アミダナを見て歩きましたが、あのトランクらしきものは二ツとも無くなってますな。コチトラ、自慢じゃないが、トランクに札束あり、と見破ってこのかたツラツラ目に沁《し》みこませておきましたんで、見忘れないツモリですわ」

京都へつく。

二人は改札口のところにガン張って目を皿にしていたが、煙山は下車してこない。降車客は見えなくなった。

停車時間は十五分もあるから、乗換線のプラットホームをしらべたが、見当らない。念のため、もう一度、車内をテンケンすると、京都で乗客の大入換りがあって、かなり空席も目に立つ中に、いる、いる。

煙山は今度は最前部の二等車のマンナカあたりにマフラーで顔を隠し、オーバーの襟《えり》を立てて、雑誌をよんでいる。例のカバンは座席の下へ押しこんで足でおさえている。

「実に要心深い奴だ。しょッちゅう座席を変えてやがんですよ。こうなったら、にがさねえ。コチトラ、ここで見張りますよ」

「よし。オレも見張るよ」

二人は気付かれぬように、彼の後方、はなれた空席に座をとった。

煙山は大阪で降りた。自動車を拾う。二人も自動車を拾って追跡。新淀川を渡って、吹田《すいた》の近くへ戻ってきて、小さな住宅の前へとまる。

金口は自分で降りていって、煙山の運転手に、

「オレたちは怪しいものじゃない。新聞記者だ。ちょッとワケがあって、つけているから、つけ易いようにカーブのとき、たのむぜ」

と、チップをにぎらせた。

そして煙山の入った家の門札を見ると、驚いた。キャメル軍の猛打者桃山外野手の住居である。

「敵は桃山か。こいつは、虚をつかれたな。さすがに、やりおるわい」

十四五分もたつと、煙山は出てきた。又、追跡、車は国道をブッ飛ばしてグングン京都の方角へ戻る。細い道へまがりこんで、辿《たど》りついたのが、山崎の里。相当な門構えの家の中へ、煙山は消えこんだ。

そこの門札をしらべると、ピース軍の至宝、好打の国府一塁の生家である。

「いよいよ出でて、いよいよ奇、やりおる、やりおる」

「怪物の名にそむきませんなア。敵ながら、アッパレな奴ッちゃ。これで札束がだいぶ減りおったろう」

木介は札束ばかり気にしている。

「モク介。この契約金、いくらと思う」

「罪なこと考えさせる手はねエですわ」

また十四五分で煙山が現れる。

自動車は一散に京都へ。

「なるほどねえ。ちゃんと諸事片づけて、大鹿の隠れ家へか。敵は順を考えとる。コチトラの追跡、知ってやせんですか」

「そうかも知れん。汽車の中から、ちゃんと見抜きおったかな」

「どうも、いけませんわ。札束のへリメにしたがって、コチトラの腹がへるらしい。はやくヤケ酒がのみたいな」

車は京都の市街へはいった。車の止ったところは、河原町四条を下って、はいった、裏通りの、小粋な家。しかし、小ッちゃな、料理屋のようなところ。しかし、旅館の看板がぶらさがっている。そこまで送って自動車は戻っていく。二人も車を降りた。

「さては、ここが大鹿の隠れ家かな。よろし、こうなったら、オイラも泊りこんでやれ」

「よか、よか」

二人が旅館の玄関へ立つと、老婆がチョコチョコ出てきて、

「おいでやす」

「お部屋ありますか」

「お部屋どすか。あいにくどすなア。満員どすわ」

「今、一人、はいったでしょう」

「ハア、予約してはりましたんや」

「ズッと長く泊ってる人が一人いるでしょう」

「どないなお人どすねん」

「六尺ぐらいの大きい男」

「知りまへんなア」

「今、はいった人の知り合いの若い大男」

「知りまへんなア」

仕方がないから、二人は廻れ右。時計を見ると、九時五十分。

「アッ。ここに、ウドン屋があらア。一杯のんで、きいてみようや」

「それあるかな」

熱カンをつけてもらって、前の旅館に大男が泊っていないかサグリを入れるが要領を得ない。

「オッサン、野球、見ないかね」

「野球やったら、メシよりも好ッきやね」

「チェスターの大鹿投手、知ってるかい」

「スモーク・ピッチャーや。ヒイキしてまんね」

「その大男や。前の旅館に泊っとらんか、そういう人物は」

「見かけまへんなア」知らなければ、長居は無用。

「ままよ。当ってくだけろ。いっそ、煙山に面会を申込もうや。相手が、どう出るか、やぶれかぶれさ」

「がってん」

そこで再び旅館にとって返して、

「さっきの煙山さんに会いたいが」

「ハア。煙山はん、御散歩におでかけどすわ」

「ヤヤ」

木介は奇声を発した。金口はさすがに落着いて、

「どんな姿。宿のドテラ」

「いえ、洋服どした」

「さては、カバンをぶらさげて！」

木介、カバンの執念、でかい声で、思わず、わめく。老婆はビックリして、

「いえ、カバンは置いてかはりましたんや。散歩どすよってなア」

「フーム。奇々怪々」

二人はガッカリして外へでた。

「まア、仕方がない。ひとつ、支局へ寄ってみようや」

支局へ立ち寄ると、夕方五時ごろ本社から金口宛ての電話があって、午後十時四十七分着急行で、暁葉子と岩矢天狗が京都へ着くはずだから、その時間に京都駅へ行ってみろ、と、指令してある。

ところが、彼らは失敗した。まッすぐ支局へ行けばよかったものを、新京極《しんきょうごく》をブラついて、串カツで一杯ひっかけたりしたから、支局へ現れたのが、十一時五分だ。アッと叫んだが、後の祭り。それでも、汽車がおくれて着くかも知れないと、哀れな神だのみ、出かけようとすると、

「そう、そう。あなた方の代りに、別の迎えが行ってますよ」

「誰が？」

「ちょうど、五時半ごろでしたかネ。上野光子女史が現れて、大鹿と懇談したけれど、本社が金を出し渋るから、契約がまとまらない、と云うのですね。クサリきっていましたよ。それで、こんな電話があったが、大鹿問題に関係があるんじゃないかというと、大ありだ、これで脈があると云って、とびだしましたよ。停車場で、二人をつかまえて、話し合えば、なんとかなる見込みがあると言って、にわかに元気をとりもどしたようです」

「ハア。そうかい。コッチは一向に元気がもどらねえや」

と、それでも車をとばして駅へ行ってみたが、急行列車は時間キッチリついて、もとより、急行から降りた客が、今ごろうろついている筈がない。

二人は宿をとって、まさにヤケ酒をのむこととなってしまった。

その四　殺人事件

おそらく二人がまだヤケ酒をのみ終らない時刻であったろう。

午前二時半ごろであった。

大鹿にアトリエをかしている葉巻家の庭に面した廊下の雨戸をたたいて、助けをもとめる女の声が起った。葉巻太郎、次郎の兄弟が雨戸をあけると、立っているのは血まみれの暁葉子である。

「アッ。暁さん。どうしたんですか」
「大鹿さんが、殺されています」
「エッ。あなたは、どうかなさったんですか。どこか、おケガを」
「いいえ、私、気を失って、倒れてしまったのです。今まで気を失っていました。はやく、警察を」

そこで、警察の活動となったのである。
アトリエは二間半に三間の洋室が一間だけ。ほかに手洗い場と便所が附いているだけだ。ベッドと、洋服ダンスと、机と、テーブルに椅子が三つある。（上の図面参照）

大鹿は戸口から一間ぐらいのところから、斜、中央に向って俯《うつむ》向きに倒れている。傷はいずれも背後から鋭利な刃物で突かれたもので、背中に四カ所、頸《くび》一カ所、メッタ刺しにされている。

あたりは鮮血の海であった。壁から天井まで、血しぶきがとんでいる。

暁葉子は訊問に答えて云った。

「私がここへ来ましたのは、午前零時ちょッと過ぎたころと思います。入口の扉には鍵がかかっていませんでしたが、アトリエの灯《あかり》は消えていました。私は、しかし、扉をあけて、はいった右側にスイッチのあるのを知ってますから、すぐ電燈をつけました。私は室内を一目見て、茫然としました。駈けよって、ちょッと抱き起そうとしたように覚えています。もう大鹿さんの死んでいることに気付いて、私はその場に気を失ってしまったのです。ふと、我にかえって、葉巻さんの庭の雨戸をたたいたのです」

たしかに葉子は血の海のなかに倒れていたに相違なかった。衣服も、顔も、血まみれであった。

「ハテナ。誰か屍体《したい》につまずいたのかな。ここに血にぬれた手型がある。あなたは、つまずきやしなかったでしょうね」

「私はつまずきません。すぐ灯をつけましたから」

「なるほど。女の掌《てのひら》ではないようだ。被害者の掌よりは、小さいが」

たしかに、誰か、手型と、靴の跡とを残して逃げた者があった。

「暁さんは、タバコ、吸いますか」

「いいえ。大鹿さんも、タバコはお吸いになりません」

「なるほど。だから、灰皿の代りに、ドンブリを使っているのだな、しかし、たしかに、少くとも一人の男と、一人の女がタバコを吸っている。男が、一本。女が、二本」

犯人は、彼だ。葉子は、すぐ、思った。しかし、タバコを吸った女というのは誰だろう。上野光子だろうか。

葉子は警官に打ち開けた。

「私は犯人を知っています。あの人に相違ありません」

「あなたは見たのですか」

「いいえ。私と一しょに、東京から来たのです。私の良人の岩矢天狗です」

「一しょに、ここまで来たのですか」

「いいえ、京都駅まで、一しょでした。私は岩矢と離婚して、大鹿さんと結婚することになっていました。大鹿さんは私の手切れ金として岩矢に三百万円渡すことになっていました。明日の正午に受取ることになっていましたが、岩矢は明日の午後三時に、ある人に支払いする必要があって、今夜のうちに、金が欲しいと言いだしたのです。私は今日の夕方、煙山さんが大鹿さんに三百万円渡したことを知ってますし、岩矢の態度には変ったところがなく、彼の欲しいのは金だけで、ほかに含むところがない様子を見てとりましたから、それでは、今夜のうちに大鹿さんからお金をいただきなさい、いっしょに隠れ家へ行きましょう、と、なんの気なしに隠れ家も教えました。青嵐寺の隣のアトリエと云えば、すぐ、のみこめる筈です。青嵐寺は有名な寺ですし、隣家は一軒しかありません。私は、できるだけ早く手切金を渡して、ツナガリを断ちたい気持がイッパイですから、まさかに、こんなことになろうとは思わず、教えてしまったのです」

「なるほど。お二人は、一しょにここへ来たのじゃないのですか」

「一しょに来るはずでした。京都駅へ降りて、改札をでると、私をよびとめた人がありました。見知らぬ女の方ですが、上野光子というプロ野球のスカウトですと自己紹介なさったのです。私たちが立話をしているうちに、イライラしていた岩矢は、いつのまにか、姿が消えていました。私は彼の急ぐ理由を知っていました。明日の三時までに横浜に戻るには、零時三十二分発の東京行以外にありません。それが最終列車です。私たちが京都駅へ着いたのは午後十時四十七分で、一時間と四十五分しか、間の時間がないのです。自動車で往復してギリギリで、ほとんど余裕がありません。岩矢の姿が見えないので、アッと、後を追おうとすると、上野さんが私の腕をつかんで引き留めました。行かせてくれないのです。私はしかし岩矢の急ぐ理由が、ただ汽車の時間のためだと信じていましたので、大きな不安はもちませんでした。そして、上野さんの命のまま、駅にちかい喫茶店へはいりました」

「何か話があったのですか」

「上野さんは、私に、大鹿さんとの結婚をやめなさい、と仰有るのです。大鹿さんはチェスター軍の灰村カントクに義理もあり、チェスターとの契約に特殊事情もあるので、お金に目がくらんで他の球団へ移籍すると、聯盟の問題になり、出場停止はおろか、プロ球界から葬られてしまうと仰有るのです。恋愛のために大鹿さんが野球界から捨て去られてしまうのを見るに忍びないから、忠告にきたと仰有るのです。でも、私は、大鹿さんから、うかがって、知っていました。大鹿さんは灰村カントクに育てていただいた義理はありますが、チェスターとの契約は一シーズンだけで、今度のシーズンの契約は、まだ取きめていなかったのです。私はそれを主張して、上野さんと争論になりましたが、果しがないので、立上りました。そんなことで、二三十分、費したでしょう。そして私は自動車を拾って、ここへ一人できたのでした」

「この隠れ家を知ってるのは誰々ですか」

「二人のほかに、私が教えてあげたのは、煙山さんと、岩矢だけ、あとは心当りがありません」

ところが母屋の葉巻太郎が、意外な証言をした。

「今夜九時ごろでした。一服さんがウチの玄関へきて、ここに大鹿さんが泊ってるだろうと仰有るのです。私がアトリエへ案内してあげました」

「一服って、どんな人だね」

「ピースの左腕剛球投手、一服さんですよ」

「アッ、そうか。そして、そのほかに、訪問客はなかったのですか」

「それは分りません。一服さんは、ウチへきてお訊きになったから、分ったのです。さもなければ、かなり離れていますし、木立にさえぎられていますので、アトリエの様子は分らないのです。それに冬は、日が暮れると、雨戸をしめてしまいますから」

「何か変った物音をききませんでしたか」

「何もききません。よく睡っていましたから」

そこで所轄署に捜査本部をおき、屍体を検視して現場は鑑識員の徹底的な調査と、それから、家探しが行われた。

判明した事実で、特に注目すべきところは、次のようなものだった。
一、大鹿はラッキーストライクと新契約し、三百万円受取ったらしいが、その三百万円は紛失している。
一、契約書は俯伏した胸の内ポケットにあり俯伏していたので、血によごれていないが一月十九日に契約したものである。大鹿の署名は墨筆で書かれているが、この部屋には墨汁も毛筆もない。
一、出血の状況から見て、加害者の衣服は血を浴びているであろう。
一、刺傷によって判ずるに犯人は相当の腕の力があるらしい。
一、大鹿のズボンのポケットに、上野光子の名刺があり、東京の住所は印刷してあるが、京都のアパートの所番地が鉛筆で書きこんである。光子自身の手らしく、女手である。
一、血にぬれた靴跡と手型があるが、被害者のものでもなく、葉子のものでもない。
一、テーブルの上に、ドンブリを灰皿の代りにして、二三本の外国タバコの吸いガラがあり、二本には口紅がついており、一本にはついてない。

一、しかし、来客に湯茶を接待した形跡はない。
一、被害者の指紋は諸方にあるが、ほかに特に注目すべき指紋は見当らない。
一、兇行時間は、警察医の検視によっては午後九時より十二時ごろまでの間とあり、尚《なお》正確には解剖にまつ筈である。
まだ夜の白々《しらしら》明けという時刻に、刑事は一服投手の寝込みを襲って、捜査本部へ連行した。また、名刺に書かれたアパートから、上野光子が連行されて来た。

二人の部屋は、それぞれ捜査したが、血のついた衣類や、紛失した札束は発見されなかった。

ほかに捜査本部で捜しているのは煙山と岩矢天狗であるが、まだ煙山の宿は、彼らに知られていないのである。

まず一服が取調べをうけた。

捜査の主任は京都にその人ありと知られた名探偵、居古井《いこい》警部である。

「君は昨夜、大鹿君のところへ行きましたね」

「ええ。お午《ひる》すぎ、一時ごろから、夜の九時ごろまで探してとうとう彼の隠れ家を突きとめたんですからね」

「夕飯もたべないで」

「それは食べましたよ」

「どうして、そうまでムリして探す必要があったんですか」

「一時も早く解決したい問題があったんです。ボクは上野光子にプロポーズしたんですが、お光は大鹿と結婚したいと云うんです。そこで大鹿の本心をきく必要があったんです」

「大鹿君の返事はどうでした」

「簡単ですよ。大鹿はほかの女と結婚する筈だと云うんです。お光には拒絶したと断言しました。今後お光から手をひくかと訊くと、ひくも、ひかないも、ほかの女と結婚するのに、お光とかかりあっていられる筈がないと云うので、話は簡単明快ですよ。ボクは安心して、すぐ、ひきあげました」

「それは何時ごろです」

「そうですね。九時ごろ訪ねたんですから、まア、二十分ぐらい話を交して、すぐ帰りましたな。新京極で祝盃をあげて、帰って寝ました」

「君は、大鹿君のところでタバコを吸いましたか」

「どうだったかな。ああ、そうだ。吸いました。灰皿かせ、と云うと、ドンブリ持ってきましたよ。奴、タバコを吸わないらしいです」

「そのドンブリは、誰かの吸いがらがはいっていましたか」

「いいえ、洗ったドンブリです。何もはいってやしません」

「ヤ、どうも、ありがとう。ああ、ちょッと。大鹿君はラッキーストライクへ移籍の話をしませんでしたか」

「いいえ、そんな話はききません。ただ金のいることがあって、お光にトレードを頼んだと云っていました。そのためにお光と会うだけで、結婚の話などはないという言い訳なんです」

「どうも、早朝から、御足労でした、もう、ちょッと、待っててください」

一服の証言を信用すれば、彼が帰ったあとで、女が、イヤ、男かも知れないが、とにかく口紅をつけた人物が訪ねて、タバコを二本吸っているのだ。

居古井警部は光子をよんだ。

「ゆうべおそかったようですね。今朝は又、早朝から、御足労でした。昨夜、何時ごろでしたか、大鹿君を訪ねたのは」

光子はフンとうそぶいて、返事をしなかった。その肉体は、小気味よく延びて、堂々たる威勢を放っていた。

「立派なおからだだな。何寸ぐらいおありです」

「一メートル六六。体重は五十七キロ」

「五十七キロ。まさに、ボクと同じだ。ところで、大鹿君からトレードの依頼があったそうですが、その話は、どんな風になっていますか」

「契約が成立したならお話できますが、私のは未成立ですから、公表できません。球団の秘密なのです」

「しかし、大鹿君が移籍すると聯盟の規約にふれて球界から追放されるから、結婚から手をひけと暁葉子さんを脅迫なさったそうですが」

「脅迫なんか、するもんですか。暁葉子こそ、曲者《くせもの》なんです。あれはツツモタセです。岩矢天狗と共謀して、三百万円まきあげるための仕事なのです」

「ホホウ。なぜ、そんなこと知ってますか」

「私は駅の改札口で二人の着くのを待ってたのです。二人は改札口から出てきましたが、岩矢天狗が葉子にこう言ったのです。オレは今夜、さむい夜汽車にゆられて帰るが、同じ時間に女房が男とイチャついていると思うと、なさけねえな、と。すると葉子が、三百万円なら大モウケよ、とナレナレしいものでした。私はムラムラ癪にさわったのです」

「なるほど。それだけですか」

「それで充分じゃありませんか」

「あなたは煙山氏に会いませんでしたか」

「会いません」

「大鹿君に会ったのは何時ですか」

「正午から三十分ぐらい」

「いいえ、昨夜の訪問時刻をおききしているのです」

光子はチラと反抗の色をみせたが、投げすてるように云った。

「九時半ぐらいでしょうよ。何の用もなかったのよ。ただ、河原町四条の喫茶店で、中学生が大鹿さんの話をしていたのです。青嵐寺の隣のアトリエにいると話しているのを小耳にはさんだので、何の用もなく、ブラブラ、行ってみる気になっただけ」

「そのとき、一服君に会いませんでしたか」

「アトリエにちかいところで、すれ違いました。私は自動車でしたが、彼は歩いてました。私は目をそらして、素知らぬ顔で通過しました」

「一服君はあなたに気づいたのですか」

「存じません。私はとッさに目をそらしたから」

「それから」

「アトリエはすぐ分りました。大鹿さんは私を見ると、今、一服氏が帰ったばかりだと言いましたよ。私は彼をひやかしてやりました。葉子夫人が来るから、ソワソワ、落着かないでしょうねッて」

「彼は、葉子さんと岩矢氏が一しょの汽車で、十時四十七分に着くことを知ってますか」

「私がそれを言ってやりました。一しょに来るなんて、変テコねッて。そして、専売新聞の記者が駅に待ち伏せているッて言ってやったら、ギョッとしたわね。でも、到着の時間は教えてやりませんでした。なぜなら、私が出迎える必要がありましたからね。そして、もう着いたころよ、とごまかしておいたんです」

「ラッキーストライクと契約を結んだ話をしませんでしたか」

「私は訊いてみましたが、彼は言葉をにごして、返答しなかったのです。しかし、私には分りました。彼の態度に落着いた安心がみなぎっていたので、契約に成功したな、と分ったのです。昼、会った時は、心痛のために、混乱していたのですから」

「そして、何時ごろ、そこを出たのですか」

「十分か二十分、居所が分ったツイデに、ちょッと冷やかしに寄っただけよ。十分か二十分ぐらい。表に車を待たせておいたのですから」

「あなたはタバコを吸いましたね」

「もちろん。私はタバコなしに十分間空気を吸っていられませんよ」

こう言うと、彼女はケースからタバコをとりだして、火をつけた。

「あなたは、ワザワザ京都にアパートをお借りなんですか」

「プロ野球の関係者は、たいがい、そうです。しょッちゅう東西を往復しますから。一々旅館へ泊るより、アパートを借りとく方が便利なんです。スカウトなんて、人目を忍んで仕事を運ぶ必要がありまずから、たいがい人に知れないアジトを持っているものです。煙山氏ぐらいのラツワン家なら、アジトの三ツ四ツ用意があるにきまっています」

「あなたは一ツですか」

「ええ、一ツ。カケダシですから」

「あなたは煙山氏のアジトを知ってますか」

「いいえ。それを人に知られるような煙山クンではありませんね」

「すると、あなたが大鹿君のもとを立ち去る時は彼氏ピンピンしていましたね」

「私が殺したとでも仰有るのですか」

「いいえ、何か怪しいことにお気付きではなかったかと、おききしているのですよ」

「何一つ変ったことには気付きませんでしたね。私は車で駅へ走りました。駅で暁葉子氏をつかまえるまで、誰にも会いません。自動車の運転手を探して訊いてごらんになると、分るでしょう」

「なるほど、ハッキリした証人がいるわけですね。どんな運転手ですか」

「私は覚えていませんが、先方は覚えているでしょう。昨夜の話ですから」

「そうですとも。すると、十時ちかくまで、大鹿君は生きていたのですね」

「そうです」

「や、どうも御苦労さま。もう、ちょッと、調べがすむまで、待ってて下さい」

葉子、光子、一服の三証人を署にとめておいて、集った資料だけで、捜査会議がひらかれた。

とにかく、岩矢天狗と煙山の行方をさがすのが先決問題であった。

その五　汽車の中の契約

金口と木介は八時半ごろ支局の若い者に叩き起された。ヤケ酒のフツカヨイで、頭が痛み、まことに心気爽快でない。

「大事件が起りましたよ。大鹿投手が昨夜殺されたのです。支局長は捜査本部へつめかけていますよ」

「アレレ。予期せざる怪事件。犯人は誰だ」

「まだ分りゃしませんよ。怨恨《えんこん》、物盗り、諸説フンプンでさ。支局長からの電話では、ラッキーストライクから受けとった三百万円が紛失しとるそうです」

「嘘つけ！」

「アレ！　なんたる暴言」

「ソモソモ我等こと二名の弥次喜多はだな。東京のビンワンなる記者であるぞ。コチトラは朝の七時半から夜の九時半すぎまで、煙山を追っかけてきたんや。彼の足跡あまねくこれを知っとる」

「コレコレ。あんまり、大きいことを言うな」

と、さすがに金口副部長、木介を制したが、木介いささかも、ひるまない。

「いえ、あまねく、知っとるですわ。煙山は夜の九時半までは確実に大鹿に会うとらん。九時半までは、三百万円は煙山のカバンの中にあり、九時半すぎは、旅館においてあったです。大鹿は、何時に殺された？」

「夜の九時から十二時の間」

「ソレ、みろ」

「オイオイ、モク介。あわてるな。われらも渦中の人物や。考えてみろ。我等こと何故に煙山を追っかけたか、これ、怪人物の電話によるものである。これは、イカン。何者か、我等ことを笑うとる陰の人物がおるわ。捜査本部へ出頭じゃ」

そこで両名は捜査本部へ出かけた。

居古井警部は、両名の怪しき陳述に、いささか呆れた様子である。

「すると、あなた方は東京からズッと京都まで煙山氏を尾行してきたのですね」

「仰《おお》せの通りで」

警部は一人の刑事に命じて、両名からきいた旅館の名を教えて、煙山に出頭してもらうように命じた。刑事はすぐ、でかけた。

「すると、大阪へ降りて、桃山、国府両選手を訪ねて、あとはマッスグ京都へ、ね。全然大鹿に会う時間はないワケですね。九時半ごろまで」

「左様で。しかし、ですな。我等ことがウドンをくい、酒をのんどるヒマに、煙山は散歩にでてしもうたですわ。しかし、カバンは、持って出ませんということで」

「しかし、九時半に上野光子が大鹿を訪ねていますが、そのときは契約を交したあとらしく、安心しきっていたそうですな」

「アレマ」

「無名の怪人物からの電話で尾行を命令したのですな」

「イヤ、煙山の出発の時間を知らせて来たのですわ」

「そこが、ちょッと、面白いですな」

「変な電話がチョイチョイかかってくるもんですわ、新聞社ちゅうトコは。たいがいインチキ電話ですが、今度ばかりは、煙山の出発時刻から、ズバリそのもの。東京のフリダシから京都の上りまで、チャント双六《すごろく》ができてますわ。やっぱり、正月のせいかな」

「まったく、妙ですな。尾行の様子をくわしく話して下さいよ」

そこで木介が得たりとばかり、ルル説明に及ぶ。

そこへ煙山が連れられてきたので、二人と入れ換ったが、煙山は中折帽に白いマフラー、二つのカバンをぶらさげて現れた。それを見ると、木介が、すれ違いざま、頓狂な叫びをあげた。

「アレレ。この人は手品使いかな。昨日は鳥打帽に黒っぽいマフラーだったぜ」

煙山はギロッと木介を睨《にら》みつけて、居古井警部の前に立った。すすめられて椅子にかけると、彼はクスリと笑って、カバンをあけ、

「ホレ。鳥打と黒っぽいマフラーはここにあります。私らはなるべく人目を避けねばならぬ商売だから、いろいろ要心しますな」

「なるほど。上野光子さんも、そう申しておられましたよ」

「彼も女子《おなご》ながら、相当、やります」

「あなたは昨日、契約金と契約書を持って、上方《かみがた》へ乗りこんでいらしたのですね」

「その通りです」

「大鹿選手と契約を結ばれたのは、何時ごろですか」

「イヤ。それが奇妙なのですよ。汽車が米原《まいばら》へつくと、大鹿が乗りこんできたのです。どうして、この汽車に乗ってることが分ったたか、ときいてみますと、そうと知ってたわ

けではないが、とてもジッと京都に待ってられない不安におそわれ、フラフラと米原まで急行を迎えに出たというんですね。米原京都間は急行はノンストップです。それで、上野光子とのイキサツなども車中で話してくれましたが、イヤ、心配するな、安心しろ、というわけで、汽車の中で、契約書を交して、三百万渡してやりました。新しい千円札は、こういう時に便利で、三百万といったって、あっちこっちのポケットへねじこめますね」

「ハテナ。その契約書は、墨で署名してありましたが」

「その通りです、ごらんなさい」

煙山はカバンをあけて、矢立《やたて》をとりだして示した。

「野球の選手なんてものは、スズリだの毛筆だの、まア、持ってないのが多いもんです。ですから、私は、ちゃんとブラ下げて歩いています」

「さすがに細心なものですな。ところで、あなたは、東京から尾行した者があることを御存知でしたか」

「いいえ、それは知りませんでした。しかし、私の職業柄、常に尾行する者あるを予期して、行動しております」

「なるほどそれで分りました。ところで、あなたの東京発の時間を、誰か知っていたでしょうか」

「そうですなア。社内では、マア社長。それから、誰でしょう。そう、たくさんの人が、知ってる筈はありません。たいがいなら、九時の特急と思うでしょう。一時間半おそく出発して、京都へつくのが一時間四十分ぐらい早いのですから。しかし、特急は知った顔に会うことが多いので、私はめったに利用しません」

「実はですな。御出発の前夜、専売新聞へ、あなたの出発時刻を知らせた電話があったのです。むろん無名の人物からです。さッき奇声を発したのが、尾行の記者ですよ」

「ハハア。それは妙ですなア。私の出発時刻をね。誰だろう。暁葉子は知っていたかも知れんが、そんなことをする筈はない」

「あなたの関西旅行の用向きはもう終ったのですか」

「その通りです。妙なことで、大鹿との契約が早くすんだので、京都へ泊らなくとも良かったのですが、旅館の予約をとっておきましたから、ゆっくり休憩のツモリでな。この十日間に、三度も関西を往復したのですから」

「京都では、いつも、あの宿ですか」

「いいえ。今度の三回だけです。私は、きまった宿にはメッタに泊りません。それに、京都よりも、大阪、神戸、南海沿線などの方に用向きが多いのですよ」

「宿へついてから、散歩されたそうですが」

「そうです。ミヤゲモノを買いにでました。そんなことは殆《ほとん》どしないタチですし、するヒマもないのですが、この日は久しぶりでユックリする気持がうごいて、ミヤゲなども買う気持になったんですな。最後に、こんなものを買いました。京紅、匂袋、女物の扇《せん》子《す》、みんな女のミヤゲです。アハハ」

煙山はトランクをあけて、ミヤゲの品々を見せた。同じ品をいくつも買ってる。ついでに二ツのトランクの中を見せてもらったが変装用具と洗面具のほかは何もない。

「いつごろ散歩からお帰りでしたか」

「そうですなア、四条から三条、それから祇園《ぎおん》の方までブラブラと、あれこれ見て廻って、又、新京極へ戻って、ちょッと寝酒をのんで、宿へ帰ったのは十二時半ごろでしたかなア。一時ちかかったかも知れません」

「どうも、御苦労さまでした。もう、ちょッと、みんなの取調べの目鼻がつくまで、待っていて下さい」

「イヤ、どうも、せっかく手に入れた選手を殺して、ウンザリしましたよ。せっかくの苦労も、水の泡です」煙山は苦笑して、去った。

居古井警部は葉子をよんで、煙山の出発の時刻を知っていたか訊いたが、朝出発とだけ知っていたが、時刻は知らなかったとのことで、又、それを誰に話しもしなかった、という返事であった。

そこへ刑事が引ッ立ててきたのは、岩矢天狗であった。三十七八の小柄だが、腕ッ節の強そうな男だ。彼はきかれもしないのに、いきなり、喚《わめ》いた。

「冗談じゃ、ないよ。オレが真ッ暗の部屋へはいって行ったら、屍体につまずいて手をついたんだ。ライターをつけて、室内を見た。スイッチを見つけたから電燈をつけて、こいつはイケネエと思ったたね。すぐ手を洗って、電燈を消して逃げだしたんだ。三分か五分ぐらいしか居やしない。ちゃんと、もう、死んでたんだ。靴跡や手型はあるかも知れんが、拭いてるヒマもねえや。運ちゃんを探して、きいてみな。自動車を待たせといて、人殺しができるかてんだ。しかし、なんしろ、人はオレを疑うだろうと思うと、慌てるね。三百万円はフイになるし、横浜へも帰られない。ママヨと、パンパン宿へ行ったのさ」

赤い顔だ。酒をのんでるらしい。衣服の胸や袖口、膝や、ところどころ血がついてる。かなり拭きとったらしいが、よく見ると分る。

手型と靴をしらべてみると、たしかに岩矢のものにマチガイない。

「お前は葉子にミレンがなかったのか」

と、居古井警部が鋭くきいた。

「いくらか、あるさ。しかし、三百万で売れるなら、どんなに惚れた女でも、手放すね」彼は冷然と笑った。

「よし、まア、待ってろ。運転手にきけばわかることだ。どんな運転手だ」

「そっちで勝手に探すがいいや」

「ウン、そうするよ。あッちで、休んでいてくれ」

岩矢天狗を退らせて、居古井警部は背延びした。

「ゆうべの京都のタクシーはだいぶ嵐山を往復したのがいるわけだ。ひとつ、探してくれ。それから、時間表を見せてくれ。博多行急行の米原着は、午後五時五分か。京都から午後にでかけて米原でそれに乗って戻ってくるには、一つしかない。京都発午後二時二十五分。米原着四時三十分か」

居古井警部は目をとじて考えこんだ。

「米原まで出かけて行った淋しい不安な気持は分るが、しかし、ちょッと、契約書を見せてくれ」

それを手にとって、睨んでいた。

「走る汽車の中でこんなハッキリ毛筆で書けるかなア。停車時間以外にはなア」

彼は又考えこんだが、一服投手をよばせた。

「君は大鹿君のところから帰るとき、上野光子さんの自動車とすれ違ったそうだネ」

「イエ、知りません」

「しかし、自動車とすれ違ったろう」

「さア、どうですか、覚えがありませんよ」

「だって、あんな淋しい道に、かなり、おそい時刻だもの、印象に残りそうなものじゃないか」

「でも、考えごとをしていたせいでしょう」

「そうかい。どうも、ありがとう」

居古井警部は、長い瞑想の後、呟《つぶや》いた。

「どうしても、犯人はあれだけしかないネ、ハッキリしとるよ」

そして快心の笑《えみ》をもらした。


犯人は誰か？


「投手殺人事件」の凡《すべ》ての鍵は、これまでに残らず出しつくされました。作者は、もはや一言半句の附言を要しません。クサイあやしい人間が右往左往して、読者諸君の推理を妨げますが、諸君は論理的に既に犯人を充分に指摘することができる筈です。

犯人は誰でしょうか？

さア、犯人を探して下さい。

解決篇

居古井警部は立ち上って命令した。

「すまんが、各署へ、応援をたのんでくれ。印象が稀薄になると、困るんだな。今日中に探しだすのだ」

「何をですか」

「自動車だ」

「自動車は、もう、探しにだしています。岩矢天狗と上野光子をのせて嵐山を往復した自動車、二台」

「イヤ、それじゃない。片道だけしか行かなかった自動車なんだ。嵐山まで、片道人を運んだ自動車、みんな探してつれてこいよ」

「全部ですか」

「全部。起点は、どこからでもいい。ただし、昨日の夕方の五時ごろから、嵐山まで人を運んだ自動車。そして、男を運んだ自動車だけでいい。又、乗客が一人よりも多いのは、よばなくともよい。夕方五時から深夜の十二時ごろまで、一人の男をのせて嵐山へ走った自動車、全部よぶのだ」

居古井警部は、ちょッと考えて、言葉をつけたした。

「もう一つ、もっと重大な、しかし、もっと雲をつかむような探し物があるんだがな。

第一に、アパート。次に下宿。素人下宿《しろうと》もだ。シモタヤでも別荘でも寺院でもね。それから、旅館。あらゆるところを尋ねてくれ。部屋を借りていて、借り手が時々しか現れないというところを、みんな突きとめるのだ。そして、借り手が、昨夜、現れなかったか、きいてくるのだ。借り手は男、中年の男だ」

各署からの応援が集ると、居古井警部は、部屋と、自動車と二つの部隊に分けて、一同に注意を与えて、それぞれ区域を定めて八方に捜査に散らした。

そして、岩矢天狗と煙山と、一服の男三名、及び、暁葉子、上野光子、計五名の関係者を、署の柔道場に見張りをつけて休息させた。

まもなく、一人の警官が居古井のところへ来て、

「東京の新聞記者が、うるさくて困るんですがな。オレたちを、監禁するとは何事だ。出せ、と怒鳴りましてね。暴れるわ、騒ぐわ、手に負えまへんわ」

「アッ。そうか。あれも道場へ押しこめたのかい。あれは、いいのだ。出してやってくれ。それから、ここへ連れてきてくれよ」

木介はカンシャク玉をハレツさせ、金口はニヤニヤしながら、案内されてやってきた。

「ふてえぞ。京都の警察は」

「まア、まア。カンベンしてくれ」

「よせやい。我等こと、捜査のヒントを与えてやろうと天壌《てんじょう》無窮の慈善的精神によってフツカヨイだというのに、こういう俗界へ降臨してやったんだぞ。アン、コラ」

「すまん、すまん。フツカヨイの薬をベンショウするから、キゲンをなおしてくれよ。ちょうどお午だ。ベントウをたべてってくれ」

居古井警部は、サントリーウイスキーをとりだして、二人にさした。

「収賄罪にならんかネ」

木介はキゲンをなおして乾杯した。

「ねえ、居古井さん。我等こと、多少の尽力を惜しまなかったんだから、そちらも、ちょッと、もらしてくれまへんどすか、ほかの新聞にもらさんことをネ」

「それは、キミ、もらすも、もらさんも、あるもんか。君らの尾行記は、うけるぜ」

「おだてなさんな」

「ときに昨日の朝の七時三十分だったネ。君らが煙山さんの姿を最初見つけたとき、彼の服装はどうだった」

「今日のと同じさ。シャッポとマフラーが違うだけだ」

「マスクは？」

「そのときは、かけてなかったネ。マスクかけて、マフラーにうずまッてたんじゃ、見分けがつかねえや。コチトラ、二度見かけただけの顔だから」

「そうかい。よく分ったな」

「からかいなさんな。第一ヒントを、ひとつ、たのむ」

「アッハッハ。第一ヒントは、君から、もらったんだよ」

「いけねえな。じゃア、第二ヒントは？」

「第二ヒントは、上野光子が与えてくれたね」

「どんなヒントさ」

「まア、待ってくれ。今日中に、必ず、わかる。犯人をあげてみせるよ。まア君に、第三ヒントだけ与えておこう。いいかい、血しぶきが壁にとび散ってるんだから、犯人は全身に血をかぶったろうと思うよ。ところが、葉子のほかに、衣服が血まみれという人物がいない。岩矢天狗の衣服に血液は附着しているが、血を浴びたという性質のものではないね。しかし、犯人の衣服は血しぶきを浴びている筈なんだ。そして、誰の部屋からも、血しぶきの衣服は出てこないのさ。これが第三ヒントだよ」

「全然わからんですわ」

「ま、君たち、尾行記でも書いていたまえ。吉報がきたら、最初に知らせてあげる」

夕方になった。日がくれた。六時ごろだ。

電話のベルが鳴る。受話器をつかんで、きいていた居古井警部は、みるみる緊張した。受話器をおくと、二人に叫んだ。

「さア一しょに来たまえ。恩人。君たちのおかげだよ。君たちが犯人を教えてくれたんだ。そのイワレは車の中で説明するよ。さア、出動！　犯人がわかったぞ」警部は二人をつれて、自動車に乗りこむ。数台の車が、つづいて走りだした。

「君たちの尾行を分析すると、犯人が分ってくるのさ」

居古井警部はキゲンよく説明しはじめた。

「いいかね。汽車の中で、マスクをかけ、マフラーに顔をうずめ、時々席を変えたり、帽子やマフラーをとりかえて変装するという煙山が、寒気のきびしい早朝の外気の中を、汽車にのりこむまでマスクもかけず、顔をさらして駅の構内を歩いてきたことを考えると、まずこの事件の謎の一角がとけるのだよ。なぜ顔をムキだして歩いて来たか。ある人に顔を見せる必要があったからさ。ある人とは、君たちなんだよ。ここまで分れば、電話の謎がとけるだろう。電話をかけたのは煙山自身だ。彼はキミたちに尾行される必要があったのだ。なぜなら、七時三十分発の汽車にのったと見せかけるために」

「じゃア、乗らなかったんですか」

「乗りました。しばらくはネ。恐らく熱海か静岡あたりで下車して、あとから来た特急ツバメに乗りかえたのだろう。なぜなら、京都へ君たちよりも一足早く到着する必要があった。ツバメは一時間半もおそく出発するが、京都に着くまでには追いぬいて、約一時間四十分も逆にひらいてしまうだろう。この一時間四十分に仕事をする必要があったのさ。京都へつくと、彼は車をいそがせて、大鹿のアトリエにかけつけ、三百万円を渡して、契約書を交した。なぜ、こうする必要があるかというと、お金を渡し、契約書を交してからでないと、大鹿を殺しても、三百万円を奪うことができないからだ。ところが煙山は君らに尾行させている。尾行をつけて大鹿の隠れ家へのりこむことはできないのさ。なぜなら、君らは元々大鹿の行方に最も執着をもっているのだから、隠れ家が分ると、記者の本領を発揮して、さっそく乗りこんで、ロマンスの一件など根掘り葉掘り訊問するだろうからね。ところが犯行の時間は、午後十一時三十分ぐらいまでしか許されていない。なぜなら、葉子と岩矢天狗が十時四十七分には京都について、だいたい十一時半前後には嵐山まで来るからだ。君らにネバられては、チャンスを失ってしまうのだ。そこで、一足先に、君たちにかくれて金を渡して契約書をとっておかねばならないので、特急ツバメに乗りかえて、一時間四十分の差を利用して、嵐山の大鹿の隠れ家まで往復してきた。そして、それをゴマカス方法としては、大鹿が米原まで出迎えて、車中で契約書を交したという計略を用意しておいたのだ。ところがさ。あいにく契約書の署名がハッキリした楷書でね、停車中でなければ決して書けない書体だったのさ。米原に停車中には、先ず、署名の時間はない。なぜなら、大鹿が煙山を探す時間、一通りの事情を説明し聴取する時間が必要な筈で、ノッケから契約書を突きだすことは有り得ないからだ。ところがだね、米原を出発すると、あとは京都までノンストップなんだよ。私はこれに気がついた時、思わず笑ったね。快心の笑《えみ》という奴さ、そして、ほぼ事件の全貌をとくことができた。第二ヒントは、上野光子が与えてくれたのだが、光子がアパートをアジトにしているように、煙山にもアジトがあるに相違ないということだ。すると第三ヒントの謎がとける。血だらけの着物がそのアジトに隠されているのだ、奪われた三百万円もアジトにあるのだ。散歩のフリして旅館から出た煙山は先ずアジトへ走り、衣服を着かえて、さらに嵐山へ急行した。着代えの衣類も持って行ったかも知れぬ。アトリエへつくや、出迎えた大鹿が、ふりむくところをいきなり一刺し、メッタヤタラに突き刺して、それから、顔や手の血を洗い、金を奪い、衣服も着代えて、アジトへ戻った。そこで、更に、元の服装に着代えて、かねて買っておいたミヤゲの品々を持って、途中で新京極で一パイのんで、旅館へ戻ったのだ。取調べがすみ、容疑をまぬがれてから、三百万円と血だらけの衣類を、例のカラッポのカバンにつめて、東京へ持ち帰って処分するツモリだったのだろうよ」

彼がこう説明を終ったとき、車はウズマサのアジトについた。そこはアパートだった。そしてその主のいない二室から、血だらけの衣類と、三百万円と、兇器が、すでに発見されて、彼らの到着を待っていたのである。居古井警部はニッコリ一笑して、予期した品々を指してみせ、そして二人の肩をたたいた。

「これが、君たちから、ヒントをもらった御礼だよ。ほかの新聞記者がこないうちに、すぐ支局へ走って、東京の本社へ電話したまえ。そして、例の尾行記を大至急、書きあげることさ。じゃア、サヨナラ」

彼はニヤリと笑って二人の耳に口をよせ、

「新聞社の金一封と私の警察の金一封と、どちらが重いかな。ワッハッハ」

笑いながら、二人を部屋から押しだして、サヨナラ、とささやいた。

屋根裏の犯人

晦日風呂

　その日は大晦日《おおみそか》です。何者か戸を叩く音に、ヤモメ暮しの気易さ、午《ひる》ちかくまで寝ていた医者の妙庵先生、起きて戸をあけると、

「エエ、伊勢屋源兵衛から参りましたが、本日はお風呂《ふろ》をたてましたので例年の通り御案内にあがりました。どうぞお運び下さいまし」

「では本日は伊勢屋の煤《すす》はらいか」

「ヘエ、左様で。例年は十二月の十三日に行う慣《なら》いでしたが、当年に限って忙しかったので大晦日に致しました。そろそろ湯のわくころでございます」

「それは御苦労であった。ちょうどいま起きたところだから、茶漬けをかッこんで朝風呂をちょうだい致そう」

　使いの者を返して湯をわかし、冷飯を茶漬けにして食事をすませると、伊勢屋へでかけました。

この伊勢屋では、年に一度、煤はらいの日に風呂をたきます。その日になると、まず檀那寺《だんなでら》から祝い物の笹竹を月の数だけ十二本もらってくる。これで煤をはらって、用ずみの竹は屋根の押えに使います。タダの物をさがしだしていろいろと役に立てるのが伊勢屋源兵衛の寝た間も頭を去らぬ心得で、この煤はらいの当日に一年に一度の風呂をたくにも、五月節句のチマキの皮やお盆《ぼん》に飾った蓮《はす》の葉なぞと他の使い道のないものを段段とためておいて、これで焚《た》きます。

こういう風呂ですから、家族の者だけが身体を洗って捨てるようなことはしません。妙庵先生は自分から薬代を要求しない人ですから患者の方から見つくろって礼物をさしあげる。そこで伊勢屋では一年に一度の風呂をさしあげます。物の効用は無限であって、それを発見した者はタダで無限の効用を利用することができます。

妙庵先生が伊勢屋へ参りますと、店さきの土間に風呂桶《おけ》をすえて、源兵衛さんの母親が釜《かま》たきをしている。風呂桶は年に一度しか使わないから、ふだんは土蔵にしまっておきます。

「ようこそおいで下さいました。ただいま湯カゲンを見ましょう」

「これは御隠居、いたみ入りますな」

「昨晩やすむ前にこの風呂桶を土蔵から出してすえまして、今朝は暗いうちから私が焚きつけておりますが、早いもので、もう沸きましたようです。薪《まき》をたいて急いで風呂をわかそうなんて方もあるようですが、それじゃア夜と昼とがあるという意味がありませんね。夜を用いて焚きつけますと、午すぎる頃にはもうチャンとこうして風呂がわいております。ちょうどよろしいようですが、カサのある物を一たきして、熱いめに致しましょう」

「これはオモテナシかたじけない」

「この木履《ぼっくり》は私が十八の年、当家へお嫁入りのとき長持に入れて持って参ったもので、歯がちびたのはいつの頃からでしたか。雨の日も雪の日もこれをはきまして、早いものので、五十三年になります。私一代はこの一足で埒《らち》をあけるつもりでしたが、惜しいじゃありませんか。野良犬に片方とられて、今日是非もなく煙にしなければなりません。一代に二足も下駄をはこうなどとは、この年まで夢にも思わなかったのに、なさけなや、ナムアミダブツ」

それで片輪《かたわ》の木履をすぐ釜に投げこむかと思うと、そうではありません。またそれを顔ちかく引きよせて打ちながめ、同じくりごとを五度ほどくりかえしてから、やっと釜の中へ投げすてました。

一年分の薬代を一度の風呂ですませるのが不足どころかオツリがタップリあるらしい様子。さても怖しい風呂。これにつかって長命しなければフシギというものだと妙庵先生おそるおそる足を入れようとすると、たいそう、ぬるい。ふだん風呂にはいりつけないから、湯カゲンも知らないらしい。ふと隠居を見やると、折しも隠居は泪《なみだ》をハラハラと膝にこぼしているところ。

「ああ月日のたつのは、ほんとに夢のようだこと。明日はもう一周忌になるが、ほんとに惜しいことをしました」

妙庵先生これを耳にとめてフシギがり、

「して元日にどなたが死去されましたか」

「アラ。いいえ。とんだ歎きをお耳に入れましたが、私がいかに愚痴になればとて、人が死んだぐらいで、こう歎きは致しません。去年の元旦に妹が年賀に参りまして、銀《かね》一包みお年玉にくれましたが、あまりの嬉しさに神ダナにあげて拝んでおりましたのを、見ていた者がいたんですね。その夜のうちに盗まれてしまったのです。いろいろと諸神に願《がん》をかけましたが、その甲斐《かい》もなく、さる人の申されるには、山伏に祈ってもらうと七日のうちに必ず失せ物がでるとのことに、さっそく山伏を訪ねましたところ……」

こう云いかけてワッと泣きくずれてしまいました。悲歎の様は一様のものではありません。深いワケがありそうですから、

「それはお気の毒な。して、山伏を訪ねたところ、どういうことになりましたか」

「ハイ。世にこれほど口惜《くちお》しいことがございましょうか」

隠居は泪ながらに当時のことを語ってきかせました。

お神隠し

山伏は隠居の話をきき終ると、

「よろしい。それでは祈ってあげるが、まず、これへ来なさい」

とゴマ壇の前へみちびきました。燈明《とうみよう》をともして、フスマをしめきると、昼の光はみなさえぎられて、物音も遠ざかり沈々《ちんちん》と深夜がよみがえったようでした。

「さて、御隠居。山伏の祈りは、一祈りに身の毛は三本、身の脂《あぶら》は一滴と申して、おのが寿命をちぢめて祈る。祈りの数を重ねてついに身の毛身の脂が尽きはてたときには、その場にアッと叫び、ちょうど熊野のカラスが血を吐いて死するように、五穴から身の血を吐いて絶命いたす定めでござる。さればバンリバリリと珠数《じゆず》もみくだき、真言秘密のダラニを声高に唱え、身の毛を逆立てて祈るときには、祈りのかなわぬということはない。祈りかなって七日のうちに失せ物の現われるときには、それ、その御幣《ごへい》がおのずからに動きだし、また燈明がおのずから消滅いたす。それが大願成就の知らせでござる。よろしいか。よッく目をとめて見ておられよ」

今でも山伏に火渡りの行事がありますが、山伏は火を渡り風をよび雲にのって通行する。病気も治すし、魔物も払う。山伏の法力というものは、昔は諸人に信ぜられ怖れられていたものです。

易者とちがって、失せ物はこれこれの方角にありますなぞと云うのじゃなくて、法力によって七日のうちに出してみせますと云うのだから、その祈りはすさまじく、身の毛がよだつようです。

身をふるわせて珠数もみくだき、はては錫杖《しやくじよう》を突きたてて、悪魔すらもハッタと祈り伏せんばかり。

荒々しい祈りが静まると、フシギや。おのずからに御幣がコトコトとうごきだし、燈明がチョロチョロとまたたいてパッと消えた。あとは真の闇。大願成就の知らせとは云え、その怖しさと云ったらありません。

「アア有りがたや。末世とは大のイツワリ。神仏はあるものよ。怖しや。有りがたや」

と隠居は財布のヒモをほどいて、定めのお初穂《はつほ》百二十文敬々《うやうや》しく差上げて立ち帰りました。ところが待てど暮らせど失せ物は現れません。七日はおろか、ついに一周忌がくるというのに、現われなかったのです。

損の上の損

妙庵先生、下情《かじよう》に通じているばかりでなく、一通りは古典にも通じ、またオランダ渡りの鑑識にも通じております。話をきいて打ち笑い、

「盗人に追い銭とはそのこと。さては山伏にはかられましたな」

「いいえ。自然に御幣がうごき御燈明が消えたフシギはウソではありません」

「それはゴマ壇にカラクリがあるのです。ちかごろ仕掛け山伏と申してな。ゴマ壇にカラクリを仕掛けてフシギを見せて金をとる悪い奴がでているのですよ。松田播磨掾《はりまのじよう》のカラクリ人形を御存知ないかな。白紙の人形が人手をふれずに土佐踊りをするのですが、仕掛け山伏はこのカラクリを応用いたしておる。御幣をたてた壺の中に生きたドジョウ

が入れてあるのです。錫杖で壇を打つからドジョウが驚いて騒ぎだす。そこで御幣がうごく。山伏は錫杖で壇を打ったでしょうが」

「打ちましたが、それで御燈明が消えたわけではございません」

「それはな。燈明の台には砂時計の仕掛けがほどこしてある。小さな孔があって、定まった時間に定まった油の量がタラリタラリと自然に抜かれるようになっています。どれだけの時間で油の全部が抜かれてしまうかということは、時計の仕掛けだからチャンと定まっていて狂いがない。山伏はその時間を知っているから、油の尽きる直前にちょうど祈り終るようにするのです。思いだしてごらん。山伏は燈明をともす前に、まず燈明の台をなんとなくいじくっていたでしょうが」

　これをきくと隠居の血相は変って、たちまち血の気はスッと落ちて、フラフラとひきつけそうになりました。

「それじゃア、あの百二十文も、かたり取られたのですか」

　ギャアッという大音がして、隠居の五穴から泪があふれました。身をふりしぼって、泣きわめき、

「この年になるまで一文の金も落さず暮してきましたのに、今年になって損の上に損を重ねてしまいましたか。私としたことが、妹にもらった銀《かね》包みをただ身につけてそッとしまっておけば何事もなかったのに、神ダナへ上げて拝んだから人に見られてしまいました。口惜しや。この大晦日に銀包みが拝めなくては明日の元旦をむかえる力がござい

ません」

外聞もかまわず、ハラワタをねじって泣きわめきました。店の中央の土間に風呂桶をすえてのことですから、屋根裏のクモの巣を払っている小僧の耳に至るまでクマなくひびき渡ります。

「疑われちゃア迷惑だねえ。あの婆アのヘソクリが盗めるぐらいならエンマのガマ口が楽にすれらア。八ツ当りって云うが、八つ恨みに呪いをかけられちゃア命がちぢまるな。エエ。神サマ仏サマよ。オン敵退散。清めたまえ」

神仏に気勢をかけて力の限り屋根裏の煤《すす》を払うと、ポトリと上から落ちてきたものがありました。これを手にとりあげて改めますと、

「アレ。銀包みだ。これぞ婆アの銀包みだぜ。アアラ、フシギや。有りがたや。ざまア見やがれ、クソ婆アめ」と、銀包みを握って婆さんの前に駈けつけて手の中の物を突きだして見せました。

「さア、どうだ。人を疑《うたぐ》るのもほどほどにしろ、だ。盗まれない物はチャンと出てくるぞ」

小僧は威張りたてて隠居に恨みを晴らしましたが、これを見て、折れるどころか、隠居の顔は一段と蒼《あお》ざめてひきしまり、

「これはどこから出てきたかえ」

「屋根裏の棟木《むなぎ》の間から落ちてきましたよ。鼠がひいて持ってッたのさ」

「フン。私の隠居家は別棟になっているのに、母家の屋根裏からでるとはフシギじゃないか。そんな遠歩きする鼠の話はこの年になるまで聞いたことがありませんよ。大方、頭の黒い鼠がひいたものだろうよ。そんな鼠と同居じゃア油断ができない。夜もオチオチねむれやしないよ」

タタミを叩いて喚きました。こう云われると、ほかに証拠がありませんから、一同も返す言葉がありません。

妙庵先生はこのとき風呂からあがって参りまして、

「ヤ、結構な風呂をちょうだい致した。その鼠のことだが、こんな話があるな。人皇《にんのう》三十七代孝徳天皇の大化元年十二月の大晦日に、大和《やまと》の国の岡本というところの都を難波《なにわ》の国の長柄《ながら》の豊崎に移したところ、大和の鼠も一しょに引越してきたそうだ。鼠にも世帯道具があってな。孔につめる古綿。トンビに隠れる紙ブスマ。猫に見つからぬお守り。イタチの道切《みちぎ》りに用いる尖《とが》り杭《ぐい》。火消しの板ぎれ。鰹節《かつおぶし》ひくときの梃子《てこ》の類いなぞと数々の世帯道具をな。二日路も道ノリのある豊崎まで口にくわえて運んだそうな。鼠というものは思わぬ遠歩きを致すものだな。まして隠居家と母家の間ぐらいは物の数ではござるまい。このような鼠のイタズラは世間によくあることです」

「口がしこいことを仰有《おつしや》っても、私ゃもう、だまされませんよ」

「私がだましたことがあるようで恐縮だなア。これよ、小僧さん。御当家には有るまいから、御近所で年代記をかりてきなさい。ヤ、ありがとう。エエと。人皇第三十七代孝徳天皇大化元年十二月大晦日。これだ。ごらんなさい。鼠の引越し。ここにチャンとでている」

「物の本なぞに何がでていたって絵ソラゴトですよ。実物を見なきゃア何が信用できるもんですか」

証拠の年代記も相手にしてくれないから、妙庵先生もサジを投げました。

「お忙しい最中に長々と結構な風呂をちょうだい致した。これで一段と長生き致すだろう。では、さようなら」

と立ち帰ろうとするのを主人の源兵衛が追ってきて、

「殺生《せっしょう》ですよ、先生は。あんなにウチの婆さんを怒らせちまッて、自分だけ一段と長生きして行っちまうなんて」

「とんでもないことを云う人だね。私が御隠居を怒らせたわけじゃアないでしょう」

「いいえ、そうですとも。仕掛け山伏だ、ドジョウだ、砂時計だなんぞと余計なことを云うからですよ。年代記なぞを取り寄せて婆さんの気をひいて、あそこまで逆上させてしまったんですから、チャンと始末をつけて下さらなくちゃア。私ども無学の者には年代記のあとの始末はつきませんよ」

「これは甚だこまったな」

「いいえ、こまったのはコッチですよ」

「後の始末と申しても、実物を目で見なくちゃア何も信用いたしませんと仰有られちゃア、鼠の引越しを見せたくとも、鼠が引き受けてくれませんのでな。ハテ、待てよ。ウム、実物を見せられないこともないが、お金がかかるな。伊勢屋さんがお金のかかることをする筈はなし。乗りかかった舟だ。まア、仕方がない。では実物を連れてきて御隠居を納得させてあげるから、暫時まちなさい」

仕方がありませんから、妙庵先生はその足で鼠つかいの藤兵衛を訪ねました。そのころ江戸湯島に長崎水右衛門という名題《なだい》の獣使いがおりまして、この人に雇われて鼠を使っていた藤兵衛がいま上方に住んでおります。妙庵先生、これを訪れまして、

「実はこれこれの次第でな。鼠が物を運んで遠歩きするところを実地に見せなくては、その隠居が一同を祈り殺す怖れもあるから、一ツお力添えを願いたい」

「それはお易いこと、さッそく御隠居をなだめて差しあげましょう」

藤兵衛は気軽に引き受けて飼い馴した鼠をつれて来てくれました。

恋の文づかい

大晦日ですから人通りは絶えませんが、おいおい夜もふけております。ようやく伊勢屋へ戻ってみますと、煤はらいもすみ、お風呂も落して正月を待つばかりですが、思いをかけた銀包みがせっかく現れても、頭の黒い鼠どもと同居では隠居はとても寝つかれませんし、あらぬ疑いをかけられた一同は気持よく正月も迎えられません。そこへ藤兵衛が博士の鼠をつれて来てくれたから、蘇生の思いを致しました。

「一同はコッちの隅にかたまって、勝手なお喋りなぞしちゃいけない。学のある鼠サマだから癇癖が強いかも知れないよ。婆さんをよんでおいで」

一同そろったところで、藤兵衛が鼠をカゴから出しまして芸づくしをやります。

「東西、東西。ここもと御覧に入れまするは恋の文づかい。とつおいつ恋の闇路は思案にくれたる若衆の思いのたけをしたためましたる手紙をくわえて恋の文づかい。首尾よく演じましたるときは御手拍子御カッサイ」封じた文をおいて鼠を放すと、これをくわえて後先を見廻し、チョロチョロと座敷を一廻り二廻り走り廻ったのちに、一人の人の袖口へ文をいれました。また藤兵衛が一文銭を投げだして、

「餅《もち》かっておいで」と申しますと、鼠は一文銭をくわえて床の間へ行き、三宝の上へあがって一文銭を置きのこし、餅をくわえて戻ってきました。

鼠が物をひくとは申しますが概《おおむ》ね暗闇で行われることで、誰が見たわけでもありません。しかし、こうして公開公演を見せられては否も応もありようがない。妙庵先生が膝をすすめて、

「御隠居、得心がゆかれましたかな。人の身にひきくらべては思いもよらぬ大きな物までは重い物を口にくわえ尾にまいて、鼠というものは思いのほかの遠歩きを致すものだ」

婆さんは不承不承にうなずきましたが、やがてキッと顔をあげ、

「なるほど、これを見れば、鼠も銀包みをひいて母家の棟へ隠さぬものでもないことは

分りましたが、そのような盗み心のある鼠を母家の棟に飼っておかれる宿主の責任はそのままでは済まされますまい」

「疑いが晴れたならそれでよろしいではござらぬか」

「とんでもないこと。盗み心のある鼠にこの銀をひかれて一年間ただ遊ばせた利子は母家から返済していただかねばなりません。年利一割半の算用で、ちょうど今日が満一年目、元日に半刻《はんとき》かかっても二年目の利子をいただきまする」

再び御隠居の血相が変ってスッと血の気がひいてしまいましたから、もう伊勢屋も敵対はできません。婆さんの喚き声をとめるには、利子を渡すか、息の根をとめるか、二ツに一ツしかありませんが、死ねば化けて出て尚その上に利子もとるにきまっているから、どうしても利子を払わなければなりません。そこで元日にならないうちに泣く泣く利子を御隠居に支払いました。

「それでは」

と御隠居は紙とスズリをかりて請取りをしたため爪バンをおし、おしいただいて利息と交換いたしました。

「まずまず、これで本当の正月ができます」

隠居は満足して膝のホコリを払って立上り、隠居屋へ戻ってグッスリひと寝入りをいたしましたとさ。

南京虫殺人事件

消えた男

「ここの女主人は何者だろうな」

この家の前を通る時、波川巡査は習慣的にふとそう思う。板塀にかこまれた小さな家だが、若い女の一人住いで、凄《すご》い美人と評判が高い。

警察の戸口調査の名簿には「比留目奈々子《ひるめななこ》二十八歳、職業ピアニスト」となっているが、ききなれない名前である。なるほど稀にピアノの音がすることもあったが、しょっちゅうシェパードらしい猛犬が吠えたてているので有名だった。

今日もシェパードが吠え立てている。するとカン高い女の声がきこえた。

「なんですって！　小包……知りませんよ……脅迫するんですか！」

波川巡査は思わず立ちどまった。とぎれとぎれにしか聞きとれないが、聞えた部分はなんとなく穏やかではない。女の語気もタダゴトではない見幕《けんまく》のようだ。

男の声が何かクドクドとそれに答えているようだが、これは低くて全く聞きとれない。

どうやら、玄関先で応対しているらしい。また、女の声。

「知りませんたら。なんですか、言いがかりをつけて！　警察へ訴えますよ！」

この声をきいたとたんに、門の外にいた波川巡査は無意識にガラガラと門の戸をあけて、ズカズカと中へ入ってしまった。この家の一人住いの女主人がさだめし喜んでくれるだろうと思ったのである。

ところが、妙なアンバイになった。玄関の土間に二人の男がいる。

女主人の奈々子は室内から二人を見下して睨《にら》み合いの様子だったが、制服の巡査が闖《ちん》入《にゅう》したので、同時にふりむいた三人のうち、むしろ誰よりも狼狽《ろうばい》の色を見せたのは奈々子であった。

「なにか御用ですか」

と息をはずませて、きびしく訊く。

「通りがかりに、警察へ訴えますよという声をきいて、思わずとびこんだんですが、自分が何かお役に立つことがあるでしょうか」

「いえ、なんでもないんです。内輪《うちわ》の人に、親しまぎれに、冗談云ったんですのよ」

「そうですか。自分の耳には冗談のようには聞えませんでしたが……」

波川巡査は二人の男を観察した。一人は体格のガッシリした遊び人風の若い男だが、洋服は上物で、相当金のかかった服装だ。他の一人は病弱そうなインテリ風の眼鏡をかけた男で、寒そうに両手をオーバーのポケットに突ッこんでいる。土間の上に、皮製のボストンバッグが置かれていた。押売りにしては、二人の服装は悪くはない。

「なんでもないんですから、どうぞおひきとり下さいまして」

奈々子にこう云われては、それ以上居るわけにもいかないので、観察も途中で切りあげて退出せざるを得なかった。

「どうも奇妙な組合せだ。内輪の親しい同志だと云ったが、そうらしくない様子だった。あのボストンバッグの中身は何だろう？　なんとなく、気にかかるな」

波川巡査は当年四十五というウダツのあがらぬ名物男。かねがね叩きこまれていた第六感という奴をヒョイと思いだして、

「そうだ。これが第六感という奴だぞ」

一町ほど先の雑貨屋の露地をまがると、波川巡査の自宅だ。帰宅したら一風呂あびて夕食をたのしみに家路をたどってきたところだが、それどころじゃない。よし、変装して追跡だ、と大急ぎでわが家へとびこんだ。

「セビロとオーバーを至急だしてくれ。夕食の仕度は後廻しだ。オイ、百合子、お前も外出の仕度をしろ。変な奴をつけるのだ」

波川の娘百合子も婦警であった。ちょうど非番で家に居たから、洋装させて、同じ事務所の社員男女が会社をひけて帰宅の途中というアベック姿。大急ぎで取って返すと、奈々子の家には幸い二人がまだ居るらしい様子。犬がウーウー唸《うな》りつづけている。どうやら二人は上りこんだらしい。

「室内へあげたんなら、怪しい来客じゃないんじゃないの？」

「そうかも知れんな。しかし、やりかけたことだから、様子を見届けよう」

物蔭にかくれて待伏せていると、やがて二人の男が門の外へ現れた。遊び人風の方が例のボストンバッグをぶらさげている。

二人は電車通りへの方向とは反対の淋しい方へ歩いて行く。

「あっちの方角へ行くんなら、歩いて行けるところに住居があるのだな。突きとめてやろう」

「ええ、そうしましょう」

二人は三十間ほどの間をおいて後をつけはじめた。出まかせに会話しながら、いかにもクッタクのない通行人のフリをして後をつけた。どうも、これがマズかったようだ。

二人はなかなか歩きやまない。とうとう世田谷の区域をすぎて、渋谷区へはいった。ここから丘にかかると、戦災で大方やられているが大邸宅地帯。この丘を越すと、渋谷の繁華街の方へでる。

世田谷で電車を降りて渋谷区まで歩いて帰宅する勤人というのは変だ。この辺へ帰宅するには他の停留所で降りなければならない。波川父娘はシマッタと顔見合せて、

「さとられたかも知れないな。しかし、奴らも電車を利用せずにこれだけ歩くというのはクサいぞ。奴らは急に二手に分れて走りだすかも知れないから、そのときはボストンバッグの奴の方を執念深く追うことにしよう」

「ピストル持ってきた？」

「持ってる」

いよいよ丘の大邸宅地域にかかった。一ツの邸宅が広さ何千坪、中には一万坪を越すような大邸宅もある。高い石塀がエンエンと曲りくねってつづき、昼でも人通りがほとんどなくて淋しいところ。石塀と庭の樹木は昔さながらの姿であるが、石塀の中の邸宅は焼けて跡形もないのが多い。

二人の男は石塀に沿うて曲った。とたんにドンと地響きがした。

「それ！」

巡査親子は夢中で走った。我ながらヘタクソな追跡ぶりに気がひけて、間隔がいくらか遠ざかっていたので、どこまでも運がわるかった。ようやく曲り角へでると、今しも遊び人風の男がインテリ風の男を肩にのせて、高い塀の上へ押し上げたところだった。親子がそれを認めたとたんに、インテリ風の男は塀の内側へ姿を消してしまったのである。

波川巡査はオーバーの下からピストルをとって、

「手をあげろ。警察の者だ」

残った男は逃げる様子もなく、まるで何事もなかったように手をあげて、

「なんですか？　怪しい者じゃないですよ」

「ボストンバッグはどうした？」

「そんなもの持ってやしません」

最初にドンと地響がしたのは石塀の内側へボストンバッグを投げこんだ音だ。波川巡査はそれに気がついて、さてこの男を捕えるべきや、石塀の中へとびこんで逃げた男を追うべきや、と思わず高い石塀を見上げた。それが運のつき。

いきなり腕をうたれて火のでる痛みをうけたとたん、手のピストルも火を吐いて地上へ落ちる。とたんにミゾオチを一撃されてひっくり返った。と同時に、百合子も顔を一撃されて地上にすッとんだ。

百合子は痛さをこらえて逃げ去る足音の方を目で追った。男は石塀の反対側の小路へいきなり曲りこんで消えてしまった。

それから二分ほどの後、ピストルの音で駈けつけたパトロールの巡査が百合子と父を助け起してくれた。事情をきいたパトロールは、

「そうですか。それじゃア、この塀の中の男を探した方が早道ですね。そう云えば、この邸内にはドーベルマンとシェパードの凄いのがいますよ。あの犬が庭に放されている限り、その男は半殺しの目にあいますぜ。そんな物音はききませんでしたか」

ところがピストルが火を吐いて地上に落ちてからというもの、近所の犬がそろってウォーウォー吠えだした。吠えられてみると、四隣遠近犬だらけ。特に一ツの犬の声に注意のできない状態であった。

「まだ八時だから、たのんで邸内を調べさせてもらいましょう。陳という中華人の家で

すから、ちょッとうるさいかも知れませんがね」

表門へまわって案内を乞《こ》う。門番の小屋があって、中年の日本人の下婢《かひ》が顔をだした。奥の本邸とレンラクの後、案外カンタンに庭内の捜査を許してくれたが、なるほど入口には物凄いドーベルマンとシェパードがいて、一足はいると跳びかかる構えで睨んでいる。

「その犬をつないでくれませんか」

「ええ、いま、つなぎますよ」

「ずッと放しておいたんですか」

「ええ、そう。日が暮れると、毎晩放しておくんですよ」

「すると、奴さん、やられてるな」

ところが、庭をくまなく捜したけれども、男の姿はどこにも見えない。犬と格闘した跡もない。塀をとび降りた場所にいくらか乱れが目につくだけだ。

「オヤ、なんでしょうね」

懐中電燈で執念深く捜しまわっていた百合子は、男がとび降りた地点の木の根に、小さな光るものを見つけて取りあげた。

「金の腕時計だわ。婦人用の南京虫《ナンキンむし》。男が南京虫を腕にまくかしら?」

奇妙な謎の拾い物であった。

殺されていた奈々子

翌日、非番の波川巡査はミゾオチを打たれた痛みもあって、午すぎも寝ていた。すると、飛ぶように戻ってきた百合子に叩き起された。

「大変よ。比留目奈々子が殺されたのよ。殺されたのは昨夜です。あの二人が犯人よ」

波川は痛みも忘れて跳び起きた。

百合子も下アゴを打たれて唇をきり、アゴが腫《は》れて、美人婦警も惨たる面相。人に顔を見せたくないから休みたかったが、昨夜の報告があるので、署へでてみると、奈々子殺し発見の騒ぎである。

「犯人の顔を見たのはお父さんだけですから、すぐ来て下さいッて」

「あの二人が犯人ときまってるのか」

「確証があるらしいわ。ほかに、いろいろ重大なことが判ったらしいの。殺された奈々子は意外の大物らしいんですって。暗黒街の謎の女親分ミス南京《ナンキン》」

「本当か」

ミゾオチの痛みも吹ッとび、波川はいそいで服を着た。

そのころ、東京横浜を中心に、大口の南京虫の密売者が現れた。これが凄いような絶世の美女だ。秘密に指定した場所へいずこからともなく現れて、無造作に大量の南京虫をバッグから取りだし、金とひきかえて、消え去ってしまう。その身辺には二人の護衛の若者がついていて、取引の終るまでピストルに指をかけて見張っている。麻薬を扱うこともある。どこの何者とも分らないが、仲間の間ではミス南京とよばれている。当局はようやくスパイをいれることに成功して、ミス南京の存在までは突きとめたが、密輸のルートはおろか、ミス南京の住居も名も分らないのだ。

ところが殺された奈々子の屍体のかたわらから、ミス南京の謎を解いてくれるらしい多くの重大な物が現れたのである。

奈々子は腕に麻薬を注射して殺されていた。和服姿で、すこしも取り乱したところなく、眠るように安らかに死んでいる。盗品がなければ、むしろ自殺と考えられるような死に方であった。

ところが、奈々子の屍体を調べた警察医はビックリして思わず声を発したほどだ。奈々子の腕といわず股といわず無数の注射の跡で肉が堅くなっているのだ。麻薬の常習者であった。押入の中からは、それを証拠立てるモルヒネのアンプルが多数現れた。

たぶん二人の犯人は、奈々子に麻薬を注射してやると云って、より強烈なものを注射したのだろうと考えられた。しかし、波川巡査はそれを疑った。

「なるほど奈々子は二人の男を内輪の者だと云いはしたが、玄関で睨み合って口論していた見幕では、とても男に注射させたり、男の目の前で自身注射することすらも、ちょッと考えることができないなア」

ところが、奈々子の小さな家から発見されたいろいろの物品は、甚しく意外で、また重大な事実を物語るものであった。

押入の中に、外国製の果汁のカンヅメがいくつもあった。その空カンも一ツあった。ところが、その空カンには果汁が入っていたらしいような痕跡や匂いが残っていない。

そのカンヅメをたくさん入れて送ってきたらしい大きなブリキカンがあるが、押入の中から出てきたカンヅメの数はその三分の一にも足らないぐらいだ。そして、不足分のカンヅメは奈々子の家から発見することができなかったのである。

もっと意外なことは、そのカンヅメ荷物の包み紙らしいものが現れたが、それは香港から羽田着の飛行便で奈々子宛に送られたことを語っていた。そしてたしかに香港から発送された証拠には、それを包むに用いたらしい香港発行の新聞紙がたくさん押入の奥に押しこまれていたのであった。

さらに意外なことがあった。机のヒキダシの中や、ハリ箱の中や、筆入れの中からまで、無造作に合計五十三個という南京虫腕時計が現れたのだ。

屍体のかたわらに奈々子のハンドバッグがひッかきまわされて捨てられていたが、その中にもひッかきもらした南京虫が一ツ残っていた。たぶん犯人はハンドバッグの中にあった南京虫だけ盗み取って行ったらしい。

「すると比留目奈々子がミス南京だったのか。なるほど、死顔ですらも、思わず身ぶるいが走って抱きつきたくなるような美人だねえ」

「香港から飛行機で送られてくるカンヅメのうち約三分の一が本物の果汁で、他の三分の二が南京虫というわけか」

「犯人がボストンバッグをぶらさげてきた謎が、それで解けるわけだな」

そこで羽田の税関はじめ関係局の配達夫等にまで調査をすすめてみると、この荷物が奈々子のもとへ送られてきたのは当日の午前中のことだ。ところが、それ以前にも、約四カ月前から合計五度にわたって同じような荷物が香港から届いているのが分った。

しかし、波川巡査はまだなんとなく解せないことがあった。

「自分が思わず立ち止ったとき、奈々子の叫んだ言葉というのは、こうなんです。小包……そんなもの知らないわよ……脅迫するのね。――ざッとこんな意味でしたよ」

「つまり犯人が南京虫の到着を知って取りに来たから、そんな小包はまだ来ていないとゴマカしたのだろう。それがそもそも奈々子の殺された原因さ」

云われてみれば、ピタリとツジツマが合うようだ。けれども、波川の頭には、なぜだか証明できないが、どこかにマチガイがあるような感じがついて離れなかった。するとそのカンもまんざら捨てたものではないことをなかば証拠立てるような事が現れた。

犯人を見たのは波川父子だけであるが、二人の印象を土台にモンタージュ写真を作った。インテリ風の眼鏡男は波川巡査一人しか見ていないから信用できかねるが、遊び人風の若者の方は二人の印象を合せていくうちに、二人そろってこの顔に甚だ似ていると断言したほどの似顔絵ができあがった。

半年ほど前まで奈々子の旦那だったという勝又という実業家にこの似顔絵を見せると、

「この男なら、奈々子のもとに出入りするのを三四度見かけました」

「相棒が一しょでしたね」

「いいえ、私の見たのは、いつもこの男一人だけです」

「どういう用件で出入りしていたのですか」

「実はそれが判ったために、次第に奈々子と別れる気持になったのですが、この男は奈々子にモヒを売りこみに来ていたのです。モヒが命の綱ですから、奈々子はこの男なしには生きられない状態だったと云えましょう」

「すると、情夫ですね」

「いいえ。すくなくとも私が旦那のうちは、この男が情夫であった様子はありません。この男なしには奈々子が生きられなかったという意味は、モルヒネが奈々子の命の綱だったという意味なんです。そして私の知る限りでは、二人の関係は純粋な商取引だけのようでした」

「奈々子さんの生活費はどれぐらいかかりましたか」

「私が与えていた定額は毎月五万円、それに何やかやで七八万になったかも知れませんが、奈々子はモヒの費用のために女中も節約していたほどで、いつもピイピイしていましたね」

　この証言に至って、それまでの見込みが怪しくなってきたのである。ミス南京ともあろうものがそんなにピイピイしているはずはない。彼女がそれまでに稼いだ額はたぶん一億以上にのぼるだろうと見られているのだ。

もっとも、ミス南京が密売線上に現れてから、まだ五カ月ぐらいにしかならないから、勝又と別れた後のことではあるが、今も奈々子の押入の中には果汁のカンヅメとモヒのアンプル以外に目星《めぼ》しい品物は何もない。美女にとっては命ともいうべき衣裳類すら何もなく、着ている和服が一チョウラのようなものであった。ピアノすら売り払ったらしく、影も形もなくなっているのだ。自分が麻薬の密売もやりながら、麻薬のために所持品を売りつくしてピイピイしているミス南京は考えられないのである。

「お父さんのカンは当ったらしいわね。この事件には表面に現れていない裏が隠されていると思うの」

百合子にこう云われて波川はてれながら、

「オレのカンが当ったという自信もないなア。何か変だと思うことがあるだけで、何が変だか分らない始末なのだからなア」

「何が変だか、私が云ってみましょうか」

「ウム」

「陳氏の邸内へとびこんだ犯人がなぜ猛犬に襲われなかったかという謎よ。私、陳家のドーベルマンとシェパードのことを調べてみたのよ。警察犬訓練所で一年以上も訓練された飛びきり優秀犬なのよ。そのほか、室内にはボストンテリヤと、ボクサーという小型の猛犬も飼われてるのよ。知らない人はあの邸内に一歩ふみこむこともできないような怖しいところなのよ」

「庭が広いから、一隅で起ったことには、他の一隅にいる犬は気がつくまいよ」

「あるいは、そんなことかも知れないけど……」

百合子はやがて晴れ晴れと叫んだ。

「私、とにかく、当ってみるわ。私のカンもなんだか正体がつかめないのだけど、でも、うっちゃっておけないような気持があるのよ。これから陳邸へ乗りこんでみるの」

どうやら百合子の顔の腫れもひいて、娘々した可愛いい昔の顔にかえっていた。

美女と佳人

百合子は娘らしい普通の洋装で行ったけれども、婦警の身分は隠さなかった。

「先夜、この邸内へ逃げこんで行方不明になったある事件の容疑者のことで、助言していただけたらとお伺いしたんですけど、御主人に会わせていただきたいのですが」

「御主人は商用で台湾へ御旅行中さ」

「代理のお方は？」

「お嬢さまがいらっしゃるけど、会って下さるかどうか」

「ほかに御家族はいらっしゃらないんですか」

「奥さまも居ないし、男の御子様もいないよ。オスは今のところ犬だけさ」

「お嬢さまにぜひ会って下さるようにお願いしてちょうだいな」

「巡査なんていけ好かないが、まア、女だから、取り次いでやろう」

ところが意外にカンタンにお許しがでて、邸内へ通された。この家も戦災で焼けたのを、陳氏が地所をかりて小ザッパリした洋館をたてたものだ。室数は十室ぐらいで、庭にくらべてそう大きな家ではなかった。

広間へ通された百合子は、現れた陳令嬢の美しさに、思わず息をのんでしまった。自然にボッとあからんで、あまり上手ではない英語をギクシャクとあやつりながら、

「突然、恐れ入ります。私、婦警の……」

と云いかけると、令嬢はニコニコして、

「日本語で仰有《おつしや》い。私、日本人と同じぐらい日本語が上手よ。日本で育ったから。あなた、本当に、女のお巡りさん？」

「ええ、そうです」

「まア、可愛いいお巡りさんだこと。男の犯人をつかまえたことあって？」

「いいえ、まだですけど」

「猛犬がうろついてる中国人の邸内へ一人でくるの心配だったでしょう」

「ええ。ですから、お嬢さまにお目にかかって、目がくらんでしまったのですわ」

「お上手ねえ。お答えできる範囲のことはなんでも答えてあげますから、用件を仰有って」

「先夜、この邸内へ逃げこんだまま行方が消えてしまった容疑者のことなんですけど、

そのとき庭に放されていたはずのドーベルマンとシェパードが闖入者を見逃した理由が分らないのです」

　令嬢はいかにも同意するようにうなずいた。

「それは本当にフシギなことね。ですけど、知らない人たちが空想するほど、犬は利巧でもなく、鋭敏でもないらしいのね。これは飼い主の感想です」

「御当家へ出入りの男でしたら、犬は闖入者を見逃すでしょうか」

「特別犬と親しければ、ね。ですけど、犬が見逃すほど親しい男といっては、たぶん父のほかにいないでしょうね」

「お父さまはいま日本にいらッしゃらないのでしょう？」

「そう。もう半年もずッと台湾へ行ってるのです。ですが、乱世のことですから、国際人はたいがい神出鬼没らしいわね。ひょッとすると、私の知らないうちに、日本に戻っているのかも知れないわ。もしも父がその闖入者なら、年齢は六十ぐらい、銀髪で五尺五寸ぐらいの優《や》さ男です」

「容疑者の年齢は三十ぐらい、身長は五尺三寸以下ぐらいという話なのです」

「それじゃ、父じゃないわ。身長はとにかく、年齢はいつわれないでしょうから」

「あの晩誰かが邸内に闖入した気配をお気づきになりませんでしたか」

「あなた方が庭を探しまわるまで、特に気づいたことはなかったようです。読書にふけっていましたから」

「私たちが立ち去った後は？」

「さア。それも、ありませんね」

百合子の質問は、そこまでで種が切れてしまった。こんな清楚な可憐な令嬢に、得体《えたい》の知れない犯人のことで、これ以上の質問はムダというものだ。

しかし、最後に、異常な勇気をふるい起して、思いきって、きいた。

「こんな質問は本当に礼儀知らずとお思いでしょうが、さッき乱世と仰有いましたが、それに免じて許して下さいませ。実はこの邸内へ逃げこんだ容疑者というのは、密輸品売買の容疑者なのです。密輸品と申せば、常識として、日本人の手に渡る前に、まず外国人を考えます。私が御当家を訪れましたのも、そこに期待をつないでのことだったのです。お嬢さまにお目にかかってその期待も失ってしまったのですけど、念のため、訊かせて下さいませ。正直に申します。お父さまは密輸品売買にたずさわっていらッしゃるのとちがいますか」

正直にも程があろうというものだ。ほかの人にはむしろこうは云えないが、息がつまるほど好感のもてる令嬢だから、かえって狎《な》れて、こう言いきる以外に仕方がなかったのである。

令嬢は鳩が豆鉄砲くらったように目をパチパチさせたが、百合子をやさしく睨んで、

「たとえ本当にそうだとしても、そうですなんて、誰だって言う筈《はず》ないわよ。あなたッたら、まア、どうしてにわかに大胆不敵な質問をなさッたの？」

「それは、その、さッき仰有ったことのせいです。乱世だから、国際人は神出鬼没だって」

「敏感ね、日本の婦警さんは」

「じゃア、やっぱり、そうですか。アラ、ごめんなさい」

「あやまることないわよ。この乱世に他国へ稼ぎに来ている国際人は、どうせそれしか商売がないでしょうね。ですから、あなたのカンは正しいかも知れないけど、密輸品にもピンからキリまであるのです。政府や他の勢力がひそかにそれを奨励しているような密輸だって、あるかも知れないのよ」

「すみません」

「いいのよ。それで、もしも父がそうなら、それから、どうなの？」

「もう、いいんです」

百合子は口を押えて、ふきだしたいのを堪《こら》えながら、立上った。

「また変なことお訊きに伺うかも知れませんけど、会って下さいますか」

「ええ、ええ。何度でも、いらッしゃい。お勤めの御用の時に限らずに、ね」

「ありがとう」

百合子はワクワクしながら、夢中で表へとびだした。

渋谷駅の方へ歩きかけると、後から呼びとめられた。父であった。

「心配だから、そッと様子をうかがっていたのさ。首尾はどうだい？」

た。

「ウチへ帰って話すわ」

百合子は父の手をとって、子供の遠足のように大きくふりながら、上気して歩いていた。

父の推理

家へ戻って、百合子は陳邸での様子を父に物語った。

父はいかにも意外の顔で、百合子の話をきき終ったが、ふと淋しそうに云った。

「女はそういうものかなア」

「なアぜ？」

「お前のようなシッカリ者でも、ボォーッとなると、そんなになるのかということさ。だってなア。お前はえらい決心で出かけたはずじゃないか。なぜ猛犬が闖入者を襲わなかったかという素敵な疑問から出発してさ」

「素敵な疑問だなんて、お父さんたら、からかってるのね。犬の位置の反対側へ闖入者がとび降りた場合、広い邸内だから、犬も気がつかないだろうッて言ったくせに」

「そうは云ったさ。しかし、そのあとで気がついたのだ。どうやら、お前の疑問は一番急所に近づいているんじゃないかということにね」

「むしろ一番急所を外《はず》れていたのよ。あんまり尤《もっと》もらしいのは、偶然という大事な現実を忘れさせる怖れがあるわ」

父は切なげに、首をふった。

「オレはお前の身が心配で、お前が陳の邸から出てくるまでというもの、この事件のためではなしに、お前の身のために、この事件について考えた。そのために、今まで捉われていて気づかなかった怖しいことに気がついたのさ。お前の話をきいてから、いよいよその確信が深くなった。さ、おいで。オレの確信をたしかめるのだ」

「どこへ行くのです」

「安心おしよ。陳の邸じゃない。警察へ行くのだ。そして、お前に見せたいものがあるのだよ」

父と娘は警察へ行った。そして父が娘をつれて行ったのは、この事件の証拠品の前である。

「ここに五十五個の南京虫がある。五十四は奈々子の家からでてきたが、一ツは陳の邸内の犯人がとび降りた地点で拾ったものだ。どれがそれか判るかね」

「判るわ。腕輪のついてるのがそれよ」

「そうだ」

次に父は被害者の現場写真をとりだして、娘に示した。

「この写真を見てごらん。なにか気のつくことはないかね」

それは安らかに死んでいる奈々子の上半身であった。注射をうたれて死んだのだから、左の腕は肩の近くまで袖がまくれているが、それ以外は特に変ったこともない。

「特に気のつくことって、なさそうじゃないの」

「では、次に、これだ」

父は証人の証言をとじたものを開いて、一カ所を探しだした。

「ここを読んでごらん」

それは附近の時計商の証言であった。それによると、当日の午すぎに奈々子が南京虫を一ツ売りにきた。売った金で、今度は時計の腕輪を買って戻ったというのだ。時計を売ったから、むしろ腕輪の不要品が一ツふえた筈なのに、腕輪を買って戻ったから、甚だ奇異に思ったと時計屋は語っているのである。

「そうねえ。時計屋さんはフシギがったでしょうね」

「お前はフシギじゃないのか」

「だって、彼女は持たないから買ったんでしょうね」

「当り前さ。その腕輪は、ホレ、南京虫と一しょに、注射をうった奈々子の左腕に巻かれているじゃないか」

「そうね」

「すると、コッチの南京虫は？」

父はそう云いながら、陳の邸内で拾ってきた南京虫の輪をつまんで、ブラブラふって見せた。百合子の顔色は、次第に蒼《あお》ざめた。百合子は思わずテーブルのフチをシッカとつかんで、

「だから、お父さんは、どうだって云うのよ」

「意地をはるのは、よせ」

父は腕輪のついた南京虫を元の場所へ戻した。奈々子の家から発見された五十四個は、時計だけで、腕輪がついていないのだ。

「お前のカンはすばらしいのだ。オレはお前があの晩陳の庭でこの時計を拾ったとたんに呟《つぶや》いた言葉を覚えているのだ。男が南京虫とは変だなア、とお前は呟いたのだぞ。もっとも、翌日になると、奈々子の屍体が発見され、室内から南京虫が腐るほど現れてきた。そのために、陳の邸内で拾った南京虫の特異性というものがにわかに薄れてしまって、犯人の歩いたところに南京虫が一ツ二ツ落ッこッてるのは当り前だと誰しも軽く思いこんでしまったのだ。オレも、むろん、そうだった。ようやく、今日になって、あそこで拾った南京虫に限って腕輪のついてることに気がついたのだよ」

百合子はいらだたしげに叫んだ。

「だから、どうだって云うんです」

父の顔はひきしまった。

「警官らしい態度じゃないぞ。だから、言うまでもなく――お前、ちゃんと知ってるじゃないか。陳の庭内へ逃げこんだのは、男装した女だったに相違ない。犯人が落したのは、盗んだ南京虫ではなく、彼女自身の所持品、彼女の腕につけていた南京虫だったのだ。奈々子の腕には彼女の南京虫がチャンとまかれていたのだから、それ以外には考えられないじゃないか」

「大金持の令嬢が、人を殺して物を盗る必要はないじゃないの」

「オレも、それを考えたのだ。しかし、お前が、それほど陳の令嬢の美貌に眩惑されてしまったから、オレは新しいヒントを得たのだ。ミス南京は絶世の美女だというではないか。どうだ。それで、いくらか、分りかけてきやしないか」

「分りかけてきやしないわ」

「よし、よし。今に、わかる。とにかく、あの邸内へ逃げこんだ男の顔はオレだけが見ているのだからな。いかに黒ずんだドーランをぬたくり眼鏡をかけていても、オレが首実検すれば判ることだ」

ミス南京の告白

波川巡査は娘にだけは自分の見込みを語ったが、まだ他の誰にも打ち明けない。海千山千の経験者に打ち明けるには大事を要するし、見込み通りとなれば一世一代の晴れがましい成功となる。彼にとっては生れて以来の大事件で、思えば思うほど心が波立つばかりである。わくわくする胸を押えて、署内をなんとなく歩いたりしながら、懸命に作戦をねりあげている。

そのヒマに娘の姿がどこかへ消えてしまったのに気づかなかった。

百合子はいつのまにか署を抜けだして、すでに陳家の玄関で令嬢と対坐していた。なかば茫然とここへ辿《たど》りついてしまったのである。

さすがに令嬢は蒼ざめていた。しかし、百合子が父の推理を語り終ると、静かに百合子の手をとって、握りしめた。

「ありがとう。百合子さん。本当に、うれしいのよ。私のお母さんだって、百合子さんのように私をいたわってくれなかったわ」

令嬢が涙ぐんだので百合子も涙ぐみ、

「じゃア、本当にそうでしたの？」

「あら、ちゃんと知ってるから駈けつけて下さったくせに。ミス南京はたしかに私です。そして、奈々子さんを殺した共犯者もたしかに私です。私の父は台湾ではなく香港に居ります。そして、南京虫と麻薬を日本へ輸送していたのです。だんだん密輸ルートが見破られて面倒になったので、新しい方法を考えました。それは麻薬患者を探しだして、麻薬を餌に、密輸の荷物の仮の受取人に仕立てることです。奈々子さんはその受取人の一人だったのです。ところが、あの日、ひそかに荷物をあけて内容を知り、慾に目がくらんで荷物の到着を否定したのです。そのうち麻薬がきれかけて、私の同行者が、時々奈々子さんにそうしてあげたように注射してあげたのですが、彼は奈々子さんの変心によって、新しい密輸ルートの発覚を怖れるあまり、奈々子さんが無自覚のうちに多量の注射をうって殺してしまったのです」

令嬢はもう平静をとりもどしていた。そして、微笑すら浮べて語りつづけた。

「私は父の相棒をつとめて数億の金を握りましたが、父が今度日本へ戻ったら、父を殺すつもりでした。乱世ですから、私の心は鬼だったのです。お金をもうけて、復讐してやりたかったのです。私を苦しめた人にも、苦しめない人にも、とりわけ、父に復讐しなければならなかったのです。なぜなら、彼は父ではないからです。彼は私の良人なのです。私はお金で買われた内妻の一人です。そして私は日本人です」

令嬢はきつく力をこめて百合子の手を握りしめると立上った。そして、笑みかけた。

「私の日本名と、素性だけは、私と一しょに永遠に墓の底に埋めさせてちょうだい。私はこれからいまと同じ内容の告白書を綴って死にますが、私が日本人で、彼の妻であることだけは書きたくないのです。誇りが許さないのです。あなたにだけは打ち明けましたが、もしも私があなたすらも偽って死んだとすれば、死後の淋しさに堪えられないでしょう」

茫然と居すくむ百合子をのこして、令嬢は静かな足どりで自室への階段を登って行った。

選挙殺人事件

三高木工所の戸口には、

「選挙中休業」のハリガミがでている。候補者の主人はそれですむであろうが、従業員は困るだろう。近所の噂《うわさ》をきいてみると、

「従業員たって、小僧のようなのも合わせて七八人の事ですよ。みんな選挙運動に掛りきりですから、商売は休業でも多忙をきわめているのですよ」という話であった。三高吉太郎という人物は、終戦後この土地へ現れて冷蔵庫を造って当てた。今では職人も使って木製の家具類を造り、このへんではモウケ頭の方だ。しかし、この立候補でモトのモクアミになるんじゃないかと近所の取沙汰であった。

代議士に当選すれば金になるかも知れないが、立候補だけでは金になる筈《はず》がない。店の宣伝という手もあるが、冷蔵庫やタンス製造という商売にはキキメがないだろう。

「つまり政治狂というヤツだな」

誰しもこう考えるにきまっているが、これが、どうも、そうらしくない。

寒吉は自分がこの近所に住居があって、聞くともなくこの噂を耳にしたから、そこは

新聞記者のカンというもので、これは裏に何かがあるかも知れないぞとピンときた。しかし、彼のように全然無名で地盤も顔もない候補者に、どんな裏がありうるだろうか。他人の票を散らすために立てられる候補者もあるが、他人の票を奪うからには、それだけの顔も力もなければならぬ。三高吉太郎にはそれがない。せいぜい百票もとれれば上出来であろう。

「しかし、人間は理由のないことはやらない。たとえ狂人ですらも」

これはさる心理学の本に書かれていた文句であるが、まさに寒吉はそれを発止《はっし》とばかりに思いだしたのである。

「ファッショかな」

顔に似合わぬキチガイじみた街の国士がいるものだ。それは彼がその演説をぶつまで、隣の人にも気がつかない場合がありうる。発作の時まで隣家の狂人が分らぬように。

ところが寒吉は折よく社の帰りに、駅前で彼の演説をきくことができた。それはまさに珍奇をきわめたものであった。

「ワタクシが三高吉太郎、三高吉太郎であります。(前後左右に挨拶する)よーくこの顔をごらん下さい。これが三高吉太郎でございます。(ヨー色男という者あり)イエ、ワタクシは色男ではございません。(ケンソンするなという者あり)ワタクシはよーく自分をわきまえておりますが、顔も頭もフツカ者でございます。(人々ゲラゲラ笑う)たとえワタクシが代議士に当選いたしましても、日本の政局に変化はございません。(当り前だという者あり。人々益々笑う）ワタクシは再軍備に反対でありまするが、日本は再軍備をいたしましては、国がもちません。まず国民の生活安定（以下略）」要するに新聞紙上に最も多く見出される再軍備反対要旨につきる。なんらの新味もなく、過激なところもない。おまけに、弁舌は至って冴《さ》えない。

「なんのための立候補だろう？」

どうにも理解に苦しむのだ。直接本人に当ってみようと彼は思った。新聞記者の悪い癖だ。直接本人に当ったところで、本音はきける筈がない。まして裏に曰《いわ》くがあれば、本音を吐かないばかりでなく、詐術を弄《ろう》するから、ワナにかかる怖れもある。本音を知るには廻り道。それを知りながら、むやみに当人に会いたがるのが記者本能というものだ。

寒吉は夜分三高木工所を訪れた。取次に現れたのは四十がらみの人相のわるい男であったが、彼の名刺を受けとって、

「オヤ。新聞記者？　新聞記者か。アハハ。新聞かア。アハハ。アハハア。アハハハハハ」

彼の素ットンキョウな笑いは止るところがなくなったようである。その笑い声が寒吉をみちびき、奥の部屋で主人に紹介を終っても、笑い声は終らなかった。三高はイヤそうに顔をしかめたが、笑い声を制しなかった。選挙中は何事も我慢専一という風に見えた。

「立候補の御感想を伺いに参りましたが」

「まアお楽に」候補者らしく如才のない様子だが、それがいかにも素人《しろうと》くさい。それだけに、感じは悪くなかった。

「立候補ははじめてですか」

「そうです」

「どうして今まで立候補なさらなかったのですか」

「それはですね。要するに、これはワタクシの道楽です。ちょッとした小金もできた。それがそもそも道楽の元です。金あっての道楽でしょう。御近所の方々もそれを心配して下さるのですが、ワタクシはハッキリ申上げています。道楽ですから、かまいません。かまって下さるな。ワタクシに本望をとげさせて下さい、と」

「本望と申しますと？」

「道楽です。道楽の本望」

「失礼ですが、ふだんからワタクシと仰有《おつしや》る習慣ですか」彼はギョッとしたらしく、みるみる顔をあからめて、

「失礼しました。ふだんはオレなぞとも云ってましたが……」馬鹿笑いの男が部屋の隅できいていて、今度はクスクス笑いだしたので、寒吉は三高が気の毒になった。

「無所属でお立ちですが、支持するとすれば、どの政党ですか」

「自由党でしょうな。思想はだいたい共通しております。しかし、もっと中小商工業者

をいたわり育成すべきです。それはワタクシの甚だしく不満とするところでありまして、またワタクシの云わんとするところも……」

演説口調になりかけたので、寒吉はそらすために大声で質問した。

「崇拝する人は？」

「崇拝する人？……」

「または崇拝する先輩。政治的先輩」

「先輩はいません。ワタクシは独立独歩です。一貫して独立独歩」力をこめて云った。

彼の傍に芥川龍之介の小説集があった。およそ彼とは似つかわしくない本である。

「その本はどなたが読むのですか」

「これ？　ア、これはワタクシです」

彼は膝の蔭から二三冊の本もとりだして見せた。太宰治である。

「面白いですか？」

「面白いです。笑うべき本です」

「おかしいのですか」

「おかしいですとも。これなぞは難解です」

こう云って一冊の岩波文庫をとりだした。受け取ってみると、北村透谷だった。

「学歴は？」

「中学校中退です。ワタクシは、本はよく読んだものです。しかし、近年は読みません」

「読んでるじゃありませんか」

彼は答えなかった。疲れているらしい。

「何票ぐらい取れると思いますか」

ときいたが、チラと陰鬱な眼をそらしただけで、これにも返事をしなかった。彼の本心をのぞかせたような陰鬱な目。

「これが本音だ！」

寒吉はその目を自分の胸にたたんだ。その他の言葉は、みんな芝居だ。ワタクシという無理でキュウクツな言葉のように。

「要するに、裏に何かがある」それを摑《つか》んでみせるぞと寒吉は決意をかためた。

×　　×

次の休みの日、寒吉は早朝から待ちかまえて、三高吉太郎のトラックをつけた。どこで何をするか逐一見届けるつもりで、部長を拝み倒して社の自動車を一台貸してもらったのである。どこで何をするか。誰に会うか。何が起るか。彼は部長に笑われてきたのだ。

「裏に何かがあるッて、何がある積りだい？」

「たとえば、あるいは密輸。あるいは国際スパイ……」

「なア、カンスケ君。選挙は特に人目をひくものだ。それに監視がある。選挙違反という監視だ。その監視の目は選挙違反だけしか見えないわけじゃないぜ。わざわざ監視のきびしい選挙を利用する犯罪者がいると思うか。しかし、まア、貴公が大志をかためた以上は、これも勉強だ。やってみろ」

お情けに車をかしてくれた。何かが起ってくれないと同僚に合わせる顔がない。

三高のトラックは赤線区域へはいって行った。パンパン街の十字路で演説をぶちはじめたのである。「シメタ！」寒吉の胸は躍った。

パンパン相手に演説ぶつとはおよそムダな骨折じゃないか。だいたいパンパンというものは移動がはげしいし、転出証明もない者が多く、たいがい選挙権を持たない連中だ。選挙権があったにしても、わざわざ投票にくる筈はないじゃないか。もし投票にくるとすれば、だいたい顔役のいる土地だから、票の行方は一括してきまっていると見なければならない。その顔役にツナガリのない者がここで演説したってムダなことだ。いかに選挙に素人でも、それぐらいのことは分るはずだ。

「なぜ、ここで演説をぶつか」

その理由がなければならぬ。寒吉は車を隠して近寄り、様子をうかがった。

三高は例の如くまず四方を拝んで、再軍備反対論から説きはじめている。赤線区域のオトクイ先の尤《ゆう》なるものはアチラの兵隊サンと近ごろの相場はきまっている。戦争あってのパンパン稼業に再軍備反対をぶッても仕様がなかろう。そのせいでもあるまいが、誰も聞いている者がない。したがって何かがあれば一目で分る状態だが、別に何もない。

先方には何も起らないが、寒吉の方は多忙である。

「ネエ、チョイト。遊んで行かない?」

「いま、仕事だよ」

「何してんのさ。ギャングかい? アンタァ」

「アイビキだよ」

「ワタシというものがありながら。さア、承知しないよ」

手をとり足とり、ズルズルとひきこまれる。必死にふり払って、そこをとびだす。次の隠れ場で、また、やられる。どこへ身を隠しても、必ずやられる。おかげで監視は甚だ不充分であったが、彼の目にふれた限りでは全く何事も起らずに三高の演説は終ったのである。

次にトラックが止ったところはお花見の名所だ。晴天温暖の気候にめぐまれて、お花見は出盛り。そのド真ン中で三高の演説がはじまったから、大変だ。

彼はその場所に応じる変化を心得ていない。人影のないパンパン街でも四方を拝むらいだから、演説の方は益々もって紋切型。

「ワタクシはこのたび立候補いたしました三高吉太郎、三高吉太郎であります。ワタクシの顔をよーくごらん下さい。これが三高吉太郎であります」

と例の如くにやりだしたから、あまり関心をもたなかった花見客もドッと笑って、意外に大きな人だかりになってくれたのは有りがたいが、いずれも酒がはいっているから、ヤジのうるさいこと。よそではヤジのはいらぬところにまで四方から半畳がとんで大賑い。一番うるさく半畳をとばすのが、オモチャのチョンマゲをかぶった酔客である。ところが、これを、よく見ると、先夜寒吉が三高を訪れたとき、取次にでてバカ笑いした人相の悪い四十男である。「さては、奴はサクラだな」

なるほど、いかにもサクラに向く人柄だ。花見の場所へ先廻りして酔客に化けているのがいかにも役柄にはまった感じ。ところが、先生本当に酔っているらしく、半畳やマゼカエシをとばせるばかりで、一向にサクラ的な言辞がない。しかし、それが時宜《じぎ》に適していたのだろう、酔ッ払った聴衆の黒山のような群のなかで、まともにサクラ然とした言辞を吐けば、一そう笑いものになるばかりでなく、いかにもみすぼらしい見世物になってしまうだろう。ともかくゲラゲラ笑われても、たのしまれているのは何よりだ。

「皆さまの清き一票は何とぞ三高吉太郎、三高吉太郎にお願い致しまーす」

と叫んで演説を終ると、ゲラゲラパチパチといくらか拍手も起って、

「よーし。心配するな。オレが引受けた」

「ときに、ここは何区だね」

なぞと声援がとんだほどである。

三高のトラックは花見の中を遠慮深く通りすぎて止った。すると三高は候補者のタスキをはずし、運動員にかこまれて、花見の人群れへ戻ってきた。そして彼らも花の下で一パイやりはじめたのである。

「候補者の花見なんて聞いたことがねえや。いよいよ変だぜ、この先生は」

寒吉もつくづく呆《あき》れた。寒吉も弁当はブラさげてきたが、一升ビンの用意はない。当り前だ。仕事のつもりだもの。ところが三高先生の一行はチャンと何本かの一升ビンの用意もととのえてきている。先廻りのサクラもこの地に配しておいたほどだから、ここで飲むために予定してきた一升ビンに相違ない。

「予定はキチンとしているらしいな。すると、もっと手のこんだ予定ができてるかも知れないぞ。いよいよ面白くなってきた」

このお忍びの酒もりへ、さらにお忍びの誰かが合流するだろうと寒吉は考えた。

ところが、やがて合流したのは、例の人相のわるいサクラだけだ。そして間もなく一同酔っ払ってしまったらしい。仲間同士でケンカをはじめたのだ。

寒吉はわざと離れて、顔を見せないようにして監視していたから、ケンカの原因は分らない。いきなり殴り合いが起っていた。殴り合いの一方はサクラだ。彼の目に見えたところだけでは、殴られた方がサクラであった。殴った方は運動員の一人で、三高ではなかった。寒吉が駈けつけた時には、もう人だかりができていた。殴り合いは終っていた。サクラはホコリを払って立ち去るところであった。また、けたたましく笑いながら。一人が仲間にだかれて泣いている。泣いているのは三高であった。三高は両側から抱くようにして選挙のトラックへ連れ去られた。その泣き男が演説をぶッた候補者だということに気のつく者もいないらしい。ケンカもここが一ツじゃないし、泣き男も彼だけではなかったろう。色とりどりの酔ッ払いがここを晴れと入り乱れているのだ。

三高の一行はトラックで去った。サクラはそこには現れなかった。

三高のトラックはまッすぐ自宅へ戻った。酔ッ払ッて選挙演説はぶてないから、この日はこれで終りらしかった。

三高が泣いて連れ去られる時、寒吉はこれが終りと直感したから、彼が泣いて何を喚《わめ》いているのかとすぐ後までズカズカ近づくと、彼の喚きは実に人々のオヘソをデングリ返してしまうほど悲痛また痛快なものだった。

「ああ無情。ああ……」

彼はダダッ子のように手足をバタバタふりながら、また喚いた。

「放さないでくれ。ああ無情。ああ……」

そしてトラックへ運びこまれたのである。

「ウーム」

寒吉は思わず捻って敗北をさとった。

「ワタクシは何をか云わん」彼がそれからヤケ酒を飲んだのは云うまでもない。

×　×

翌日、かなりおそく、彼が出勤しようとして通りかかると、今しも三高のトラックが彼をのせ、家族に路上まで送られて出発しようとするところである。奥方とおぼしき婦人は意外に若くて、善良そうな、ちょッと可愛らしい女であった。赤ん坊をオンブしていた。

「トウチャン、シッカリ！」と云って、赤ん坊に手をふらせた。トラックは走り去った。

これを見ると、ムラムラと寒吉の心が変った。ミレンが頭をもたげたのである。

「そうだ！　奥方の話をきくのが残されている。ウッカリだ。新聞記者の足は天下クマなく話を追わなければならない」そこで奥方をつかまえて暫時の質問の許しを得た。

「昨日は御主人は酔って御帰館でしたな」

「ええ。ふだんは飲まない人ですのに」

「ハハア。ふだんは飲まないのですか」

「選挙の前ごろから時々飲むようになったんですよ。でも、あんなに酔ったことはありません」

「なぜでしょう？」

「分りませんわ。選挙がいけないんじゃないですか。立候補なんてねえ」

「奥さんは立候補反対ですか。よそではそうではないようですが」

「それは当選なさるようなお宅は別ですわ。ウチは大金を使うだけのことですもの、バカバカしいわ。ヤケ酒のみのみ選挙にでるなんて変テコですわよ」

「ヤケ酒ですか、あれは？」

「そうでしょうよ。私だって、ヤケ酒が飲みたくなるわ」

「なぜ立候補したのでしょう？」

「それは私が知りたいのよ」

「なにか仰有ることはあるでしょう。特にヤケ酒に酔ッ払ったりしたときには」

「絶対に云いませんよ。こうと心をきめたら、おとなしいに似合わず、何が何でもガンコなんですから。なにかワケがあるんでしょうが、私にも打ち開けてくれないのです」

奥方の声がうるんだ。しかし、寒吉にとってはバンザイだ。やっぱり何かあるのだ。奥方にもナイショの秘密。敗北せざるうちからのヤケ酒。これがクサくなければ、天下に怪しむべきものはないじゃないか。だが、功を急いではいけない。奥方は秘密を知らないのだから、いらざる聞きだしをあせらずに、まず奥方の心をとらえておくことだ。

「御心配なことですね。ですが三高さんも必死の思いでしょうから、できるだけ慰め励ましてあげるようになさることですな」

「私もそのつもりにしてるんですよ。そして、せめて一票でも多いようにと、蔭ながらね」

「ゲッ。いけませんよ。あなたが蔭ながら運動すると選挙違反ですよ」

こう云われても涼しい顔をしているのは、選挙違反という言葉にも縁遠いようなよくよく世間知らずの生活をしているせいだろう。あるいはロクに教育もないのかも知れない。善良そうではあるが、めったに新聞も読まないような女に見えた。そこで寒吉が選挙違反について説明の労をとると、その親切だけ通じたらしく、彼女はニコニコして、

「ありがとう。でも私が蔭ながらしてるのは、神サマを拝むことだけですよ」

彼女の顔はあくまで涼しいものだった。

社へでて部長に報告した。

「なんでケンカになったんだ」

「それが分らないんですが、大方サクラの奴が仕事に忠実でないから、横ッ面を張られたのでしょうな。酔えば張りたくなるような奴なんですよ」

「それじゃア何から何まで変なところはないじゃないか」

「女房にも立候補の秘密をあかしてなくともですか」

「バカ。秘密がないからだ」

「ナルホド」

「しかし、記事にはなるかも知れんな。花見酒の候補者。書いてみろ」

「よして下さいよ。そんなの書くために一日棒にふりゃしないよ。今に見てやがれ」

「アレ。まだ諦めないのか」

「諦められないとも。こうと睨《にら》んだ稲荷《いなり》カンスケの第六感、はずれたタメシは――」

「大ありだ」

「その通り！」寒吉はパチンコにもぐりこんで、半日ウサをはらした。

寒吉はコクメイにメモをしておく習慣があった。社会部記者の目は一物も見逃すべからずという戒律の然《しか》らしめるところで、ヒマあればこれを取りだして心眼を磨くのである。

「これだ！　ざまア見やがれ！」

メモに「陰鬱なる目。彼ののぞかせた唯一の本音」とある。鬼の首とはまさにこれだ。この目をつかんだ以上は。

しかし、その後はパッとしたことがない。

「やっぱりケンカは変なことのうちだな。パンパン街の演説だってタダモノのやれる芸当じゃねえや。してみれば、みんな変じゃないか。よーし。毎朝奥方を訪問しよう。ポチャポチャッと可愛いとこがあらア。毎朝の訪問にしちゃ気がきいてるなア、これは」

変なところにハゲミをつけて、出勤の途中に毎朝ポチャポチャ夫人訪問を忘れないことにした。パチンコでせしめたキャラメルなぞを手ミヤゲにしながら。

そんな次第でポチャポチャ夫人とはかなり打ちとけた話をする仲になったが、立候補の秘密の方はそれに比例して影が薄れるばかりである。なぜなら、打ちとけるにつれ、夫人は心配そうな様子を見せなくなったからである。「主人が代議士になったら、どうしましょう。代議士夫人ねえ」なぞと途方もないことを口走るシマツになったからである。

「よくよくバカだな、この女は」

と寒吉はタンソクしたが、また、可愛い女だと毎朝の訪問が目当てのちがうタノシミになるというダラシのない有様になった。

そのうちに選挙が終った。三高吉太郎の得票一三二。百を越したのはアッパレというべきだ。まさに事もなく終幕となった。

そのとき起ったのが小学校の縁の下から発見された首ナシ死体事件である。その小学校は三高木工所の裏隣りであった。死体の主は誰だか分らなかった。

×　　　　×

寒吉はこの事件の発生とともに変テコな胸騒ぎがして仕様がなかった。どういうワケだか、これと三高に関係があるような気がするのである。三高木工所は仕事を再開したが、気をつけてみると、例の人相のわるいサクラの姿はどこにも見えない。死体はそろそろフランしていたが、死後二週間ぐらいだろうという。ちょうど花見のころに殺された死体なのだ。そう云えば、寒吉は花見以来サクラの姿を見たことがない。もっとも、あれ以来、三高のトラックがでかけたあとでちょッと留守宅を訪ねるだけのことだから、運動員を見かけることが少かったせいもあった。

しかし、あのサクラ男が行方不明なら、誰かが騒ぎだしそうなものだが、それもないのである。寒吉は何気ない様子で三高木工所へ立寄り、働いている若い男にきいた。

「選挙で従業員がへったじゃないか」

「へりゃしないよ。元のままだ」

「四十がらみの人相のわるいのが居ないじゃないか」

「四十がらみ？　それはここの大将だろう」

「大将じゃないよ」

「四十がらみの職人なんて居るかい。ずッと若いのばかりだ」

「選挙のときに居たじゃないか」

「選挙のときは休業よ」

「選挙の仕事をしていたぜ」

「選挙の時にはいろんなのが手伝いにくらアな」

「花見の演説のときサクラの男がいたろう」

「知らねえよ、そんなの。選挙の話なんぞはクソ面白くもねえ。よしてくれ」

腹をたててしまった。わざと隠しているような様子もないが、総じて選挙の話をしたがらないようだ。しかし、それは、選挙の結果が人ぎきのわるい得票数に終ったせいのようだ。選挙の話がでると軽蔑されてるようなヒガミが起るらしい風でもあった。

この上はポチャポチャ夫人からききだす一手であるが、選挙が終ってみると、面会を申しこむのも手掛りがない感じで、そのためにシキイをまたぐ勇気がでない。休みの日に半日往来で待ち伏せして、買い物にでたところをようやく捉えることができた。

「選挙のとき、三高さんの運動員の一人に貸してあげた物があるんだけど、その人、居ませんかね」

「運動員なら全部居る筈ですわ。従業員ですから」

「ところが居ませんよ」

「そんな筈ないわ。やめた人ないもの」

「四十がらみの男ですよ。ボクがはじめてお宅へ行ったとき取次にでた男なんです」

「そんな人いたかしら?」

「いましたよ。キチガイじみた高笑いをした男がいたじゃありませんか」

「そう、そう。江村さんね。あの人は従業員じゃありませんよ。ウチの者じゃないのよ。選挙の運動員でもないわ。たまに来て手伝ったことはありますけど、お金を盗んで、それッきり来ないわ」

「お宅のお金を盗んだのですか」

「ええ。選挙費用を十万ほどね。選挙のことだし、今さら外聞がわるいから表沙汰にもしないのよ。ひどい人」

「いつごろ盗んだのですか」

「ハッキリ覚えていませんわ。あの人なら貸したが最後、返さないわよ、ウチでなんとかするでしょうから、主人に云ってみて下さいな」

「それほどの物じゃないんですよ、ただ奥さんの顔を見たから、ちょッときいてみる気になっただけさ。あの人は、いったい何者ですか。人相のわるい男でしたね」

「むかしの知り合いらしいわ。私たちの結婚前のね。どんな知り合いかよく知りませんが、よくない人よ。私の知らない頃の主人の友達なんて、なんだか気が許せない気がしてイヤなものですわ。主人まで気が許せなく見えるんですものね、その人のおかげで」

「そんなにイヤな奴でしたかね」

「私のカンなのよ。でも、ウチの者は、従業員たちも、みんな江村さんを嫌ってたわ。主人をそそのかして立候補させたのも江村さんだろうッて」

「だって、選挙の参謀でも事務長でもなかったのでしょう」

「それは悪い人は表へ出たがらないものよ。結局お金をチョロまかして逃げちゃったわ」

「だって、たった十万でしょう」

「大金じゃありませんか」

「選挙費用のうちじゃ目クサレ金ですよ。お宅だって、百万や二百万は使ったでしょう」

さすが違反を怖れてか返事をしないのは上出来であった。

「別に貸した物が欲しいわけじゃありませんが、一度御主人にお目にかからせて頂くかな」

「そうなさいな。人のしたことでも、カカリアイのあることならキチンとしてくれる人ですよ」

わざと三四日の間をおいて、寒吉は夕食後和服姿にくつろいで三高を訪問した。

三高は彼を見るなり、「江村があなたから何か借りッ放しだそうですが」

「イエ、それはもういいんです。それどころか、あなたこそ大変な被害をなさったそうですね」

「イヤ。これも選挙費用のうちですよ。そう思えば、問題はありません。もう選挙のことは思いだすのもイヤです」

　夫人がそれをひきとって、

「四五日前に、選挙に使ったもの、みんな燃しちゃったんですよ。店の若い人達もモシャクシャしてるものですから、あれもこれも燃しちゃえで大騒ぎでしたよ。選挙事務所で使ったイステーブルまで景気よく燃しちゃったんです。ここの家じゃア有り余る物ですから燃しちゃっても平気のせいもありますけどさ」

　寒吉はハッとした。犯罪の跡を消すには煙にするに限ることは云うまでもない。

　しかし、四五日前といえば、いかにも日がたちすぎている。誰かの死体が発見されてからでも十日にはなる。犯罪を隠すためなら、もっと早く燃すべきだ。部屋の中を見廻すと、芥川や太宰の本はもう見られなくて、およそ通俗な雑誌類があるだけだ。

「芥川や太宰はもうお読みにならないのですか」こうきくと、夫人がそれに答えて、

「それも燃しちゃったんですよ」

三高はフッフッと力のない笑声をたてた。苦笑であろう。

「変な本、ない方がいいわ。ふだん読みもしない本」

「選挙の時だけ読んだんですか」

「選挙前から凝《こ》りだしたんですけど、自殺した人の小説本ですッてね。面白くもない。

でも、あの本だけは、私もあとで読んでみたかったわ。アア無情」

「アア無情？」

「ジャンバルジャンですよ。私も結婚前から、話にはきいていた本ですもの」

寒吉は声がとぎれて出なくなってしまったのである。

「アア無情」それは酔ッ払って泣きだした三高のセリフではないか。三高は酔余のことで覚えがないのか、今までと変りなく、ちょッと苦笑しているだけである。

「あのときのセリフには深い曰《いわ》くがあるらしいぞ」こう気がつくと、矢も楯もたまらない気持になり、寒吉はイトマをつげて大急ぎで自宅へ戻ると、メモをひらいた。

×　　　×

その時のセリフは、メモに曰く、

「ああ無情、ああ……」

三高泣く。また曰く、

「放さないでくれ。ああ無情、ああ……」

三高手足をバタつかせて、もがき、また泣く。と書いてあった。それだけである。

これだけでは、別に曰くがあるとは思われない。彼は速記の心得があるから、言葉のメモは正確の筈なのである。

「どうも、変だな。なんだってジャンバルジャンを読んだのだろう。それと芥川や太宰の小説とどう関係があるのかな。ポチャポチャ夫人は自殺者の小説だと云ったが、ほかのも自殺者の小説なのかな」

メモを見ると、三高曰く、これだけは難解なりと云って示したのが、北村透谷。しらべてみると、これも明治初年に自殺した文士の一人である。自殺文士の元祖ともある。しかし、ああ無情の著者ビクトルユーゴーは、自殺者ではなかった。百科辞典を見ると、フランスの総理大臣までつとめた政治家であり文豪である。

「これが彼の政治熱の源泉かなア。しかし、先生の選挙演説にビクトルユーゴーもジャンバルジャンも出てきやしなかったな。芥川も太宰もでてこない。文学的な表現はなかった。彼がそれらの本から学んだものは一言といえどもなかったな」どうもしかしフシギだ。泣きながら「ああ無情」と喚いたのは、酔ッ払いの単なるウワゴトとは思われない。ふだん通俗な雑誌しか読まない男が、俄《にわ》かに「ああ無情」や芥川や太宰を読むのはタダゴトではない。岩波文庫の北村透谷に至っては、新聞記者の寒吉が辛うじて名前を心得ていただけで、彼が自殺者であることすらも知らなかったほどの失われた過去の文士である。なんらかの重大な理由がなくて、三高がそれらの本を取り揃える筈がない。

「これらの東西の文学書に一貫した共通性があるのかなア。それが分ると謎がとけるかも知れないが、ワタクシは文学のことは心得が浅いのでな。そうだ。ひとつ、巨勢《こせ》博士にきいてみよう」

巨勢博士というのは博士でもなんでもないが、妙テコリンな物識りで、彼と同年輩、まだ三十前の私立タンテイである。二三年前、不連続殺人事件という天下未曾有《みぞう》の怪事件を朝メシ前にスラスラと解決して一躍名をあげたチンピラである。

「あのチンピラ小僧め、案外マグレ当りがあるようだから、ひとつ相談してやろう」

そこで寒吉は幼友達のタンテイ事務所へ駈けつけたのである。

×　　×

巨勢博士は寒吉の話を謹聴し、しきりに質問し、また熱心にメモをしらべた。そのうちに彼は次第に浮かれだした。

「君のメモの才能は見上げたものだね。いまに偉くなるぜ。新聞記者の王様になるかも知れないな。しかし、犯人はつかまらないから、タンテイ根性はつつしむのが身の為だ。せいぜいボクの智恵をかりに来たまえ。君のメモに結論の一行を書きたしてあげるよ。犯人の名前でね」

寒吉は気をわるくした。このチンピラはどういうものか会うたびに胸がムカムカする。その過去の厳粛なる歴史の数々をようやく再確認して、しまった畜生メ、来るんじゃなかったと気がついたのである。

「メモを返せ。帰るから」

「結論の一行を書きたしてもらッてからでもおそくはないぜ。昇給のチャンスだからな。このメモの中に金一封があるんだけど、君の力だけじゃァね」巨勢博士はメモを取り返

されないように手でシッカと押えながら、

「北村透谷ぐらい読んでおけよ。三人そろッて自殺した文士だと知っていれば、君の注意はもっと強く働いていたろう。自殺した文士はそのほかにもいる。近いところでは牧野信一、田中英光。しかし、その本は彼の手もとになかった。たぶん、本屋にでていなくて、手にはいらなかったせいだろう。北村から太宰まで知ってたからには、ほかの自殺文士の名はみんな知ってた筈だからさ。なぜなら、何らかの理由が起るまでは、彼は自殺文士の名前なぞ一ツも知らなかった。彼が文学を知らない証拠には、太宰の本を笑うべき本、おかしい本だと云っている。したがって文学的コースを辿《たど》って読むに至った本ではなくて、ある理由から一まとめに知った名だね。さすればその一まとめの意味は明らかだろう。曰く、自殺さ。たぶん、彼自身が自殺したいような気持になって、自殺文士の書物を読みたい気持になったんじゃないかね」

「知ったかぶりのセンサクはよせ」

「失礼。君の新聞記者のカンは正確に的をついていたのだよ。君の矢は命中していたが、不幸にして、君には的が見えないのだ。達人の手裏剣《しゆりけん》がクラヤミの中の見えない敵を倒しているようなものだ。水ギワ立った手のうちなんだね。ところがボクは笑止にも的を見分ける術だけは心得ているらしいな。自殺文士の本に何らかの読む理由があったように、ああ無情も読む理由があったのは云うまでもないね。そして、君の疑いは正確だった。泣きながらアア無情と喚いたとき、三高はその秘密をさらけだしているじゃないか」

「ウソッパチ云いなさんな。ああ無情と云ってるだけじゃないか」

「放さないでくれ、ああ無情と云ってますよ」

と巨勢博士はニヤニヤ笑った。

「それが、どうしたのさ」

「自分のメモを思いだしてごらんよ。三高氏は手足をバタバタやりながら、放さないでくれと云ったのさ。その喚きは、ちょッと不合理でしょう。放してもらいたくない気持なら、しがみつく筈ですよ。ところが、手足をバタバタやって人の肩から外れたいような動作をしているのはナゼですか」

「オレの耳、オレの速記は正確そのものだ」

「ワタクシの耳、ワタクシの速記でしょう。紳士はふだんのタシナミを失ってはいけません」

「メモを返せ」

「あなたのメモは正確そのものですよ。ただ、音の解釈がちがったのです。手を放さないでくれの意味ではなくて、何かの秘密を話さないでくれ、アア無情、アア……こう解釈しなければならなかったのです」

寒吉はコン棒でブンなぐられたようにガク然としてしまった。思わず立ち上りかけると、巨勢博士はニヤリと制して、

「まだ早い。落ちついて。落ちついて。三高氏はそもそも選挙演説のヘキ頭から、自分

がジャンバルジャンであることを語っているのです。それ、メモをごらんなさい。よろしいですか。ワタクシはこのたび立候補いたしました三高吉太郎。三高吉太郎でございます。よーく、この顔をごらん下さい。これが三高吉太郎であります。とね。つまり、三高吉太郎という顔のほかにも、誰かの顔であることを悲痛にも叫んでいるのですよ。その誰かとは、ジャンバルジャン。即ち、マドレーヌ市長の前身たるジャンバルジャン。つまり三高吉太郎氏の前身たる何者かですよ。それはたぶん懲役人かも知れません。ジャンバルジャンのように、脱獄者かも知れません。そして、たぶん、そのときの相棒が江村という人相のわるい男なのでしょう」

「なんのために、叫ぶのさ」

「ボクにその説明を求めるのは、新聞記者のやり方ではないね。しかし、たぶんヤケでしょう。一度は自殺しようと思った時があったに相違ないです。しかし、選挙に立つことを思いたったところを見ると、ヤケを起したのでしょうかね。オレの顔を知ってる奴は出てきやがれ、というヤケかも知れないね。そのころから、ヤケ酒を飲みはじめたらしいから、あるいは、そうではないかと思いますよ。そしてせっかく粒々辛苦の財産をジャンジャン選挙に使いはじめたのですね。江村にせびられて身代をつぶすぐらいなら、公衆に顔をさらして、勝手に身代をつぶしてみせらア、ざまアみろ、というヤケでしょうかね。なんとなく、その気持、分りゃしませんか。しかしむろん本当の心は、自分の前身も知られたくないし、身代もつぶしたくないにきまっています。ですから、この顔をよーくごらん下さい。とヤケの演説をしながらも、酔えば、ああ無情、話してくれるな、と泣くのです。そのアゲク三高氏が江村を殺したにしても、ねえ、アナタ。ちょッと、金一封はもらいたくないと思いませんか」巨勢博士は笑いながらメモの上から手を放した。その顔は、しかし、次第にマジメになった。寒吉はその顔に答えるように、うなずいた。そしてメモをとりあげてポケットへおさめた。

数日後、三高吉太郎氏は寒吉につきそわれて自首した。しかるのち、寒吉の特ダネとなり金一封となったことを附け加えておこう。

巨勢博士の推理は殆《ほとん》ど完全であった。三高氏と江村は、終戦のドサクサに北海道の牢屋を脱獄した徒刑人であったのである。

山の神殺人

十万円で息子を殺さす

――布教師ら三名逮捕――

【青森発】先月二十三日東北本線小湊、西平内間（青森県東津軽郡）線路わきに青森県上北郡天間林村天間館、無職坪得衛さん（四一）の死体が発見され、国警青森県本部と小湊地区署は他殺とみて捜査を進め、去る八日、主犯として青森県東津軽郡小湊町御岳教教師須藤正雄（二五）を検挙、さらに十八日朝被害者の実父である上北郡天間林村天間館、民生委員、農坪得三郎（六一）と得三郎を須藤に紹介した同、行商坪勇太郎さん妻御岳教信者しげ（五〇）を逮捕した。……

――（朝日新聞五月十九日夕刊）――

子を捨てたがる父

公安委員の山田平作は夜になるのを待って町の警察へ出頭した。長男不二男がヤミであげられていたからである。

「ご苦労さまです」

署長が気の毒そうに彼を迎えた。不二男が警察の世話になるのは、それで五度目だ。公安委員という肩書の手前、平作は人の何倍も肩身のせまい思いをしなければならない。

平作は道々思い決して来たものだから、署長を見ると亢奮《こうふん》して云った。

「今度ばかりはつくづく考えました。御先祖様の位牌に対しても顔向けができませんから今度という今度は、思いきって勘当《かんどう》、廃嫡《はいちゃく》いたそうと思いますが」

「そうですなア。お気持は推察できますが、警察の世話になるような人間には何よりあたたかい家庭が必要なんですな。ここで突き放してしまうと益々悪い方へねじむけるばかりでして」

署長が云いにくそうに言いかけるのを、小野刑事がひきとって、

「勘当なんてことをしたら、箸《はし》にも棒にもかからない悪党が一人生れるばかりでさ」

いまいましそうに呟《つぶや》いた。父親の責任を忘れるな、と云わぬばかりの語気が感じられて、平作は思わず気色ばみ、

「警察のお力でドショウ骨を叩き直して貰うわけにいきませんかね。親の手に負えないから、お願いするのだが」

「警察の手に負えなくとも、親の手には負えなくちゃアならん理窟ですな。親の心掛けがそうだから子供がねじ曲がるのだね。公安委員ともあろう人が」

小野の語気が荒立つので、署長が制した。

「小野君は不二男君の事件を担当しているので、情がうつっているんですよ。商売熱心で、とかくムキになり易いのがこの人物の長所でもあり短所でもあり。不二男君も結婚に早いという年でもないのですから、よいオヨメサンでも見つけてあげると落ちつくかも知れませんよ」

署長はおだやかにこうとりなした。知らない人がきくとただおだやかな言葉のようだが、知る人がきけばそれだけではない。なぜなら、平作の言葉の様子ではまるで二十前後の不良少年を勘当する話のようにうけとれるが、実は不二男は当年三十三にもなっている。

平作は今の女房に頭があがらないから、先妻の子の不二男にやさしい言葉をかけてやったこともない。不二男は少年時代からまるで作男のように扱われて育った。戦争がなければもっと早くグレてとっくに家出でもしていたろうに、いわば戦争に救われたとでも云うべきか、勇躍出征した。兵隊、戦争の生活は彼にとってはむしろはじめての青春時代であったのである。

終戦後、グレはじめた。相変らず父の作男のような生活ながら、ヤミをやり、ヤミの仲間と時にはよからぬカセギをもくろむようなこともあって、警察沙汰になることが重なったのである。

その度に被害を蒙《こうむ》るのは平作で、示談だと云って金をとられ、ヤミでは自分の作物を盗んで売られ、重ね重ねの損失の上に肩身のせまい思いをしなければならぬ。けれども

世間は平作に同情どころか、

「ノータリンの作男でもタダで雇えやしまいし、一人前に成人した長男にヨメもとらせずタダを幸いコキ使うから、こうなるのさ」と批評はつめたい。

平作はかねてこの世評に腹を立てているところへ、署長が不二男君にヨメを、と云ったものだから、面白くない。

「あんな奴のヨメになる女がいるものですかい。なりたいという女があれば、色キチガイさね」

腹立ちまぎれに、百年の仇敵を呪うようなことを呟いた。

と、そのとき平作は警察の奥から賑やかな音が起っているのに気がついた。

「ナム妙法蓮華経。ナム妙法蓮華経。ナム妙法蓮華経。ナム妙法……」

まるで滝の音のようにキリもなく湧き起るお題目の声。女の声だが、必死の気魄《きはく》がみなぎっている。

「あれは何ですか。警察の中と違いますか」

署長は苦笑して、

「朝から夜中までですよ。ほれ、例の山の神の行者お加久ですよ」

「人殺しの……」

「イエ、人殺しの方は、どうやらお加久に罪はなさそうです。あんまりうるさいから、今日にも釈放のつもりですが」

数日前に、農家の甚兵衛方で娘殺し事件が起った。キ印の娘ヤス子（当年十八歳）を一室に監禁し、食事を与えずチョウチャクして死に至らしめたという事件である。一家の者が心を合せて謀殺の疑いがあったが、これに山の神の行者お加久が一枚加わっている。ヤス子に憑《つ》いている狐を落してやると云って、十日間も泊りこんで祈った。ヤス子に食事を与えなかったのも、後手にいましめてチョウチャクしたのも、狐を落すためというお加久の指金《さしがね》だったという町の噂《うわさ》であった。

「ところが取り調べてみると、どうやら、そうじゃないんですよ。お加久の所業と見せかけて罪をまぬがれようという甚兵衛一家の深い企みがあるのです。お加久は体よく利用されたにすぎないようです。どうも、邪教を利用して殺人罪をまぬがれようという奴がいるのですから、正気の人間はとにかく役者がさすがに一枚上ですよ」

署長はイマイマしげに説明した。すると小野がふと気がついたらしい様子で、

「不二男の奴、山の神の信者になったらしい様子ですぜ。また、お加久の奴が、どういうものか、不二男に目をつけたんですね。不二男に死神がついてると云うんです。それを払ってやるというんですな。昨日まではそうだったんだが、今朝方から、不二男の奴、合掌して、お加久に合せてお題目を呟いてる始末ですよ」

それをきくと平作の目の色が変った。

「すると、お加久にたのむと、不二男の性根を叩き直してもらえますかな」

「神様のことは警察には分りませんや」

「ひとつ、お加久に会わせていただけませんかな。もしも不二男の性根が直るものなら」
「ハッハッハ。会わせてあげないこともありませんが、それ、そこのベンチに腰かけて合掌してる怪人物をごらんなさい。兵頭清という二十五の若者ですが、お加久の大の信者でしてな。教祖の身を案じてあのベンチに坐りこみです。性根が直ってあんな風になるのも、困りものかも知れませんぜ」

普通に背広をきて、一見若い事務員風の男。それがジイッと合掌している。青白い病的な若者じゃなくて、運動選手のような逞《たくま》しさ。それがジイッと合掌しているから、かえって妖気がただよっている。平作はつぶさにそれを観察したのち、
「イヤ、あの方が何より無難です。ぜひお加久に会わせていただきたい」

そのあげく、お加久が不二男の性根を叩き直してくれることになり、お加久は兵頭清とともに当分平作の家に泊りこんでお祈りをすることになった。そこで不二男とお加久はその晩同時に釈放となり、これに兵頭清を加えた三名が平作にひきつれられて警察を出た。

ところがそれから三四十分後に、濡れ鼠の平作がただ一人蒼《あお》い顔で警察へ駈けこんだ。

神様をだます人々

平作の語るところによると、こうである。
その日は暮れ方から降りだした雨が、平作の立ち去るころにはドシャ降りになってい

た。平作の家は町からかなり離れていて、小さいながらも一山越えなければならない。平作はチョウチンを持ち先頭に立って山径を歩いた。どうにも一列でしか通れない道だ。ドシャ降りではあるし、お加久はお題目を声はりあげて唱えつづけているしで、ほかの物音はきこえない。平作は滑る山径を歩くだけが精一パイであったが、ようやく登りつめたところでふと振向いてみると、後にしたがってるのはお加久と兵頭だけで、不二男の姿が見当らない。

「オレのすぐ後が不二男の順であったが、まさか突然姿が掻き消えたわけではあるまい」

「坂の途中で小便の様子だから通り越して来たんですよ」

「バカヤロー。不二男の策にはまってズラカられたのだ。それで死神を落してやるの、性根を叩き直してやるのと、気のきいたことができるものか。もうキサマらに用はないから、とッととどこへでも消えてなくなれ。不二男の奴、もうカンベンならねえ。警察で勘当の話をつけてもらう」

平作はジダンダふんで警察へ戻ってきたのである。

話をきいて、小野刑事はフッとタバコの煙をふいて、

「お題目の様子が神妙すぎると思ったら、やっぱりね。邪教が人をだますというが、この町の連中は邪教をだますのが流行だね。お加久はだませても、オレの目はだませないぞ。不二男の行き先ぐらいは、考えるヒマもいらないさ。一しょに来なさい。つかまえ

てあげる」

小野は立ち上ると、いきなり外出の支度をはじめた。

小野は平作をうながして、ドシャ降りの中へとびだした。裏通りから露地へまがる。

「シッ。静かに」小野は平作を制しておいて、小さな家の戸口の方へ進んだが、にわかに立ち止った。

「アッ。誰か、人が」

平作にはそんな気配は分らなかった。

「え？　どこに？　誰もいないようだが」

「イヤ。たしかに誰かがあッちへ逃げたような気がするが。……こうドシャ降りじゃア、どうも、仕方がない」

小野はあきらめて、小さな家の戸口に立った。表戸をドンドンと叩いて、

「今晩は。大月さん。今晩は」

二十回も戸を叩いたと思うころ、ようやく屋内で人の気配がうごいた。

「夜中に、なアに？　女の一人住いに」

「まだ夜中じゃないよ。九時に二十分前だ。これから三時間もたつと、そろそろ夜中だが」

「誰だい？　酔ッ払いだね」

「警察の者だ。ちょッと訊きたいことがある」

「警察？　フン、誰だい、酔ッ払って」

「戸を開けろ。山田不二男のことで訊きたいことがある」

にわかに小野が大音声でキッパリ云うと、屋内の女はあわてた。戸があいた。

「なんだい。小野さんか。なんの用さ？」

三十三四の女。後家のヒサというカツギ屋である。ちょッと渋皮のむけた女。なにかと噂のたえない人物である。

「不二男が来てるだろう」

「来てませんよ」

「フン。誰とねてた？　奥の男は誰だい？」

「誰も来てやしないよ」

「ほんとか。上ッて見るぞ」

「ええ、どうぞ。あんまり人を侮辱しないで下さいよ。近所隣りがあることだから」

「御近所は、もう慣れッこだ」小野はいきなりズカズカ入りこんだ。ガラリとフスマをあけると、奥は一部屋しかないから逃げ場もない。フトンの中の男がもっくり起き上って、観念の様子。

「ヤ。鈴木か。鈴木小助クン、意外な対面。カカアに云いつけてやるぞ」

小野は小助を見下してニヤリと笑った。この町のカツギ屋の大将格のオヤジである。

「悪いことをした覚えはないよ。とッとと行っとくれ」

「ウン。よいことをしただけだな」

小野は皮肉を浴せたが、諦《あきら》めて靴をはいた。

「一ツだけ教えてくれ。さッき不二男がここへ来たろう」

「誰も来やしないッたら」

「誰もじゃない。不二男だ。二三十分前に表の戸を叩いたはずだ」

「知らないよ。グッスリねてたから」

小野はドシャ降りの表へでた。うしろで戸がピシャリとしまって、カギをかける音がしている。

「さッき、逃げたのが、不二男さ。奴サン、せっかく恋しい女のところへ駈けつけたのに、先客アリでしめだされ、そッと中をうかがっていたらしいや。このドシャ降りにご苦労な話さね。カツギ屋の後家なんぞ張るもんじゃないよ。カゼをひくだけだ」

不二男に女がいるという噂をきいていた平作は、さてはそれがあの女かと思った。

「あの女は後家ですかい？」

「後家のヒサさ。村一番の働き者で、イタズラ女さ。何人男がいるか分りゃしない。いまに血の雨が降らなきゃいいが、不二男なんぞも、気をつけないと……」

本通りで、平作は小野に別れた。いまに血の雨が降らなきゃいいが……小野の一言が彼の頭にしみついている。

「悪い女にかかりあっていやがる」

不二男のおかげで、わが家がメチャメチャになるような気がした。終戦後、二町歩の田畑を五町歩にふやし、山林も買いつけ、町では押しも押されもしない歴とした旦那の一人となり、公安委員にもなったのに、不二男のおかげで、とかく人々の尊敬がうすい。

「せっかくオレがこれほどの身代を築きあげたのに、あの野郎がいるばかりに……」

平作のハラワタは煮えるようだ。彼の望みは大きい。彼の眼中に新しい農地法などはない。彼の頭にしみついているのは、昔からの農村伝説だ。

太陽がコッちの山からでてあっちの山へ沈むまでの土地をそっくり我が物とし、鶏がトキをつくるたびに黄金が一升ずつふえていくような分限者になりたいのだ。そして人人に百姓の王様と仰がれ、彼が野良を歩くと、案山子《かかし》以外の全ての人間が泥の中へうずくまって土下座する。見渡す全てのミノリも、全ての山々の緑も、彼自身のものである。

「オレがママにならないのは太陽だけだ。人間のウジムシどもなぞが、オレにオソレ多くも話しかけることもできないようにならなくちゃア……」

夢のようなことを考える。ふと我にかえると、夢を裏切る現実に、まず何よりもハラワタが煮えたつのは不二男のことなのである。

術にかかる神様

平作がドシャ降りの中を疲れきってわが家へ戻ると、わが家の土間では大騒動がもちあがっている。土間にお加久と兵頭ががんばっていて、入れろ入れないで女房お常と争っているのである。

お常は平作を見るより駈けよって、

「どうしたのさ。いつまでも、どこをうろついてきたのさ」

「不二男の姿をさがしていたのだが」

「不二男ならとっくに戻ってきて、ねちまったよ」

「そうか。一足先に帰りやがったか」

「この人たちを、どうするツモリなんだよう。不二男についてる死霊とかメス狐とかを落すんだって？　お前さんが頼んだッてのは本当なのかね」

「イヤ、一度はたのんだが、あとで断わったのだ。しかし、まア、このドシャ降りに突き放すのも気の毒だから、今夜だけは馬小屋へ泊めてやろう。お前ら、表へでろ。ウチへ上りこもうなんて、ふとい奴らだ。お情けに今夜だけは馬小屋へ泊めてやるから、ワラをかぶって寝てろ」

平作はお加久と兵頭を馬小屋へ連れこんだ。

もともと平作がなぜお加久をわが家へ連れこむ気持になったかというと、不二男の性根を直そうという考えじゃなくて、甚兵衛のウチで起った事件にヒントを得たせいなのである。

不二男がお加久の信者になったときいて、こいつはシメタと考えた。

平作は新興宗教なぞに特に関心はもたないから、教祖だの行者なぞというものを、ただの人間、むしろウジムシと考えている。易者はお客を妄者とよぶそうだが、その易者も自身の未来が占えずシガない暮しを立てているとこは、妄者以下、ウジムシじゃないか。ウジムシの神通力なぞバカバカしくて考えることもできない。

けれども世間にはウジムシ以下のバカが存在することも確かで、たとえばウジムシの信者になるバカがいる。こういうバカに対して、ウジムシが一応の神通力があるのも確かである。

「信者は教祖の意のままになるものだ。お加久に鼻グスリをかがせ、不二男を思うようにあやつらせて、できることなら一思いに……」

甚兵衛は自分たちも手を下したからロケンしたが、万事神サマの神通力にまかせてしまえばロケンする筈《はず》がないと考えた。

こう考えてお加久をわが家へ招く気持になったのであるが、不二男の信心が警察をあざむく手段で、帰宅の途中まんまと平作もだしぬかれてズラかられてしまったから、平作は怒り心頭に発してお加久を呪ったのである。

けれども、また平作の心が変った。不二男にああいう悪い女や仲間がいては、いよいよ早々と不二男を片づけてしまう必要がある。平作の頭には小野の言葉がしみついていた。

「いまに血の雨が降らねばよいが……」

あの疑り深い刑事でも、ヒサのことでは血の雨が降りそうだと考えているのである。

「こいつは、利用できるぞ。ヒサのことで不二男が殺されたと見せかけさえすれば……」

新しい考えが平作の頭にうかんだのである。

平作はお加久と兵頭を馬小屋へ連れこんでワラの上へ坐らせた。平作はチョウチンをマンナカに立てて二人をジッと見つめて、

「お加久はさすがに相当な行者と見えて、不二男についた死神とメス狐が見えるらしいな」

「見えるとも。憑かれた人間には影がたちこめているものだ。狐の鳴く声もきこえる」

「なんだ。影や声しか見たり聞いたりできないのか。オレには不二男についてる死神もメスの狐もハッキリ姿が見える。死神もメスの狐も不二男の背にしがみついて、両手を首にまき両足を腰にからみつけて藤のツルのようにシッカリしがみついている。死神の奴が右肩から、メス狐の奴が左肩から、不二男の顔をマンナカにまるで顔だけ三ツある化け物のようだが、身体は一ツで、何百年も年を経た藤ヅルのようにくいこんで一体となり、とても放す見込みがない」

「イエ、オレが法力で落してみせる」

「キサマ、影ぐらいしか見えないくせに、大きなことを云うな。オレにはチャンと見えているのだが、それでもどうすることもできないのだぞ。こう執念深くガッチリくいこんでしまっては、もう普通では落すことができないものだ。ヤ。待て、待て」

平作は袖《そで》でチョウチンの火を隠すようにしながら、ジイッと聞き耳をたてていたが、

「フン。どうやら、ソラ耳であったらしい。死神や狐は疑り深いから、近所で相談していると、すぐカンづいて、足しのばせて立ち聞きにくるのだ。大声をたてると悟られるから、お前らモッと前の方へ寄ってこい。チョウチンの火があるとグアイが悪いから、火を消すが、お前ら片手をだせ。めいめいの片手を握りあって、心を合せて相談しよう。こうしないと、死神や狐が間へはさまって立ち聞きされてしまう。いいか」平作は左手でお加久の片手をとり、右手で兵頭の片手をとった。

「お前らもめいめいの手をシッカリ握り合うのだ。まちがって死神や狐の手をつかまされないように、チョウチンの火のあるうちによーく改めて確めるがよい。火が消えてからは、どんなことがあっても手をはなしたり、握り変えたりしてはならぬ。ちょッとでも力をゆるめると、死神や狐の手にすりかえられてしまうから。いいか。シッカリ握ったな。それではチョウチンの火を消すぞ」

平作は顔を押し当てるようにしてチョウチンの火を吹き消した。にわかに馬小屋はくらやみとなり、ローソクのシンに残った小さな赤い一点だけがチョロチョロしている。

「さて、これでよい。それでは云うが、死神と狐の両手両足は不二男の首と腰に肉の中までくいこんでいるから、放すこともできないし、死神と狐だけ殺すということもできない。三位一体のようなものだ。不二男を助けるために、不二男の身体だけそのままにしておいて助けるというのが無理なのだ。心臓も首もそっくり重なって一ッになって息

をしているのだから、どうしても一度は不二男の息をとめないと死神も狐も落すことができない。不二男の背から心臓のところをグッサリ突き刺す。短刀の刃先が心臓を突きぬいて向う側へとびでるまで突き刺さなければならない。こうして横に倒してから、次には不二男の首を斬り落す。一分でも皮がついてるようではいけない。スッパリと斬り落して胴体と首をバラバラにしなければならない。そうすると、死神と狐の首が落ちるのだ。こうすれば死神と狐を落すことができる。こうしなければ、ほかに落す方法はないのだ。どうだ。お前らにはそれが分らないか」

お加久が歯をガタガタふるわせながら、

「そうだ。そうだ。その通りだ。そうすれば死神と狐を落すことができる。どうしても、そうしなければ落すことができない。三ツ重ねておいて心臓をブッスリ刃の根本まで突き刺す。三ツの首を重ねておいて一ツに斬り落す。こうしなければならない。こうすれば必ず死神も狐も落ちるぞよ」

「そうだ。しかしな。人に見られると、どうにもならぬ。不二男を山におびきだして、誰も見ていない山奥でやらなければならない」

「そうだとも。オレは山の神の行者だから、山の神のお膝元へおびきよせてやらなければならぬぞ。日光の奥山がよい。日光へおびきよせてやらなければならぬぞ」

「そうだ。日光の男体山の奥山でやらなければならぬ。中宮祠の裏のずッと奥の沢へでて藪の中でやらねばならぬ。それをやるのは兵頭の役だが、兵頭はやることができるか」

「そうだ。そうだ。それをやるのは清の役だ。清はきっとやることができる。うしろから心臓をブッスリ突き刺して、首を斬り落すのだ。きっとやることができるぞよ」

兵頭も寒気と亢奮とで石のように堅くなってブルブルふるえていたが、こう云われると膝からガクガクとゆれはじめて、カチカチと時計のように歯を鳴らしながら、

「ハイ、オレが必ずやってみせます。オレも昔のオレではない。いまでは、神様を見ることも、声をきくこともできるようになりました。もう一とふんばりで、立派な行者になってみせます。不二男の死神と狐はオレがスッパリ落してみせます」

それをきくと平作は力一パイ二人の手を握りしめて波のように揺さぶりながら、

「ナム妙法蓮華経。ナム妙法蓮華経」

お題目を唱えはじめた。二人の狂信者がそれにつれて、ここをセンドと合唱しはじめたことは云うまでもない。

王様誕生

それから十日ほど後のことである。日光男体山の山中で心臓を刺され、首を斬り落されて死んでいる男が発見された。

一定の日でないと行者が通ることもない山だが、その日に限って里人がそこを通ったので、兇行の翌日に死体が発見された。これも一ツの幸運。

殺された男の懐中から一通の手紙がでてきたので、被害者の身許も分った。重ね重ね

の幸運だ。被害者は云うまでもなく不二男。隣りの県の人間だ。この手紙が現れなければ、事件は永遠に解決されなかったであろう。

手紙はヒサからのもので、日光で待っているから来てほしい。迎えの人を馬返しにだしておくから、その人の案内通りに安心してついてきて欲しい。日光の山中でつもる話をして縁を結びたい、という味なことが書いてあった。

「すると、情痴の殺人か。それにしては、わざわざ首を斬り落すほどテイネイなことをしながら、懐中を改めないとはマヌケの犯人がいるものだ。常識では考えられないようなマヌケだね」

ところが日光からのレンラクで、小野刑事がヒサを取り押え、取り調べてみると、ヒサは当日他の場所にいたことが、多くの人々の証言もあってハッキリ分ったのである。

ヒサはそんな手紙は書いた覚えがないと云った。

「チョイト、旦那。この手紙は男の手だわね。女の手に似せるために、わざとヘナチョコに曲げて書いたのよ。私はね。カツギ屋渡世はしてますけどさ。これで書は小学校の時から然るべき先生について、書道の奥儀をきわめているんですからね。スズリと筆をかしてごらんな。水茎の跡を見せてあげるから」

書かせてみると、なるほど達筆、どこの姫君が書いたかと思うような能筆である。捜査はやり直しということになったが、被害者の身許は判明したし、証拠の手紙があるから、犯人の所在はきわめて限定されている。ヒサをめぐる男を洗って行けばよい。ところが、ヒサの情夫をしらべてみると、みんなアリバイがある。みんなカツギ屋のことだから、それぞれ当日の所在にはハッキリした証人があげられるのである。

小野刑事は考えた。

「そうだ。男を迎えにだすと書いてある。情夫が迎えにでるわけはないから、迎えにでた男というのは情夫のうちの誰でもない別の人間でなければならぬ」

駅へ行って調べてみると、その前日日光行きの切符を買って翌日戻ってきた人間の居ることが分った。これが兵頭清である。

「そうだ。兵頭なら警察で不二男に対面しているから迎えの使者の役目が果せるわけだ。使者は兵頭ときまったぞ」

小野はコオドリして、兵頭の行方をさがして、平作の馬小屋でお加久と共に祈りをあげているところを捕えたのである。

兵頭が白状したので事件は解決した。このお礼に、平作は十万円を投げだして、お加久のためにお堂を立てることになっていたのである。

平作は捕えられたが、黙秘権を行使して一言も物を云わない。たぶん彼はこの世で実現できなかった夢を牢屋の中へ持ちこんでいるのだろう。むしろ牢屋の中での方が、彼の夢は実現し易いのかも知れない。

「オレは王様だ。王様を牢にとじこめるとは何事だ」

彼は時々格子にしがみついて、歯ぎしりして叫んでいるそうである。

正午の殺人

郊外電車がF駅についたのが十一時三十五分。このF行きは始発から終発まで三十分間隔になっていて、次の到着は十二時五分。それだと〆切の時間が心配になる。

「あと、五十日か」

文作は電車を降りて溜息をもらした。流行作家神田兵太郎が文作の新聞に連載小説を書きはじめてから百回ぐらいになる。約束の百五十回を終るまでは、毎日同じ時間にFまで日参しなければならぬ。駅から神田の家までは十分かかった。

前方を洋装の若い女が歩いて行く。

「どうやら、あの人も神田通いだな」

と文作は直感した。畑の道を丘に突当ると神社がある。そこから丘へ登りつめると、神田兵太郎の家である。近所には他に一軒もないという不便なところだ。

神社の前で女が立ちどまって何か迷っている様子であった。追いついた文作は迷わず話しかけた。

「神田さんへいらッしゃるんでしょう」

「ハ？」

「神田さんはここを曲って丘の上ですよ」

「ハア。存じております」

「そうですか。どうも、失礼」

文作は一礼すると泡をくらッて丘の道を登りはじめた。なぜかというと、かの女性が年歯二十一二、驚くべき美貌であったからである。

「おどろいたなア。神田通いの人種の中にあんな可愛い子がいるのかねえ。まさにミス・ニッポンの貫禄じゃないか。典型的な美貌とはまさに彼女じゃないか。整いすぎて、すこし冷いかな。第一、オレに素ッ気なくするようじゃ、目が低いな」

神田通いの婦人ジャーナリストの中に安川久子という美貌の雑誌記者がいることは記者仲間に知られていたが、あるいはその人かも知れない。流行作家といっても、神田兵太郎は著書が何十万と売れる流行作家で、毎月たくさん書きまくる流行作家ではなかった。したがって、彼に原稿を書かせるのは容易じゃないが、ちかごろ婦人雑誌の一ツが彼の原稿を毎月欠かさず載せている。それは安川久子という美貌の婦人記者を差し向けてからの話と伝えられている。

「神田兵太郎もワケの分らない先生さ。性的不能者という話もあれば、男色という話もある。とたんに美人記者が成功するんだから、何が何だか分りゃしねえや」

神田邸のベルを鳴らすと、毛利アケミさんが現れて、大広間へ通してくれた。この洋館はバカバカしいほど凝《こ》った大広間が一ツあって、それに小部屋がいくつか附属しているだけである。当年六十歳の神田兵太郎は数年来唐手《からて》に凝っている。仕事の合間にこの大広間で唐手の型をやって小一時間も暴れまわったあとで、入浴する。新聞原稿を書き終ったあとでそれをやることが多いので、文作も何度か神田の暴れているのを見たことがある。六十とは思われない若々しい身体で、夕立を浴びてるような汗をかき、目がくらんでフラフラしながらも「エイッ！　ヤッ！」とやっている。それから浴室へとびこむのである。

「唐手のお稽古がいま終ったところ。入浴中よ」

アケミはこう説明して、広間の隅へ片寄せたイスの一ツに彼を案内した。

この毛利アケミさんなる人物は元来素人ストリッパーである。女子大学の演芸会でストリップを演じて同性を悩殺して以来肉体に自信を持ち、折あればハダカになって人間をウットリさせたいという野心をいだくに至った。やがて有名な画家を選んでモデルになる遊びを覚え、最高の女体鑑賞家と申すべき大家どもをナデ斬りにして溜飲を下げていたのであるが、そのうちに文士の神田兵太郎と同棲するに至った。

不能者だの男色だのと噂《うわさ》のあった神田がアケミさんと同棲するに至ったから、ジャーナリストも一時は迷ったものである。しかし、結局、神田が不能者であり、男色であるために、女体の最も純粋な鑑賞家なのかも知れない。そしてアケミさんとはそういう結びつきではないかというモットモらしい結論になっていたのである。

いつも時間がきまっているから、アケミさんはかねて用意しておいたサンドウィッチとコーヒーを持参する。

「原稿できてますか」

「ええ、できてます。ここにあるわ」

マントルピースの上から原稿をとって彼に渡した。

「ありがたい。いつもキチョウメンにできていて、助かりますよ」

こういう大家になると時間はむしろキチョウメンで、いつも午前中にチャンと一回分できあがっている。ついでに四五日ぶんまとめてやってくれると助かるのだが、毎日キチョウメンにできてるだけでも上の部でゼイタクは云えない。

「オーイ！　タオル！」

神田が浴室で怒鳴っている。ハーイ、とアケミさんが浴室へ駈けこんでいった。文作が来たときからジャージャー流れていた水の音がようやく止ったのは、神田がズッとシャワーを浴びていたのであろう。

「それ。寒い。寒い。寒い。早く、早く」

と寒そうな声でせきたてているのはアケミさんだ。タオルでくるんでやっているのだろう。神田は口笛を吹きながら寝室へ駈けこんだらしい。神田を寝室へ送っておいて、アケミさんだけ出てきた。

「先生、シャワーが好きですね」

「そうなのよ。真冬でもやるんですよ。それで皮膚が若々しいのかしら」

アケミさんの顔が曇った。その顔を隠すようにそらして、

「あなた、電車で、美しいお嬢さん見かけなかった？」

「アッ。それだ。見ましたとも。神社のところまで一しょでしたよ。あの人、誰ですか」

「安川久子さん」

「やっぱりね。すごい美人ですね」

「ええ」

アケミさんはうかない顔だ。

「どうかしたんですか」

と文作がきくと、アケミさんは苦笑にまぎらして、

「イエ、なんでもないのよ。ただ先生が待ちかねて、きくものですから。お見えになったら居間へお通ししろッて。湯上りの素ッ裸でせきこんでるわよ」

「ストリップですな」

「ひどいわね」

そのとき呼鈴が鳴って、安川久子が訪れたのである。アケミはかねて云いつかってい るから、大広間を横切って、久子を神田の居間へ通した。居間、寝室、浴室と小部屋が 三ツ並んでおり、各々広間に通じる扉があるが、各室が横にレンラクできる扉もあって、 浴室から寝室へ、寝室から居間へ、広間の人に姿を見せずに往復できるのである。アケ

ミさんの心中、面白からぬのは無理がない。

「安川さんがお見えよ」

アケミは寝室の扉をあけて大声で怒鳴ってパタンとしめた。すると、

「アケミ！　アケミ！」

神田が室内から大声でよんだ。アケミはうるさそうに、扉から顔だけ差しこんで、

「なアに？」

神田が何かクドクドと云った。アケミは扉をしめて文作のところへ戻ってきて、

「男ッて、横暴ね」

「どうしてですか」

「美人を隣室へ呼びこんどいて、お前、ちょッと散歩してこいだって」

「先生なら大丈夫ですよ」

「なにが先生ならなのよ。日本一の助平よ、あの先生は」

「フーン」

「何がフーンさ。さ、出ましょうよ。不潔だわ、ここの空気。淫風うずまいてるわね」

アケミは文作の手をとるようにして、外へでた。まさに、そのとき、正午のサイレンが鳴るのをきいた。

「私も一しょに銀座へ遊びに行こうかな」

「僕はまッすぐ銀座へでるんじゃないんですよ。これから挿絵の先生のところをまわっ

て、それからです」

丘を降りる途中、書生の木曾英介が荷物を自転車につんで登ってくるのに出会った。マーケットへ買い出しにでたのである。

「お居間に安川さんが見えてらッしゃるんですから、奥へ行かない方がよくッてよ」

アケミは木曾に注意を与えた。そして文作を駅まで送ってくれたのである。

文作が挿絵の先生をまわって、原稿をとどけ、できている挿絵を受け取って社についたのが三時ちょッと前だった。とたんに社会部の記者が三四人立ちふさがって、

「今ごろまでどこをうろついてたんだ？」

「よせやい。小説原稿と挿絵をまわって、休むヒマもありゃしない」

「お前まさか神田兵太郎を殺しやしまいな」

「おどかすない」

「神田兵太郎が自殺したんだ。しかし、他殺の疑いもあるらしい。とにかく、貴公、ちょッと、姿を消してくれ」

「なぜ？」

「コッちの用がすむまで他社に貴公を渡したくないからさ。神田兵太郎が死んだのは、貴公があのウチにいた前後なんだ。もしも他殺なら、貴公は容疑者のナンバーワンだよ」

「オレのいたのは正午だよ。神田先生はシャワーを浴びてピンピンしてたよ」

「待て、待て。白状するなら、こっちの部屋で……」

と、社会部の荒くれどもは犯人の如くに彼をとりかこんで、グイグイ別室へ押しこんでしまった。

★

アケミは文作を駅まで送ってから、ぶらぶら散歩して、農家から生みたての卵を買い、そこで二十分ぐらい話しこんだ。散歩から戻ってきたのが一時ごろであった。

書生の木曾は台所の前でマキ割りをしていた。アケミは家の中へはいる前にマキ割りの音をたどって木曾のところへやってきて、

「安川さんは？」

「さア？」

「まだお帰りにならないのかしら？」

「僕はズッとここでマキ割りしてたもんで、家の中のことは知らないのですが……」

なるほど相当量のマキが割られて散らばっていた。

アケミは屋内に入り、思いきって居間の扉をノックしてみた。屋内一面に死んだように音がないので、イヤな予感がしていたのだが、意外にも居間の中から久子の澄んだ返事がきこえた。

「はい。どうぞ」

「アラ。安川さん、お一人？」

「ええ」

「先生は?」

「どうなさったんでしょうか。今までお待ちしてたんですけど……」

「原稿書いてらッしゃるのかしら?」

「さア?　私まだお目にかかっていないんですの」

「さっきから?」

「ええ」

久子はその一時間持参の本を読んで待ちくたびれていたのだそうだ。なるほど居間の内部はアケミが彼女を招じ入れた時と全く変りがなかった。

そこでアケミは寝室へ行ってみた。そしてそこに全裸の姿で俯伏《うつぶ》せに死んでいる神田を見出したのである。バスタオルが下半身を覆うている。ピストルで右のコメカミから射抜かれている。ピストルは右の手もとに落ちていた。すでに体温はなかったのである。

当局の取調べに、久子は答えた。

「私が居間にいる間、隣の寝室に特別の物音は起らなかったように思います」

「ズッと部屋を動かなかったのですね」

「いいえ、二度部屋をでました」

「なぜ?」

「電話が鳴ったからです。どなたもお出にならないので、私がでてみましたが、時間がたったせいですか、私がでた時には切れていました」

「いつごろですか」

「私が来て間もなく、十二時五分か十分ごろかと思います」

「そのとき邸内に誰もいませんでしたか」

「どなたの姿も見かけませんでした」

「何分ぐらい部屋をはなれていたのですか」

「ちょッとの間です。電話機をガチャガチャやってみて、切れてるのが分るまでの時間だけです」

「そのときピストルの音をききませんでしたか」

「気がつきませんでした。ラジオが鳴っていましたので、きこえなかったのかも知れません」

「ラジオのスイッチを入れたのはあなたですか」

「いいえ。私が来たときから鳴っていました」

そのラジオは神田自身がスイッチをひねったのである。唐手の立廻りの練習をはじめる時にひねったものだそうである。

アケミも文作も彼らが立去る時にラジオの鳴っていたのをきいていた。アケミはよほどラジオをとめて出ようかと思ったが「彼らの便宜のために」わざとラジオの音を残して立去ったのだと云った。

「寛大なもんですな」

と新聞記者が感服したら、

「私までコッパズカシイからよ」

と意味深長に微笑した由、さる新聞の報ずるところであった。

木曾はこう証言した。

「僕が邸へ戻ったのは、十二時五分ごろじゃないかな。なぜなら、神社の前に自転車をとめて、これから丘を登るために一休みしてるとき正午のサイレンをきいたからです。電話ですか、電話は知りませんでしたね。なんしろ荷物を台所へほうりこむ。いきなりマキ割りをはじめたものですから」

彼は二十七歳。終戦の時は学徒兵だった美青年である。彼は新聞記者に男色方面の突ッこんだ質問をうけたが、それを平然とうけながして、

「僕は先生の弟子で、書生で、下男にすぎませんよ。その他のことは知りませんね。え？　愛人？　先生の愛人ならアケミさんでしょう。え？　安川久子さんと先生との関係ですか。そんなこと知るもんですか。僕には、神田先生の私生活は興味がなかったです」

「ピストルの音を知らなかったのかい？」

「知ってりゃ何とかしますよ。書生の勤務に於ては忠実な方ですからね」

「自殺の原因に心当りは？」

「ありませんね。そもそも文士には自殺的文士と自殺的でない文士と二種類あって、自

殺的でない文士というものは人間の中で一番自殺に縁がない人間ですよ」

「殺される原因の心当りは？」

「僕が先生を殺す原因なら心当りがありませんよ。他人のことは知りませんね」

「君とアケミさんの関係は？」

こう突ッこんだ新聞記者の顔をフシギそうに眺めて、彼は呟いた。

「もしも僕たちが良い仲なら、先生の生存が何より必要さ。なぜなら、僕たちが同じ屋根の下に暮せるのは先生のおかげだからさ。僕のように生活力のない人間が、先生なしでアケミさんと同じ屋根の下で暮せやしないよ。アケミさんの顔を一目みれば分りそうなものだがなア」

「それで結局、良い仲なのかい？」

「僕がウンと云えば日本中の人を思いこませることができるらしいね」

彼は皮肉な笑いを残して立去った。

結局容疑者が三人できた。アケミと久子と木曾である。それに対して、文作の証言が甚だ重大な意味をもつことになったのである。ところが文作はうっかり社会部の連中に久子のことを口走ったために、大そうハンモンすることになってしまった。なぜなら、彼の社の新聞は翌日の紙面に久子をほぼ確実な容疑者として大胆に報じているからであった。

『当日午前十一時三十五分駅着の電車で降りたわが社の矢部文作記者は、同じ電車できた安川久子が坂の登り口で大きなハンドバッグの中をのぞいて何か思いつめた様子で考えこんでいるのを見出して話しかけた。

「神田さんへいらッしゃるのですか」

「ええ」

「一しょに参りましょう」

「おかまいなく」

彼女は冷く答えた。そして、そこからわずかに三分の道を十五分もおくれて到着した久子はアケミにむかえられ突きつめた顔で広間を横切り居間へみちびかれた。十五分ひく三分、十二分の間、彼女は何をしていたのであろうか』

これを読んだ文作は新聞を握りしめ殴り込みの勢いで社会部のデスクに突めよった。

「ハンドバッグを胸にだいてボンヤリ立ち止っていたと云ったんだ。中をあけて思いつめてのぞいてたなんて云いやしないよ」

「素人は黙ってろ」

「よせやい。オレだって昔は三年も社会部のメシを食ってるんだ。十五ひく三の十二分で神田先生が殺せるかてんだ。正午カッキリまで先生が生きてたことはオレが証明できるんだ」

「その十二分間に彼女が殺したとは誰も云ってやしないよ。彼女は何をしていたかてんだ——どうだい」

「十二分ぐらいは何をしても過ぎちまわア」

「坂の下にパチンコ屋も喫茶店もなくてもかい。畑だけしかないところで、十二分間も何をして過す」

「よーし。オレがいまに彼女の無罪を証明するから、待ってやがれ。ついでに犯人も突きとめてみせるから」

彼はムカッ腹をたてて外へとびだした。まず冷静第一と各社の記事を読みくらべてみると、各社とも久子に不利な見解らしく、自殺とすれば久子が電話に立った間。他殺なら犯人は久子。なぜなら、隣室のピストルの音がきこえなかったということは信じられないから、というのが各社だいたいの狙いであるらしい。某紙に至ってはすでに久子を犯人に仕立て、裸体の神田が彼女に襲いかかろうとしたから、かねてそれを予期していた久子は用意のピストルをとりだして神田を射ったときめこんでいる。

「バカバカしい。あの楚々《そそ》たる美女にそんな器用なことができるものか。洋装にはシミ一ツ、乱れ一ツなかったそうじゃないか。唐手の達人神田兵太郎の襲撃をうけて、そんな器用な応対ができるのは女猿飛佐助ぐらいのものだ」

ともかく彼はすでに百回も神田邸へ日参している。そのうち神田に会うことは極めて少く、概《おおむ》ねただ原稿をうけとりサンドウィッチを食ってくるだけのことであるが、それでも百日の日参となればために神仏の心も動く日数である。近来彼ほど神田邸の門をくぐった者はいないはずだ。

「まず神田という作家の生態を解明する必要がある。それのできそうなのはオレだけだ」と一応自信タップリ考えこんでみたが、彼が不能者か、男色か、それとも性的に常人であったのか、それだけのことすらも見当がつかない。百日も日参しながら、要するに彼の本当の生活には全くふれていないことが分っただけであった。

★

法医学者の間でも、自殺説と他殺説があった。他殺説の根拠はタマの射こまれたのがコメカミよりもやや後方で、斜め後方から射たれていること。但し、自殺者がこの角度から発射するのが絶対に不可能だという確実さではない。

他殺説の根拠はむしろ状況的なもので、全裸で自殺することが奇怪であるのが第一。それ以上に奇妙なのはバスタオルが足部にかかっていることであった。犯人が犯行後にかけたものでないとすれば、自殺の瞬間まで胸のへんに押えていたのが、自殺後にズリ落ちて倒れる時には足のところまできていた。そう考えなければならない。

ところが、ピストルで自殺するには一方の手に必ずピストルを使わなければならない。してみればバスタオルを押えていたのは片手でなければならないが、これから自殺しようという時に、ダルマのカッコウのようにバスタオルを羽織って片手で押えながらヒキガネをひくというのは、どうも変だ。

長々神経衰弱の者が突然フラフラ死を思い立って半ば喪失状態でヒキガネをひいたと

すればそんな取り乱した死に方もするかも知れぬが、唐手の稽古を小一時間もやってシャワーをものの十分間も浴びた人間がその直後にやることだとは考えられない。バスタオルを羽織る気持があるなら服をつけるぐらいのタシナミがありそうなものだ。それとも、突然自殺の必要が起ったのであろうか。

服をつけるヒマもない突然の必要というものは、自殺の場合よりも他殺の場合により多いことを想定しなければならない。しかし、これとても他殺の決定的な理由になるわけではなかった。

より以上にツジツマが合わないことは、神田が久子の来訪を待ちかねていたこと。その神田が久子を隣室に待たせておいて顔も見せずに自殺するとは何事であろうか。

それについて、久子は奇怪な申し立てを行っているのである。

「私が神社の前にたたずんでいましたのは、そこで待っておれという先生のお言葉だったからです」

「いつ命令をうけましたか」

「その前日、午後二時ごろ、先生から社へお電話がありましたのです。渡すものがあるから、正午ごろ神社の前で待っておれと申されました」

「なぜ正午まで待たなかったのですか」

「先生のお宅がすぐ近いのに、そんなところに待ってるのが不安になったからです。コソコソと人に隠れるようなことがしていけないように思われて、正午ちかくなってから、なんとなく先生のお宅まで行ってしまったのです」

「渡すもの、とは何ですか」

「たぶん原稿だろうと思いました。それしか考えられませんから」

ところが、その原稿は彼の寝室（兼書斎だが）になかったのである。書きかけのものもなかった。そして、久子の原稿の〆切はまだ先のことでもあった。

久子がこう申し立てているにも拘《かかわ》らず、神田の様子はそんな約束をしているようには思われないのだ。久子の来訪を待ちかねてはいたが、自ら約束の場所へでかけようとする様子はなかった。その気持があれば出かけることはできたはずだ。シャワーを早めにきりあげれば、行けたはずである。しかるに彼は悠々と十分間もシャワーをあび、寝室へひきあげてからもすぐに衣服をつけようとはせず、正午すぎて死ぬまで裸でいたのである。

「神社の前で待っておれと云ったのは神田先生本人の電話かね」

「神田先生御自身です。マチガイありません」

しかし、神田が久子に電話したのを聞いていた者はいなかった。もっとも、そのような秘密の電話を、人にきかれるようにかけるはずもない。

「無理心中でもするつもりが、にわかに気が変って自殺したんじゃないかな」

文作はそんなことを考えてみたが、神田という生活力の旺盛な作家が無理心中とはすでに変だ。

さらに決定的に奇怪な一事があった。事件の朝、タカ子という女中のところへ、母がキトクだからすぐ帰れという速達がきた。早朝七時に配達され、タカ子は九時ごろでかけた。タカ子の家は汽車で三時間ほどのところであるが、帰宅してみると、母は健在であるばかりか、誰もそのような速達をだした者がなかったのである。

その速達はアケミと木曾も見ていたが、ヘタな字であったという。タカ子は自分の部屋へ置きすてて行ったと云っているが、彼女の部屋からも、またどこからも発見されなかった。

状況的にはこれが最も奇怪な一事であるが、さればと云って、これと他殺がなぜ結びつくかは証明できない。犯人にとって、女中がいると困ることがあったらしいとは考えられるが、なぜ困るかは皆目見当がつかないのである。

しかし、他殺説の法医学者は、こう云っていた。

「すくなくとも神田が生きていたのは十二時五分か十分までである。屍体の状況や解剖の結果、それ以後までは生存は考えることができない。しかるに、十二時五分から十分までのうちに二度電話がかかってきた。ここにも犯人の作為が考えられるではないか」

つまりその説の真の意味は、十二時五分から十分までの電話のかかってきた時刻に射殺されたもので、計画的な電話だとの考えであるらしかった。

ところが久子以外にその電話をきいた者がない。きいたものがいないから久子が取次にでたのであろうが、この電話を十二時五分から十分までと仮定すると、すくなくとも二度目の電話は木曾がきいていそうなものだ。

アケミと文作が玄関をでたとき正午のサイレンが鳴った。二人は坂を降る途中で木曾とすれちがっている。そこまでは二分ぐらいの道だ。木曾は自転車を押して坂道を登ったのだが、登り道にしてもそれから三四分で家へ到着したはずである。

電話は大広間の台所よりのところに設備されており、台所の戸口の外でマキ割りをしている木曾の耳にきこえるのが普通である。

「僕は自転車を押し上げる普通の速力で登ってきました。神社の前でサイレンをきいたのから判断して、十二時五分か六分ぐらいには裏口へ到着したかも知れませんね。しかし、マキを運んできたり割ったりしているときに電話の音なぞ、きこえません。いま皆さんは電話の鳴るのを予期しているから聞えるのですが、無心にマキ割りしてる時はまた別だと思いますよ」木曾は実地検証にきた人々にこう説明したのである。

そのときアケミはハッと気がついたらしく、のぞくように木曾を見て云った。

「ねえ、木曾さん。そんなに長く、そして二回も電話のベルが鳴ってるのに、なぜ先生が電話にでなかったんでしょうね。先生はベルを長く鳴らせておくのが何よりキライな人ですもの。私たちがいるときに三度以上もベルが鳴れば、血相変えて怒鳴られるわ。さもなければキチガイのようにとびだしてきて、受話器を外してしまうわね」

すると木曾はいかにもバカバカしくてたまらぬように答えた。

「その音については、変テコだらけですよ。あんな時刻になぜラジオが鳴ってたのか、僕には見当がつきませんよ。先生のきくラジオは主としてスポーツと、たまにニュースぐらいのもので、その他の時間は当家のラジオは有って無き存在ですからね。もっとも、時に偶然や気まぐれは過去にも有ったかも知れません。あの日もたまたま気まぐれの日に当っていたのかも知れませんが、とにかくこれも当日の異常の一ツですよ」

このラジオはアケミの記憶によれば神田が唐手の型をやりだす時にスイッチをひねったもので、文作の記憶によっても、彼が到着した時から立ち去る時まで鳴りつづいていたように思われるのである。すくなくとも、誰かが一度とめたり、またひねったりしたような出来事の記憶はなかった。

木曾は云った。

「ふだんなら、僕が室内へ行ってラジオをとめるところですが、当日安川さんが見えてられるときいてたものですから、そのための何かの必要によるものと考えて、ほッたらかしておいたんです。ラジオの鳴ってることは知ってましたとも。異常な事ですからね」

ここにも異常が一つふえたが、やっぱり他殺の確実な証拠にはならない。あとに残った問題は、ピストルが誰の物かということぐらいだ。神田がピストルを所持していることはアケミも木曾も知らなかった。

「先生の寝室のどのヒキダシも、押入の奥の奥まで、先生の知らないことまで私は知ってるのですもの。このピストルはウチの物ではありません」

とアケミは断言した。しかしその断言を裏づける確証はこれまたない。

しかし、各新聞は云い合わせたように他殺の疑いをすてなかった。自殺にせよ、他殺にせよ、久子が銃声をきかないのは変だ。他殺なら、銃声をごまかすための作為があるかも知れないが、自殺の場合にそんな作為は有り得ない。したがって、銃声がきこえないのは他殺の証拠だと考えているのである。そして、その裏には、概《おお》ね《む》久子が犯人だときめている様子であった。

「畜生め。他殺かも知れないが、安川久子が犯人だなんて」

と文作は新聞を読むたびカンカンに腹を立てたが、彼の力ではどう脳ミソをしぼっても彼女の無罪を証明する手が見つからない。

そこで旧友の巨勢《こせ》博士を訪ねて、その意見をきくことにした。二人は一しょに同人雑誌をだしたことのあるその上《かみ》の文学青年であった。

★

「来る頃だと思っていたよ。君の頭じゃ、どうにもならないからな」と巨勢博士はキゲンうるわしく文作を迎えた。

「まア、かけたまえ。君の来訪に備えて東京の全紙から事件のスクラップをとっておいたが、云い合わしたように報道に欠けてるところがあるね。特に君の新聞がひどいや。君の証言がよほど確実だと思いこんでるらしいな」

「当り前じゃないか、この目で実地に見たことだもの」

文作が凄い見幕を見せたから巨勢博士はさからわなかった。

「どの新聞にも欠けているのは、君が神田家へ到着するまでの出来事に関する調査だね」

「オレの到着前のことは無用さ。オレが立去る瞬間まで神田兵太郎氏は生きていたのだから」

「イヤ、イヤ。彼の生死にかかわらず、神田家に異常が起ってからのことは漏れなく調査されなければならない」

「異常とは？」

「たとえばラジオ。そのまた先には女中への手紙。そのまた先には神田氏から久子さんへの電話。それは事件の前日午後二時だから、すくなくとも、その時刻までさかのぼって、それ以後の各人の動勢をメンミツに調査しなければならないのさ」

「ずいぶんヒマな探偵だな」

「書生の木曾が当日どこへ買いだしにでかけたかそのアリバイの裏づけ調査を行ってる新聞も一紙しか見当らないぜ。それによると、木曾はFから約七哩《マイル》のQ駅のマーケットまで洋モク洋酒その他を買いにでかけているのさ。彼がフィルムを買った写真屋はこう証言してるね。木曾さんが見えられたのは十一時前後でしたろう。現像したフィルムと新しいのとをポケットへねじこみ四五分ムダ話ののち自転車で立去りましたよ、とね。QとFの距離は自転車で三四十分だね。もっとも競輪選手なら二十分以内でぶッとばすことができるかも知れないが、一番普通に考えて木曾が当然の時刻にQで買物していることは彼自身の証言通りと考えていいね」

「木曾の行動で疑問なのは坂で僕らとすれちがってからの何分間だ」

「それは各紙がもれなく論じていることさ。僕は目下各紙の調査もれを考案中で――もっとも、各紙の調査もれは君の調査もれでもあろうから、君に訊いても要領を得ないだろうね。君がF駅へ下車した十一時三十五分以後のことを語ってくれたまえ」

「神社の前で安川久子と言葉を交した以外には道で特別のことはない」

「神田邸では？」

「呼鈴を押すとアケミさんが現れて広間へ通してくれた。アケミさんはマントルピースの上から原稿をとってくれて、サンドウィッチとコーヒーを持ってきてくれたから、二人でそれを食って……」

「アケミさんも？」

「左様。それが毎日の例なんだ。神田氏の食事の時間は不規則でずれてるから、アケミさんはオレを待ってて一しょにサンドウィッチとコーヒーをとる。いつもなら女中が運んでくるが、その日はアケミさん自身が運んでくれて差向いでいただいた。十分間ぐらいして、サンドウィッチをほぼ平らげたころに、浴室の神田氏がタオルと怒鳴ったので、アケミさんは座を立った」

「それまでは君と一しょだね」

「左様。台所へサンドウィッチを取りに立ってくれた以外はね。さて神田氏はシャワーをとめてアケミさんからタオルをうけとってくるまって……」

「見ていたのかい」

「バカ。よその浴室をのぞく奴があるかい。神田氏は口笛ふいて寝室へかけこみ、アケミさんは広間へ戻ってきた。そのときアケミさんはうかない顔で、先生が待ちかねてるが、電車で安川さんと一しょじゃなかったかと訊いたんだ。さてはあの美女が安川嬢かと思うところへ安川嬢が到着したのさ。アケミさんが安川嬢を居間へ通す。とたんに寝室の先生が大声でアケミさんを呼んだからアケミさんはドアから首だけ差しこんで」

「ドアから首だけだね」

「左様。先生がアケミさんに散歩してこいと云った」

「ひどいことを云うね。それを君もきいたんだね」

「その声は低かったから、オレにはよくききとれなかったが、アケミさんがバタンとドアをしめて怒って戻ってきて、オレをうながして外へでたのさ。すると正午のサイレンさ」

「つまり君は神田先生には会わないのだね」

「百日のうち拝顔の栄に浴したのは三十日ぐらいのものさ。彼氏は名題《なだい》の交際ギライでね」

「君がチゴサンてわけではなかったのかい」

「よせやい」

「ねえ。君。各紙は神田兵太郎氏の性生活を面白おかしく書き立てているが、実はみんな想像にすぎない。そして神田氏が浪費家で一文の貯えもないことを当然だと思っているらしいが、神田氏の食生活や性生活は門外漢には神秘的かも知れないが、一千万円の年収がそっくり出てしまうほど金のかかる生活だろうか。彼氏がケチなのも名高いのに一文の貯蓄もないのは変じゃないか」

「道楽者の生活はそんなものさ」

「ところが安川久子嬢は云ってるぜ。先生から私的なお話をうけたのは事件前日の電話だけだとね。各紙の躍起《やっき》の調査の結果も、彼女の私生活から蔭の生活をあばくことに成功していない。一方毛利アケミも他に愛人はいないようだと云っているぜ」

「浮気は人に知られずに行うものさ。特に女房にはね」

「君たちは何よりも重大なことを見落しているのだよ。安川久子嬢は洗えば洗うほど可憐なお嬢さんの正体がハッキリでてくるばかりじゃないか。その久子嬢をなぜ全面的に信じようとしないのだろう？　その原因の大きな一ツは君の存在さ。君自身は気づかないらしいが、安川久子嬢が犯人らしいと各新聞社に思われている最大の根拠は、矢部文作という新聞記者が十一時四十五分から十二時までの動かしがたい証言をしているからなんだよ」

「それは重々認めているよ。オレが神社の前で佇《たたず》んでいた彼女のこと云ったばかりに」

「イヤ、それじゃない。君が神田家へ到着してから、つまり十一時四十五分から正午までだ。君は神田氏を見たわけじゃない。しかし、君も、そして人々も、君が神田氏を見たものと思いこんでいるのさ」

「神田氏はたしかに生きていたよ。その声をハッキリきいてる」

「然り。然り。君は声をきいてる。また口笛と、シャワーの音をね。ところが安川久子嬢はピストルの音をきかないと云いはるのだ。その日の異常は全てが音だぜ。ラジオも音だ。視覚については異常は起っていないのだ。そして、もし安川嬢を全面的に信頼するとすれば、どういう結論が現れると思うかね。即ち、いかにラジオの雑音があったにしても、隣室のピストルの音をききもらす筈がないということだ。彼女は広間の電話の音すらも聞きのがしていない。その彼女がいかなる瞬間といえども隣室のピストルの音を聞き逃すことがあるものか。さすれば結論は明瞭じゃないか。ピストルは彼女が神田家に到着後に発射されたものではないということだ」

「オレが広間にいる間にもピストルの音なんぞ聞きやしないよ」

「然りとすればピストルはそのまた前に発射されたにきまってるさ」

「しかし、アケミさんは神田氏と話を交しているじゃないか」

「死人と話のできる人が犯人にきまってるのさ。ちかごろはテープレコーダーというものが津々浦々に悪流行をきわめているのでね。ラジオの雑音でごまかすと、テープレコーダーで肉声の代りをつとめさせるのはむずかしいことではなくなったよ」

呆気《あつけ》にとられている文作に巨勢博士はやさしく云った。

「ねえ、君。かの楚々たる安川久子嬢のために奮起しながら、なぜ君は安川嬢の証言を全面的に信頼しようとしなかったのさ。新聞記者のウヌボレだね。自分の経験を疑うべからざるものと思いこんでいるからさ。愛とは神と同じものだよ。一瞬高くひらめいた時にはね。安川久子嬢を神サマと同じように信頼すれば、そして安川嬢の証言の故にそれが自分の経験よりも尊いと悟れば、この事件の謎は君が苦もなく解いていたはずなのさ。真犯人を見つけることと、本当に女に惚れることとは、同じようなものらしいぜ。本当の物とは結局同じようなものなんだ。だから僕は探偵よりも美女に崇敬をささげる方に忙しいのさ」

と、巨勢博士は文作を置きのこし、帽子をつかんで、アイビキに駈けだしてしまった。

文作の後日の奮闘によってアケミの犯行が発《あば》かれた。彼女は神田氏が安川久子に心を動かし始めたのを見破って以来、神田氏を殺して全財産を乗ッとる計画をねっていたが、神田氏が久子に呼びだしの電話をかけたのを知って女中と書生を外出させ文作の到着の一時間も前にバスをあびた神田氏を殺しておいて、かねて用意のテープレコーダーで正午以後の殺人と思わせ、巧みに自分のアリバイをつくったのである。

文作の折角《せつかく》の奮励努力も、気の毒ながら楚々たる美女との交渉を発展させることはできなかった模様である。

影のない犯人

診察拒否の巻

この温泉都市でたぶん前山別荘が一番大きな別荘だろう。その隣に並木病院がある。この病院でその晩重大な会議がひらかれていた。集る者、三名。主人の並木先生（五十五歳）剣術使いの牛久玄斎先生（七十歳）一刀彫の木彫家で南画家の石川狂六先生（五十歳）いずれも先生とよばれるほどの三氏である。

「アナタがバカなことを口走るものだから、こういうことになったのですぞ」と並木先生は締め殺しかねない目ツキで狂六を睨《にら》みつけた。その怖しい目ツキに狂六はふるえあがって、

「バカ云うない。アンタの目ツキは殺人的だよ。誰だって、その目を見れば一服もられそうだと思うよ。止してくれよ、オレに一服もるのは」

「なんですと。聞きずてになりませぬぞ」

「まア、まア。内輪モメは止しましょう」と、さすがに最年長の玄斎、鶴の一声、見事

である。剣術できたえた岩のような身体、若々しい音声、端然たる姿。ほれぼれする威厳である。狂六は頭をかきながら、

「しかし、ねえ。オレのせいにするけどさ。それはオレは口が軽いし、変なことを口走るヘキがあるのも事実かも知れないけど、アンタ方もちかごろ人相が変ってきたなア。昔のフックラした大人の風格が失われましたよ。なんとなく腹に一モツある人相だ。オレの口のせいにするのは、ひどいと思うよ」

と呟《つぶや》きながら、敵の殺気を怖れてか、寄らば逃げようという身構えである。

そもそも事の起りは、前山家の当主一作がなんとなく病気になったせいである。前山家の人々は、テッキリ並木先生が一服もったに相違ないと考えて、彼の診察を拒否し、他から医者を呼ぶに至った。

前山家がなぜそう考えたかというと、並木先生はかねてこの広大な別荘を借用して医学旅館を開業したいという切なる念願のトリコとなっていたからである。温泉とはそもそも病人のためのものだ。しかるに当今の温泉旅館はすべて健康人を相手にしている。ところが、並木先生の見解によれば、人間は全て病人なのだ。病気をもたない人間は存在しない。彼らはただ自分の病気を知らないだけだ。

もしもここに医学温泉旅館というものが開店して、そこに泊るお客は名医の診察をうけ、自分の病気を発見し適切な処方をうけて週末の一日を休養して帰るなら、彼らの幸運は甚大であるに相違ない。それからそれへ聞き伝えて押すな押すなの大繁昌であろう

という考えであった。これをきいて、たちどころに一笑に付したのは狂六だった。

「温泉へ入院にくるヒマ人はいないよ。第一アンタがそういう考えを起したのは、ちかごろアンタの評判がわるくて患者がこなくなったせいじゃないか。目先の変った新趣向の旅館をひらいてお金をもうけたい一念じゃないか。しかるに、世のため人のためと云いたがる料簡《りようけん》がチャンチャラおかしいのさ。そんな料簡でいくら趣向をこらしたって、お金もうけができますか。オレだってお金が欲しくて仕様がないのだから、本当にもうかる話ならすぐ飛びつくけどね。別荘をかりて旅館にしたけりゃ、普通の旅館で結構じゃないか。なんのためにその旅館へアンタというヤブ医者が現れてお客を診察する必要があるのさ。まるッきりブチコワシじゃないか。幽霊かなんかが現れる方が、アンタが現れるよりも気がきいてるよ。しかし、なんだね。アンタが現れるのはまずいけれども、玄斎先生が現れるのは趣向かも知れないよ」

狂六はこう云ったとき、自分の思いつきの素晴しいのに、思わず膝を叩いたのである。彼は上気して叫んだ。

「そうだ。三人で旅館をやろうじゃないか。玄斎先生がその端然たる姿で玄関に敬々《うやうや》しくお客を迎えて静々と畳に額をすりつけてヘイいらッしゃいましとやったら、すごいねえ。番頭と云っちゃア気の毒だが、この番頭の風格。旅は気分の問題だからね。番頭で悪ければ、酒場には雇われマダムというものがあるから、雇われマスターでいいや。玄斎先生、七十になるそうだけど、老来益々色ッぽくなってきたよ。数年前から十六七のチゴサンの色気がにじみでてきたと思うんですがねえ。ここが剣術の玄妙なところかも知れないね。若年の時からのシシたる剣の苦労が、老年に至ると若侍の色気になってよみがえッてくるらしいな。若い娘にもてると思うよ。ひょッとすると十七八の女学生の恋人ができるかも知れないね。どうも、そういう予感がするよ」

狂六はふざけているのではないのである。彼は生れつき軽率に思いこみ、軽率に感動し、軽率に口走るヘキがある。剣術国禁で貧乏のドン底にある玄斎をおだててみたって、鼻血もでやしない。

「ねえ、三人で旅館をやろうよ。オレは駅へでて客ひきでも、なんでもやるよ。並木先生は風呂番でもするんだね。お客の背中を流しにでるとムラムラと誤診するから、湯殿の裏で湯加減の調節でもしてるんだな」

さて狂六が、目下大問題の重大なことを口走ったのは、この次の言葉であった。

「しかし、ねえ。前山一作氏の目の黒いうちはコンリンザイ別荘を貸してくれないからね。早く死んでくれねえかなア。すると、ほかに余得もあるからな。花子夫人はまさに絶世の美人だからね。ヘッへ。両先生、変な顔をしますねえ。知ッてるよう、君。彼女に惚れてるのはオレ一人じゃないからね。両先生の老いたる胸に熔岩がドロドロと燃えただれているね。ツラツラ観じ来たれば医者の先生も、剣術の先生も、実に悲しき人間ですよ。しかも、オレよりも貧乏にやつれ、金につかれ、女につかれているのだからね。年ガイもなくさ。医者の先生が前山氏に一服もり、剣術の先生が夜中に前山氏を一刀両断にしても、オレは憎めないよ。むしろ、その人を愛するな」

聞き手が両先生だけならよかったのだが、その席に前山一作氏の長男光一というヤクザな青年がいたのである。光一は花子さんの子供ではない。花子さんは後妻だ。まだ二十八である。光一のたった三ツ年長である。

光一はカリエスでギブスをはめているくせに、拳闘のグローブを買ってきて立廻りの稽古にうちこんだり、にわかに思いたって、絵やフランス語の勉強をはじめる等々全然シリメツレツの青年であった。

しかし、いかにシリメツレツでも前山一作なる人物は彼の父である。その一作氏に一服もり一刀両断にしてやりたいとは、根が軽率な狂六にしてもひどすぎる言葉であるが、次なる言葉をきいてみれば、さてはそうか、とうなずける理由はあったのである。

「ヘヘエ、光一クン、知ってるぜ。花子夫人を狙っているのは、これなる三先生だけじゃないからね。未亡人もオヤジの遺産のうちだから、相続してもフシギじゃないと思いこんでるらしいじゃないか」

「むろん先生の御説には賛成です。彼女は稀なる美女ですよ。オヤジにはモッタイないな。かつ、また、甚だしく色ッぽい女性ですね。しかも彼女は自己の多情なることを自覚していないです」

女性に関してはスレッカラシの審美家であった。彼は老いたる友人たちを裏切る意志はなかったが、ただ真実を伝える意味に於て（つまりその真実が彼のお気に召していたせいでもあるが）妹のマリ子のみならず、当の花子夫人に向って、三先生の言説をチク一報告に及んだのである。

「ハッハッハ。面白かったです。結局、狂六先生が、最も純情の如くで、最もずるいですね。自分がどうするということを言わずに、並木先生が一服もり、玄斎先生が夜更けに一刀両断にしたら、と云ったのです」

これだけで済めばよかったのだが、それから間もなく一作氏が原因不明の病気になってフラフラと床についてしまった。そこで貞女花子夫人が立腹して、並木先生の立入禁止を発令し、よそから医者をよんだのだ。

この報告がてら、光一は三先生を訪れて、真実を伝える喜びに於て、事のテンマツをチク一打ち開けて語った。そして、三先生を慰める意味に於てか、真実を伝える喜びに於てか、次のように話を結んだ。

「要するに、彼女は今のところは貞女です。貞女そのものですね。自己の本態についてはあくまで無自覚ですからね。要するに、それだけですよ。これからがタノシミだと仰有《おつしや》るのですか。ハッハ。イヤなお方だ」

ヤブヘビの巻

並木先生が前山家の出入り禁止をうけることは、一軒のオトクイを失うという意味だけでは済まないのである。

並木病院の建物は前山家のものだ。前山家の先代はゼンソクその他の持病に難渋していたために、並木先生に学資をだして医学校を卒業させ、別荘の隣に病院を建てて与えたのである。だから前山家の出入り禁止をうけると、彼の医者としての信用も、人間としての信用も根こそぎ失われるばかりでなく、医者の看板も住む家も失わなければならなくなる怖れがあった。

そこで並木先生はただちに三先生会談を召集したのであるが、この事件は他の二先生にとっても好ましからぬ意味があったのである。なぜなら、剣術の先生も、彫刻の先生も、前山家の邸内に起居していた。というのは、前山家の先代はゼンソク退治のために剣術修業を志し、別荘内に道場を造って、そこに神蔭流の達人玄斎先生を居住せしめたからだ。講談本を読むと平手酒造《ひらてみき》が肺病患者であったような話はあるが、ゼンソク持ちの剣術使いの話はでてこない。してみると剣術がゼンソクにきくかも知れんというので思い立ったという話であった。

また、一作氏は幼少からビッコで、病弱で激務につけないから、お金もうけはもっぱら先代にまかせて、自分は風流の道にいそしんでいた。そのために、小学校中学校と同級生であった狂六先生を呼びよせて別荘内にアトリエを造ってやった。

この戦争で前山家の本邸は焼失し、また他の別荘や土地の多くは財産税で人手に渡って今ではこの別荘が残っているだけであるが、おかげをもって、玄斎狂六の二先生は殆ど収入もないくせに、この暮しにくい乱世をなんとなく今日まで生きぬくことができたのである。こういう事情であるから、並木先生の立入禁止が変に発展した場合には、彼らの唯一の安住の地を失う怖れがあったのである。

ひょッとすると、この邸内から追放されるかも知れんということを知って最もショックをうけたのは神蔭流の玄斎先生であった。

御承知の如くに、敗戦後は剣術が禁止されて、神蔭流が一文にもならないばかりか、玄斎その人が民主主義の怨敵《おんてき》の如くに、子供も女房も先生をバカにするのである。

狂六が旅館の共同経営を提唱し、玄斎の堂々たる風采が雇われマスターとして天下一品だと叫んだ時には、そのケイ眼に敬服狂喜したのであった。その瞬間から玄斎は雇われマスターの堂々たる姿に憑《つ》かれ、寝てもさめても自分の威風にみちた雇われマスター振りが目から放れない。

玄斎は神蔭流のほかに、裏千家流や梅若流などにも多少の素養を有し、どういうわけだか小さい時から身ナリということに妙にこだわるタチで、そのためか、諸国の織物については変にこまかい知識があった。また布地を集める趣味などもあって、それが敗戦後の生活に大そう役に立ったのであるが、明治、江戸、室町時代ごろまでの布地なども多少は手もとに集めていた。自分の趣味のためではなくて剣術のお出入り先でそれを高く売りつけるような商法を昔からやっておったのである。

古い紺ガスリのサツマ上布が幸いにもまだ手もとにあるから、それに花色木綿の裏をつけて――落語では笑われるかも知れないが、このゴツゴツした服装こそは、雇われマ

スターとして大通の装束ではないか、などとホレボレと考えこむのであった。静々と板の間に手をつき額をすりつけて、

「いらせられまし」と最後の音を舌でまるめて飲みこむように発音する。

狂六が云ったではないか。七十にして益々若返り、十七八のチゴサンのようなミズミズしい色気が溢れている、と。自分でも近来とみにそのミズミズしさが自覚され、なんとなく変テコな気がしていたが、さては人々の目にまで十七八のチゴサンのミズミズしさが判ったのであるか。まさに神蔭流の奇蹟であろう。敗戦とともに、それまで一日たりとも休んだことのない竹刀《しない》を振りまわすのをやめたために、精気が陰にこもって内から発するに至ったのかも知れない。七十にして十七八のチゴサンへの若返り。ああ、奇蹟なるかな、奇蹟なるかな。

「剣できたえたこの身体はヒロポンなぞうたなくッてもミズミズしく若返るのだ。女学生に惚れられるのも悪くはないな。その体力には自信があるなア」

ちかごろは鏡を見るのがタノシミだ。ためつすがめつ鏡を見たくて仕様がなかった。どこがどういうこともないが、どこを見ても満足であった。自分自身のあらゆる部分が一切合財《いっさいがっさい》、鏡で再認識することによって、ただもう満足で仕様がない。しかるに旅館開業どころか、この邸内から追んだされるかも知れないというから、玄斎が神蔭流の奥儀に反して驚倒したのは仕方がなかった。ミズミズしい老体もムザンに打ちしおれて、

「実に狂六先生とも思われぬ重大なる失言でしたなア。しかし、狂六先生は新時代を深

く理解せられ、また新時代の方も狂六先生を理解している如くでありまするから、どうぞ、先生、お助け下さい」

「ハ？　お助けするんですか、ワタシが？　変なことを云うなア、剣術の先生は。アナタちかごろ、ちょッと変じゃないですか。奥さんが云ってましたぜ。日に二三十ぺん鏡を見ているそうじゃないですか」

「イエ、それは武道の極意です」

「ハア、鏡を見るのが、ねえ」

「諸神社の御神体も概《おおむ》ね御神鏡が多いものですが、鏡も玉も剣も一体のものです。これが武術の極意でして、ワタクシが老来若返りまするのも、即ちこの三位一体によって……」

「ハハア。さては、先生。オレが十七八のチゴサンのような色気がでてきたと云ったから、それで妄想に憑かれたね……」

「とんでもない」

「アレ。あかくなったじゃないか。論より証拠だ。へへエ。ぬけぬけと三位一体を論じたね。アナタも思ったより口が達者じゃないか」

「いえ、もう、時代に捨てられまして、寄るべなき身の上です。なにとぞ、先生、お助け下さい」

「なるほど、なア。さすがに武芸の極意にかなって、変転自在、かつ、また、神妙な口ぶりではないですか。アナタは剣のかたわら骨董のブローカーなぞもやり、昔は蓄財も名人、女を口説くのも名人という人の話をきいたことがあったが、さては実談だな」

「とんでもない」

「実は、ねえ。先生。その先生の神妙な話術を見こんで、お願いがあるんですが、なんしろオレは喋りだすと軽率でねえ。特に美人の前ではロレツがまわらんです。実はねえ、ボクは三四年前から陰毛で毛筆をつくることを考えて、旅先なんかで旅館の部屋のゴミを集めてもらって、陰毛を探しだして毛筆をつくってみたです。非常に、いいですね。イヤ、これはね。まだ生えてる陰毛をぬいて造っちゃいかんです。自然に抜け落ちたような毛が頃合なんですね。そこで、ボクの一生の念願と致しまして、崇拝する美女の陰毛をあつめて、一本の筆をつくりたいのですが、そういう失礼なことをボクの口から花子夫人に云うわけにいかないので——いえ、ボクはね。軽率だから、本当のことをつい口走る怖れがあるのです。花子夫人の居間と寝室のゴミを毎朝晩集めて恵んでいただくように頼んでくれませんかねえ」

「今にも追放の危機に際して、そのようなことが願えますか」

「ウーン。そうか」

「しかし、その楽天的なところが、狂六先生の値打ですな。我々の思想はもう古いです。先生のその新思想をもって、なにとぞこの危機を打開していただきたく存じます」

さすがに神蔭流の達人は緩急を心得ており、並木先生のように、狂六の失言に面と向って難詰するような至らぬところがない。結局、神蔭流の極意によって、狂六はジリジリと追いつめられ、危機打開のために、イヤでも彼が孤軍フントウ立向わねばならないようになってしまった。そこで狂六は光一に手引きしてもらって、ひそかに花子夫人と会談して、

「つまり、一服もるというのも一刀両断に致すというのも、ボクの失言でして、本人がそんなことを云ったわけじゃないです」

「だけどさア。要するに、彼らの心にあることを、アナタが云い当てたんじゃないかなア。ボクにだって、その実感がビリッときたですからね」

「よせよオ。キミが横から口をだしちゃいかんじゃないか。キミは退席しろよ」

「オブザーバアですよ。それに貞淑な良家のマダムと対座するのがアナタ一人というのは今日のこの混乱せる時代を背景とし、またこの変テコな雑居族を背景として、良識ある者は放置できないです」

「変なことを云うない。シリメツレツなのはキミじゃないか」

「ねえ、ママサン。この人はね。パンパン宿なんかの部屋に落ちた陰毛を拾いあつめて毛筆をつくってるんですよ。それでママサンの居間と寝室のゴミを毎日朝晩ボクに掃き集めてくれッて云うんですけど……」

「よせよ。ボクは旅先の旅館なんかの、と云ったんだ。パンパン宿なんて云いやしないよ。失礼じゃないか」

「アナタ、パンパン宿以外に泊ったことないでしょう。たとえば熱海。アナタ、どこへ泊った？　糸川しか知らないでしょう」

「よせッたら。キミは黙秘権というのを、やれよ」

「この際アベコベでしょう。アナタがそれをやるんですよ」

「うるせえなア。なんのために来たんだか、分らなくなッたじゃないか。実は、その、並木先生の問題ですが、先生が一服もるなんてとんでもないです。そもそも医者は毒薬に通じておりますから、毒殺すれば必ずバレることを知っております。ですから、毒殺は素人が用いる手口でして、ボクは探偵小説をよんでおりますから――もっとも、医者が毒殺の手口を用いた例も二三ありますけど――そういえば、かなり、あったかな。昔読んだのは忘れちゃった。奥さんも探偵小説の愛読者だから、ごまかせねえかな」

「私が並木先生をおことわり致しましたのは先生のお見立てがオヘタでいらッしゃるからですよ。いかに探偵小説を愛読いたしましても、まさか先生が一服おもりになるなんて考えやしませんわ」

「じゃア、ケンギ晴れたんですか」

「狂六先生、シッカリしてよ。ボクまで恥ずかしくなッちゃうよ」

「そうか。見立てがオヘタだから、と。つまり、そうか。これは、決定的だな」

「そうですよ。まさに、文句ないです」

「ウーム。アイツはヤブだからな。どうして当家の先代はあの先生に学資をだしたんでしょうね。ムダなことをしたもんだなア」

「アナタの一刀彫の手並も似たもんじゃないですか。ムダなことをしてるなアと誰かがきっと云ってますよ」

「よせよ。キミはうるさいなア。全然オレはキミと会話してるじゃないか。キミと会話するんだったら、こんな無理しなくとも、いつでも、できるじゃないか。今日は全然ダメだ。奥サン失礼いたしました」

　と狂六は苦心のカイもなく、退却せざるを得なかったのである。

殺人事件の巻

　ところが、一月ばかり床についたのち、一作氏はなんとなく死んでしまったのである。

「どうも、変ですなア。主治医として、まったく面目ありませんが、病因がハッキリ致しません。はじめは高血圧のせいで、他にさしたることはないように考えとったのですが……」

　と並木先生の代りに選ばれて診察に当った太田先生が葬式がすんだ後になって、光一にもらしたのである。

「すると、他殺だという意味ですか」

「イエ。そうじゃないです。ともかく、解剖して病因をたしかめるべきだったかも知れないというだけです」

と、太田先生はごまかしたが――ごまかしたわけでもないが、光一がネチネチと追求すると、結局ごまかしたような結論になってしまうのである。

「ねえ、先生、なにか特殊な毒薬を用いた場合に、専門のお医者が見ても、外部からでは毒殺かどうか見分けがつかないような薬品といったらどんなものがあるでしょうか」

「そんな小むずかしい薬品を使って毒殺するなんて例は、日本に於ては考えられませんよ」

「なぜですか。戦争に負けた国は、毒薬の使い方もできないものですかねえ」

「一般に、素人がそれを使いこなす生活や知識の基礎がないですからね」

「秘密に勉強できないのですか。たとえばですね。日本人は読み書きの教育が普及していることは世界一だと云われてますが、そういう毒殺の方法が文字に書かれて公表されているとすれば、それでもやはり、日本人は毒薬を使いこなす生活の基礎がないと云えるでしょうか」

「そんな毒薬は一般に入手困難ですよ」

「殺人のためには犯人は必ずや相当の無理はするでしょうね」

「とにかく殺人じゃないです」

「なぜですか」

「今となっては手おくれですよ。解剖しなかったんですから」

というような結論であった。

この会話を交した人物が光一であるから、この会話がたちまち世間へひろがったのは当り前だ。といって、別段警察が動きはじめたわけではないが、前山家の邸内の住人たちがそれぞれ人を疑って大変なのであった。

「やっぱり、やったか。いかにヤブでも、医者には相違ないからな。してみると、生かす薬にくらべると、殺す薬は調合がカンタンらしいな」

狂六はこう考えた。云うまでもなく、多くの疑惑は主として並木先生にそそがれていたのである。

「患者がメッキリ減ってからの先生の目ツキは凄味があるよ。気がちがったんじゃないかなア」

というような観察が行われていた。

ところが並木先生は世間の噂にはおかまいなく、さて、犯人は誰であるか、長男の光一が一番怪しいが、玄斎も狂六もタダモノではないから、どういう奇怪な行動をやるにしてもフシギはない。こう考えて先生は万人を疑ったが、しかも奇妙なことに、彼は医者でありながら、何者が「いかなる薬品をいかに用いて殺したか」ということを考えずに、何者が「いかなる心理によってこの犯罪を犯したか」という心理探究の方にもっぱら熱をあげていたのである。

そこで狂六が並木先生に云った。

「おかしいねえ、アナタ、医者だろう。そのくせ、なぜ、誰がいかなる薬品で殺したかということを考えないのかね。アナタ、つまりそれを考えたくないのだなア、そこで心理問題の方へはぐらして、ごまかしてるんだね。つまりさ、アナタが殺したからだろう」

こう云われても、並木先生は、誰か他の人がそう云われた如くに全然平然として、いつも傍観者のような顔をして安らかな笑いをうかべていた。

「オレにだけ白状したまえよ。気が軽くなるよ。ボクはね。一作氏を殺した人に敬意を払うとかねて神仏に約束してるのだから」

「この犯人は非常に性慾が強い人だね。アナタも性慾が強いが、玄斎先生が七十の老人ながら、まだまだあの方は四十三十の壮年の如くですね」

「この人は医者の学校で何を勉強したんだろうね。いかにごまかすためでも、医者は医者らしくごまかせないものかねえ」

「ここに一ツの例がありますが、玄斎先生はこう考えたのだね。婦女子を喜ばせるためには、口説くのが何よりである、という考えです。これは老人が人生を達観した後に会得する考えの一ツでして、苦労人の見解です。そこで玄斎先生は花子夫人に言い寄りましたが、花子夫人が風に吹かれる柳の枝のようにうけ流しておったから、風に吹かれて、微風にですな、ソヨソヨと、柳の枝がゆれる。いい風情ですな」

「何を言うとるですか、このオヤジは。どうも、頭の方へきているらしいな。しかし、玄斎先生が口説いたというのは初耳だね。あのジイサンがねえ。しかし、たしかに、ちかごろ、めっぽう色ッぽいよ、口説きかねないねえ。緩急自在、ジリジリと、剣の極意によって、神妙だからねえ」

「しかし、玄斎先生のほかにもう一人、花子夫人に云い寄った初老の人がある。芸術家だね。彫刻をやっておる。しかし、気をせかせるばかりで、言説に風情がない」

「アレエ！　アンタ、知ってたのか。おどろいた。誰から、きいたね」

「とにかく、性慾の問題です。性慾の強い人が、女に言い寄りもすれば、結局、人を殺すようなことになります」

「よせやい。ろくに女も口説けないような陰にこもった人物が一服もるのだよ」

そうこうしているうちに、花子夫人が行方をくらましてしまった。恋人ができて、東京で新世帯をもったらしい。

行方をくらます前に、道具屋をよんで、相当数の金目の物を売り払った。前山家は財産家であるから、いろいろ金目の書画や骨董類があった。東京の本邸に所蔵していた宝物を焼ける前に別荘へ疎開させておいたから、そっくり残っていたのである。花子夫人が売ったのは、その何分の一かで、全体から見れば、微々たる数であったらしいが、彼女が道具屋から受けとった金は三百万か四百万であったという話であった。光一は、義母が宝物の一部を売るのを知っていたが、黙っていた。いや、そればかりではない。義母に恋人ができたことを早くから知っていたが、見て見ぬフリをしていたのである。

「ママサンはまだ若いんだからね。それに、あの美貌だもの。ボクみたいの青年にママサンなんて呼ばれる気の毒さ。はやく、ただの女にしてあげたかったのさ。アッハッハ」

と、妙に物分りのよいことを言っていた。そこで目を光らせたのは狂六だ。

「ウーム。してみるてえと、前山一作殺しの犯人は絶世の美女かも知れないなア。それだったら、もう、文句はねえや」

「独断的な推理は止した方がよいですよ。殺人なんか、なかったのかも知れないじゃないですか」

「よせやい。やに物分りのよさそうなことを云うじゃないか。ボクも軽率だったよ。この犯人のすばらしさを忘れていたね。とにかく医者が見ても分らないように殺したのだからね。すばらしいことだよ。このすばらしさを忘れちゃいけないね。そして他に犯人の有りうる状況をつくるために、並木先生の診察を拒否したとすれば、これまさに芸術的な名作じゃないか。コッチは、このウチから追放されやしないかと思って、アブラ汗をかいちゃッたからね。トンマな話だよ。並木先生だの玄斎先生なぞに、こんな芸術的な殺人ができる筈はねえや」

「ハッハッハ。一刀彫の彫刻よりも名作らしいですかねえ」

「生意気云うな」

ところが、ある日のこと、光一の妹のマリ子が会社へ出勤するため急いでるとき、ちょうど朝の散歩に肩を並べていた兄に云ったのである。

「お父さんを毒殺したのは兄さんでしょう」

「よせよ」

「ママサンに恋人ができるように仕向けたのも、ママサンが家出するようにそれとなく智恵をつけたのも、兄さんよ。ママサンの恋人って兄さんの友達のヨタモノじゃありませんか」

「そうかしら」

「しらッぱくれるわね。兄さんて、慾の深い人ね。そんなにまでして、財産が欲しいのかしら」

「ボクもマリ子クンに一言云っておくけどね。お父さんを毒殺したのは案外マリ子じゃないかい。まア、誰が犯人でもいいけどね。次に、財産を独占するために、ボクを殺しさえしなければね」

「お互い様よ。遺産を独占するために、私を殺すのだけは止してちょうだいね」

「お互いに、それは止しましょう」

そして、兄と妹は口をつぐんで右と左に別れたのであった。要するに、誰が犯人だか、見当がつかないらしい。そして、要するに、誰が犯人でもかまわないような変テコリンに無関心な時世が到来したらしいのである。戦争という大殺人の近づく気配が身にせまっているせいかも知れない。シリメツレツは今や全ての物についてそうであるのかも知れない。

心霊殺人事件

伊勢崎九太夫はある日二人の麗人から奇妙な依頼をうけた。心霊術の実験に立ち会ってインチキを見破ってくれというのだ。九太夫はいまは旅館の主人だが、もとは奇術師で名の知れた名手であった。奇術師の目から見れば心霊術なぞは幼稚きわまる手品で、暗闇でやるから素人《しろうと》をだましうる程度のタネと仕掛だらけの詐術にすぎないのである。熱海の旅館なぞでもこの心霊術師をよんで実験会をやるのが一時流行したこともあったので、九太夫はその向うをはって「タネも仕掛もある心霊術実験会」と称し、奇術師の立場から術を用いて心霊現象の数々を巧みに実演してみせた。白昼大観衆の眼前で術を行う奇術師から見れば暗闇で怪奇現象を見せるぐらいお茶のこサイサイというものだ。こういう経歴があるから心霊術の詐術を見破ってくれという依頼がきてもフシギはないが、しかし、こういうことを個人的に依頼するその必要が奇妙というものだ。

「御家族に心霊術にお凝《こ》りの方でもいらしてお困りというわけですか」

「ま、そうです。父が戦死した息子――私たちの兄さんですが、その霊に会いたいと申しまして、心霊術の結果によってはビルマへ行きかねないのです」

「ビルマで戦死なさったのですね」

「いいえ、戦死せずに生き残ったと父は信じているのです。なぜなら一ケ月ほど前に兄の幽霊が現れてビルマで土人の女と結婚して子供が二人あるからよろしくたのむと父に申したそうです。マラリヤでこんなに痩せたなぞ申しました由で、たぶん幽霊が現れたとき死んだに相違ないから、孫をひきとりにビルマへ行きたい、それについては兄の霊をよんで土地の名や女の名を知りたいと申すのです」

「そうでしたか。しかし、心霊術はともかくとして、死ぬまぎわに霊魂の作用がはたらく例は往々実際にあるようですね。ですからお兄さんが一ケ月前まで生きてビルマに土着しておられたのは本当かも知れませんよ」

「そうかも知れません。ですが、いまはのまぎわに知らせにでるぐらいなら、この九年間に手紙の一本ぐらいくれそうなものです。たぶん父の夢ではないかと思うのですが」

「なるほど。あるいは気のせいかも知れませんな。しかし、そういう理由からでしたら、息子の霊に会いたい、土地の名や女の名を知りたい、孫をひきとりたい、このお志はお気の毒じゃアありませんか。お父さまの気のすむように、そッとしておいてておあげになっては」

　すると姉らしい方がクスリと笑って、

「世間の人情はそんなものかも知れませんが、私たちの一族ではバカらしいだけなんです。子供たちを生みッ放しでろくにわが子らしいイタワリも見せてくれたことのない父が、ビルマのアイノコの孫に限ってひきとりたいなぞというのが滑稽なんです。イヤガラセなんでしょう。本心なら狂気の沙汰です。それともビルマのアイノコならライオンか山猫なみに育てるにもお金がかからず、気の向くままに放りだすこともできるからとでも考えているのでしょうか。ともかく私たちにとっては不愉快な出来事なんです」

「失礼ですが、お父様と仰有《おつしや》る方は？」

「高利貸の後閑仙七です。血も涙もないので名高い父ですが、わが子に対してもそうなんですよ」

「すると千石旅館の番頭の一寸法師の辰さんはあなた方の弟さんですか」

「いいえ、兄さんなんです。あれが次兄で、戦死したのが長男なんです。私たち二人は嫁いでますから働く必要もないのですが、一寸法師の兄はあのように旅館の客ひき番頭ですし、末の妹はファッションモデルをやっております」

姉が苦笑して語っているあいだ、妹はおもしろそうに微笑しているのである。

後閑仙七の名をきいて、なるほど、それなら話がわかると九太夫は思った。しかし、奇妙な兄妹たちだなと内心におどろいたのである。何より変ってるのは四人の兄妹の顔立が全然ちがっていることだ。姉の勝美は瓜実顔《うりざねがお》の美人であるが、次女のミドリは丸顔の美人で、目にも鼻にも共通点がない。勝美はオチョボ口でうけ唇だが、ミドリは大口で時々カラカラ笑っている。末のファッションモデルの糸子は先年熱海でミス何々の選があったとき九太夫も見物にでかけて知ってるのだが、これはまたチンのようなクシャクシャした顔で、しかし、妙に色ッぽくて愛くるしい娘なのである。ミス何々の三等ぐらいだったようだ。一寸法師の辰男は西郷隆盛がシカメッツラしているような大きな顔で、首から足までは顔の倍ぐらいしかない。お客のトランクを地面すれすれにブラ下げて歩いてるが、バカ力があるらしく両手に大トランクをいくつもブラ下げて疲れた顔もせずに歩いているのである。

だいたい他人に対して血も涙もない人間というものは親子の情に限ってすこぶるこまやかなのが一般の例だ。自分の血のツナガリだけが自分の城、安住の地というわけかも知れない。ところが後閑仙七は例外で、巨億の富を握りながら一寸法師の伜《せがれ》に宿屋の客ひき番頭をさせているのだ。

次女のミドリは岸井という旅館の伜にお嫁入りしているが、先年の熱海の大火で類焼した。そのとき復興の資金を借りにミドリの舅《しゅうと》が泣きついたとき、金貸しが商売だからお貸しはするが新築の建物をタンポに利息はこれこれと営業通りの高利を要求して一分一厘もまける様子がないのでケンカ別れとなった始末だ。勝美もミドリも類の少い美人であるから婚家に当り前に暮していられるが、さもなければ肩身がせまくて婚家に居づらいに相違ない。親類のツキアイなぞというものを仙七は生来知らない様子であった。冷血ぶりもここまでくればと仙七の人物を大いに認める者もあるほどだった。

この仙七が人々に評判をたしかめた上、日本一と名の高い吉田八十松という術師を大和《やまと》の国からよぶことになった。心霊術には大道具が必要であるから、それをはるばる大和から運ばせて、滞在費謝礼等二万ナニガシの金がかかる。高利がついて戻る金でなければビタ一文出したことのない仙七がビルマからアイノコの孫をよぶため息子の霊をよぶためと称して二万ナニガシのムダをする。場合によってはビルマへ行って孫をひきとってくる。産院で孫のお産をさせるよりも何百何千倍のムダであるが、そのムダをも辞せぬコンタンはそも何事であるか。息子の一寸法師や三人の娘が他人以上にこれをいぶかったのは無理がない。子供たちにビタ一文やらぬためのコンタンではないかなぞと疑りたくなるのも当然だった。

「父からビタ一文だって当てにしている私たちじゃないんですけど、そのコンタンがシャクなんですよ。イヤガラセに心霊術のカラクリをあばいて鼻をあかしてやりたいのです。むろん父が兄の霊に会うという日は父ひとりで私たちが会うことはできないのですが、それだけでは私たち四人の兄妹が納得できませんと申しましてね。他に一日私たち兄妹主催の実験会を開いて父にも出席してもらうことを許可してもらったのです。むろんそのための費用やら余分の滞在費は当方持ちにきまってますが、心霊術師の旅費と大道具の運賃まで半分当方持ちという高利の条件でしてね。父との商談ですからそれぐらいは覚悟の上で、父の鼻をあかしてやるためならそれぐらいの金はだしてあげようと私や妹の主人たちも大へん乗気なのです。先生への謝礼も充分に致すつもりですから、ぜひぜひ出席願って心霊術のカラクリをあばいていただきたいのです」

「左様ですか。それでお話は判りました。私も心霊術の実験にはだいぶひやかしがてらでかけまして、あの奇術師の奴が来てるんじゃア今日の実験は中止だなぞときらわれるようになったものですが、大和の吉田八十松には幸いまだ顔を見知られておりません。日本一かどうかは存じませんが大そう評判の術師ですね。よろしゅうございます。お言葉のように私が出むきましてカラクリをあばき、また直後に私が同じことをしてお目にかけますが、さとられると吉田八十松が実演を致しませんから奇術師の伊勢崎九太夫が来てるなぞということは気配にもおだしにならぬように。心霊術に凝《こ》ってる誰それというように、よいカゲンに仰有《おつしや》っておいて下さいまし」

　こうして九太夫も当日出席することに話がきまったのである。九太夫にしてみれば心霊術のカラクリを見破ることにはもう興が失せかけていたのであるが、ほかならぬ後閑仙七一族の血と金にからんだ一幕であってみれば改めて興はシンシンだ。眼前の姉妹にしても天性の美貌となにがしの気品、虫も殺さぬような優雅な風であるけれども、その性根の程はどんなものだか。勝美の言葉は落ちつきがあって物静かではあるが、語られている内容は甚だ異常で非人情なものではないか。その心を人の形に現せば一寸法師の客ひき番頭のような姿に化するのかも知れない。

「失礼ですが、皆さんは一ツ腹の御兄妹でいらッしゃいますか」

「一ツ腹に見えないのですか」

「四人の方々それぞれお顔に似たところがございませんのでね」

「よくよく似てないらしいですね。皆さんがそのように仰有るのですよ。ですが一ツ腹の兄妹なんです。似てないのは顔だけじゃありません。心も性格も全然別々なんですよ。至って仲も良くないのです。四人に一ツ共通なのは父を憎んでいることだけです」

姉がまだ言い終らぬうちから、妹はカラカラと小気味よげに笑いつづけた。九太夫も小さい時からの奇術師商売、日本はおろか海の外まで廻り歩いて、ちょッとのことでは物おじしないタチであったが、この姉妹には少々ビックリさせられた。心霊術のカラクリ同様、人間の心のカラクリも概《おおむ》ねタカの知れたものであるが、後閑仙七一族の心ばかりは人間なみでは計りきれないような感じをうけた。心霊術の実演よりも後閑一族の心のモツレを目にする方がどれぐらいまたとない観物《みもの》だか知れない。多年きたえた奇術師の眼力でとくと観察してみようと思ったのである。

★

後閑仙七が息子の霊をよんでビルマの孫をつれてくるなぞというのは、どう考えても額面通りには受けとれない。そもそも仙七は長男を特別扱いしていなかった。一寸法師や娘たち同様ヤッカイ者扱いで、それでも大学へは入れてやった。すると召集をうけたから、名誉なことである、わが家の誇りでもある、大いにお国のために働いて下さいと大そう感動ゲキレイしたのはヤッカイ者が一人へって大助かりだという気持からの国家への感謝感激のアラワレであったろうと人々は推察した。他に特別の愛情を示した例はなかったのである。

そういう次第であるから、そもそも息子の幽霊が仙七に一目会いに現れたなぞというのが大いにマユツバ物で、もしも生き残ってビルマに土着したのが事実とすれば、日本へ帰って仙七の顔を見るのがやりきれないせいだろう。仙七の妻女は二年前に死んだが、そういう時世ではないからと云って葬式もだしてやらなかった。もっとも、勝美、ミドリ、糸子の姉妹三人はそれには至極賛成で、愛情のない葬式なんかださない方がよい、お体裁にナムアミダブツなぞ唱えるのは却《かえ》って不潔でいやらしいという説であったが、一寸法師の辰男だけが不満不服をもらしたのは母に愛情が強かったせいであろう。母は一寸法師が宿の客ひきをして大荷物をブラさげてよたよたしているのを気の毒がっていた唯一の家族だったからである。

しかし、とにかく仙七がビルマの孫をひきとると称し、その所在を知るため長男の霊をよぶと称してはるばる大和から吉田八十松という心霊術師をよびよせることになったのは事実であるから、そもそも彼の真のコンタンは何であるか、兄妹そろって先ずもってこう考えたのは当然であろう。

ところが半年ぐらい前から仙七の様子にいささか変なところがあった。時々陰鬱な顔で放心しているようなことがあったのである。陰鬱なのは今にはじまったことではないが、放心を人に見せるような仙七ではなかった。また時々イライラ、セカセカしているようなことがあった。こういう様子も人に見せた仙七ではなかったのである。

だから仙七の心に何事か変ったものが生じていたに相違ないが、さればとて戦死した長男への愛情ということは考えられない。彼が長男の幽霊を見た、ビルマの孫をひきとりたいと云いだしたのはずッと後のことで、つまり何事か心に変化の生じたあげくに思いついた口実としか考えられないのである。

しかし、四人の兄妹が一様にこの心霊術の実験に反対のわけではなかった。糸子は反対どころか、むしろ大いに霊のお告げがあることを望んでいて、

「おもしろいじゃないの。お父さんの本当のコンタンは見当がつかないけど、あの冷血ムザンのケチンボーが何百万もお金を使って本当にビルマへ孫を探しに行くとしたら、おもしろいわ。そのときのケチンボーの顔を見てやりたいな。大いにケシかけて否応なくビルマへ行かせてやりたいと思うわ」

こういう考えであった。父の金など当てにしなくとも高給のとれるファッションモデルのことだし、まだ若いから屈託がないのだ。

これに反して深刻なのは一寸法師の辰男だ。彼が兄妹の最年長者でもあり唯一の男でもあるから、当然家をつぐのは自分だときめこんでいる。だから宿屋の番頭をしながらも経済界のことには勉強も注意も怠らず、株屋だの銀行員の客とみれば根掘り葉掘り訊きだして経済界の実相というものを身につけようと努力し、父亡きあと直ちに父の会社の社長におさまっても一ぱし通用できるように常住坐臥《ざが》怠るところがないのであった。今は宿屋の客ひきだが未来は高利貸し会社の社長と心に堅く思いこんでいるのである。こういう辰男であるから、かりにも孫をひきとるとあれば衝撃は深刻で、

「ビルマに兄さんの子供なんかがあるはずないけど、オヤジがあんなこと云いだすからには、兄さんの奥さんと子供が必要なんだ。だから必ずビルマから兄さんの奥さん子供と称してビルマの田舎女とその子供をつれてくると思うね。どういうコンタンだか、オヤジの商法は一般の商法では見当がつけられないけど、たとえば財産を無智盲昧《もうまい》な異国の女子供名義に書き変えるような必要があるに相違ないね。だから霊のお告げッて奴を通用させちゃア我々の破滅だね。特にぼくのような一寸法師には深刻だよ。ぜひとも心霊術のインチキをあばかなくッちゃア」

口中からのべつ泡をふきたてての必死の熱弁であり決意であった。

勝美とミドリも、父のコンタンは判らぬながらも、とかく兄の未亡人とその子と称するビルマ人に乗りこまれては迷惑だ。たとえ父の道具にすぎない異国人でも、かりにも兄の未亡人とその子とあっては自分たちに都合のよくなるはずはない。心霊術のお告げのインチキはぜひとも見破って無効にすることが何よりなのだ。

だから辰男らの九太夫にたのむところは絶大で、特に辰男は日どりの確定を伝えがてら九太夫の旅館を訪ねて、

「このたびはとんだお世話に相成ります。実は今朝早朝の銀河で心霊術の先生が到着いたしましてね。相談の結果、兄貴の霊をよぶ方を後廻しにいたしまして、今晩八時半から実験会の方を催します。どうぞ、よろしくお願い致します」

「左様ですか。承知しましたが、場所は？」

「父の邸で」

「それは珍しいことです。同好家の邸内ならとにかく、見知らぬ依頼者の実験に応じる時はたいがい旅館でやるものですが。運びこんだ大道具が大変でしたろう」

「それは大そうな荷物です。丸通便の宅送で相当な大荷物が一ツ。駅どめの荷物ときてはこれに輪をかけた大荷物で、おまけに当人自身が大トランク二ツぶらさげてきました。ただいまこれを開いて人を遠ざけ、自分一人でせっせと会場の準備を致しておりますが、宅送便の方がちょッとおくれて、ヒルすぎに到着いたしましたんで、オヤジと何やらモンチャクを起しておりました。この荷物は今日は使わないようです。これがいわゆる降霊術の七ツ道具かも知れません」

「そのために霊の対面が後廻しになったのですか」

「立ち入ったことは判りませんが、だいぶ父と相談いたしておったようです。父も大そう乗気でして、いつも熱海には土曜の夕方に来て月曜の朝に東京へ戻って、月曜からは東京泊りの習慣ですが、今回に限って木曜の夜こちらへ来て金土と出勤もせずに熱海泊りです。忙しい人間なんですが、よくよくでなくちゃアこんなことはありません。母が死んだ翌日ももう東京へでかけたんですからね。よほどの期待があるんですよ。いえ、何かただならぬコンタンがあるんですよ。さもなくちゃアこんな例外がある道理がありません。ぼくもね、ビルマから変な奴に乗りこまれちゃア先が真ッ暗になッちまうもんですから、旦那だけが頼みの綱で。どうか、まア、よろしくお頼みいたします」

三拝九拝のていで、くれぐれも頼んで戻ったのである。

その晩八時に勝美とミドリの車に迎えられて九太夫が後閑仙七の邸へついてみると、応接室には男の先客が二人いた。一人は勝美の良人茂手木文次、他の一人はミドリの良人岸井友信であった。岸井は同じ旅館業であるから組合の会合なぞで顔を合わせて知り合った間柄だが、茂手木の方は東京住いの勤め人であるから初対面だ。しかし一見したとき、ハテ、見た顔だなと思ったのである。

九太夫は商売柄、注意力、観察力、記憶力なぞが非常によい。ちょッと印象に残った顔は電車に乗り合わせただけの顔でも季節場所なぞと共にその顔を忘れないようなタチである。茂手木を一目見て、これは軍隊で見た顔だと思った。五尺八寸もある大男、ガッシリした骨組、四角のアゴ、鋭い眼。

やがて九太夫はアリアリ思いだした。支那で見た少尉だ。大学をでたばかりの鬼少尉だ。人斬り少尉だ。便衣隊の容疑者とみると有無を云わさず民家の住人をひッたてて得意の腰の物で首をはねていたという鬼少尉。強盗強姦にかけてはツワモノで、彼は部下に大モテだった。部下は余徳にありつけるからだ。

九太夫は戦時に奇術師として諸方に慰問旅行をした。そのとき中支の奥の日夜銃声の絶えないところで、この少尉の部隊を慰問した。彼が部下をひきいて討伐にでかける姿を見たのである。そして彼の怖るべき所業の数々をむしろ讃美して語る人々の話をきいたのである。

当然戦犯として捕えられて然るべき人物だが――と九太夫は考えた。こういう人間に限って急場の行動迅速で、雲を霞と三千里、昨日の敵は今日の友、めったにバカを見ることがないのであろう。

「たしか中支の奥でお目にかかりましたなア。私は奇術の慰問にでかけたんですが、慰問のはじまる前に討伐におでかけでした。その名も高い鬼少尉と承りましたが」

「いえ、とんでもない。ぼくは内地の部隊にゴロゴロしてたんです」

茂手木はプイとソッポをむいて、つまらないことを云うなとばかり、タバコの煙をプウプウふいた。

★

奇術は二階の十五畳の座敷。着席して九太夫はおどろいた。

床の間を残して全部暗幕をおろしているのは当然だが、天井まで暗幕でおおうている。下はジュウタンを二重にしきつめているのである。

これではどんなカラクリでもできるではないか。天井の暗幕の上からも、ジュウタンの下からもコードやヒモの細工ができる。このように暗幕とジュウタンで完全なトーチカをつくるのはもっぱらその本拠ないし同類の邸内でやる時で、見知らぬ出張先ではこれほどのことはやらない。むしろ、やれないのである。なぜなら本拠や同類の家とちがって、見知らぬ依頼者の家ではいろいろと仕掛けを改められる怖れがあるからだ。

その代り、このように暗幕のトーチカをつくれば、相当の荒芸がやれる。たとえばユーレイをだすこともできるし、テーブルやピアノなぞを空中へ浮きあがらせることもできる。しかしそれにはそれだけの仕掛けがいるから、改められればバレるのである。

部屋の中央にまるいテーブルがあった。しかし術者はそのテーブルに坐るのではなく、床の間とならんでボックスがあるのだ。そのボックスは後と左右の三面と上下が板張りになっており、客席に向いた正面だけが暗幕のカーテンになっている。その中にイスがあった。術者はそのイスに坐すのであろう。一般にイスに坐して手足を縛りつけるのが例である。この縄をぬけるのは簡単だ。九太夫は十秒前後でできるのである。まるいテーブルの上にはメガホンやハモニカや人形やラッパや土ビンや茶ワンなぞがのせられていた。

「このジュウタンも吉田八十松さんがわざわざ持ってきたのですか」

九太夫はフシギに思って辰男にきくと、

「いいえ、このジュウタンは当家のものです。暗幕と箱とイスとテーブルの上の物品とが術師の物です」

「テーブルは？」

「あれも当家の物です」

テーブルの側面にポータブルがおかれている。それも術師のポータブルであった。術に入る前後に音楽をかけるのである。

するとテーブルにだけは仕掛けがない。九太夫は術師の姿が見える前にその重さをはかってみた。かなり怪力の九太夫が辛うじて両手で持ち上げる重さであるから、ガタガタうごかすぐらいが関の山であろう。

仙七と吉田八十松が現れて席についた。するとその後から糸子がアタフタ現れて、

「ワー。間に合った。ちかごろ土曜日が忙しくッてね。あッちこッちの坊やから誘いがかかるし。ヤレ、ヤレ」

ドッコイショと坐った。見るとすでに吉田八十松はボックスの中のイスにかけ、仙七が手首を縄でいましめ、イスにくくりつけた。足には縄をかけなかった。

「念のため、見においで」

仙七の言葉に辰男と糸子が立ってたしかめたが、辰男は自分でもう一巻余分にイスにまきつけた。そしてカーテンをおろし、

「あんまりきつい方じゃないが、まアまア」

と感服しない顔でもどる。すると仙七はすでにちゃんとポータブルを前に坐っていて、

「術の前後に音楽をならす。術者はこの音楽中に徐々に術の状態に入り、また音楽中に徐々に術の状態からさめる習いになっておる。音楽をならす場合を心得てるのは私だけだから、これを私がやる。曲はユーモレスクだ。誰か電燈を消しなさい。タバコを御遠慮を願う」

そのために灰皿の用意もなかったのだ。タバコを吸ってる者が慌ててタバコの箱で火

をすり消したりしているうちに、糸子が立って電燈のスイッチをひねった。仙七がよその座敷や廊下の電燈を消しておいたので一瞬にして真の闇になってしまった。テーブル上の夜光塗料をぬった品物だけが浮いて見える。

「オーウ」

という遠い山のフクロウのような声がきこえた。はじめて発した吉田八十松の声なのである。するとそれにつづいてポータブルが廻りはじめた。あまりその場にふさわしくないややカン高の音楽であった。

その音楽が終りの方に近づいた一瞬、九太夫にとっては思いがけないことが起った。テーブルの向う側にドーンと重い何かが落下したからである。テーブルの上のものではない。それはそのまままだ動いたものがないからである。かなりの重みの鉄のタマのようなものらしくドーンと落ちてころがったようだ。つづいて、

「キキキキキ、ガガガガガ、ガンガンガン」

しッきりなしに不快きわまる大音を発するものがテーブルの向う側を動きまわりはじめた。これもテーブルの上のものではない。目に見えないものだ。何か子供のオモチャのたぐいであろうか。しかしオモチャの金属質の高音をさらに何倍もけたたましくしたようなもので、怪物どもの泣き声とも笑い声とも怒り声ともとれるような醜怪な音響だ。部屋いっぱいにはね狂うように充満して響きたつのだからたまらない。

「ウム」

「ウーン」

諸方で誰かが呻《うめ》きを発した。二三人にとどまらない。一人の呻きをきくと、ひきずられて思わずうめかずにはいられなかったのである。

怪音が三四十秒つづいて終ると、すでに音楽も終っていた。にわかにハモニカが宙にういてプープー鳴りはじめた。人が吹いているのではない。なぜならハモニカは人の頭よりも高いところをクルクル舞い廻っているからである。突然メガホンも宙を舞いはじめた。つづいてラッパが舞い上った。三ツ一しょに目まぐるしくクルクル舞い狂ったあげく、にわかに三ツ同時にテーブルの上へころがり落ちたのである。

今度は笛が舞い上った。そして物悲しげな笛の音がかすかに宙から起ってきた。しかしそれも人が吹いているのではない。なぜなら笛は木から木へとぶムササビのように右から左へ左から右へ絶え間なくはげしい運動をつづけているからだ。人形が舞い上った。物悲しげな笛の音はなおもかすかに断続している。にわかに二ツが空中高く舞い上って落下した。すでに土ビンと茶ワンが舞い上っている。二ツがカチカチふれあう。はなれる、またふれあう。土ビンが傾いて茶ワンに水をつぎこんでいる。土ビンと茶ワンの上下の距離がはなれたり近づいたり。土ビンと茶ワンが一回転して前へ落ちた。

人々はカタズをのんで待ちかまえたが、心霊現象はそれで終っていたのである。人々はいまにテーブルが動きだすかと特にそれを待っていた。もっともそのテーブルには夜光塗料がぬってないから、動きだしてもドスンバタンと音をたてるぐらいのものであろう。しかし九太夫がそのテーブルを改めたのを人々は見ているから、特にその期待が大きかったのである。

しかし、いつまでたっても何事も起らない。また終りの音楽も鳴りださない。とうとうシビレを切らせて、人々の中には身動きをはじめたりセキばらいをする者も現れた。するとボックスの方からも、

「オーウ」

と例の遠い山のフクロウのような声がきこえてきた。しかし何事もないので、また、

「オーウ」

と同じ声が起った。音楽をサイソクしているらしいのである。

「どうも、おかしい。どなたか、電燈をつけて下さい」

九太夫がセカセカした声で叫んだ。誰か立った。電燈がついた。電燈をつけたのは糸子であった。見物席の一同には変りがない。ただ一人、一同に離れ、テーブルの側面にポータブルに対している仙七だけが俯伏《うつぶ》している。その背中から真上へ突きでているものがある。短剣のツカだ。短剣はほぼその根本まで胸を突き刺しているのである。仙七はもう動かなかった。一同が抱き起してみると、彼はすでにことぎれていた。

★

次に各人の証言のうち主なるものを記する前に、当夜の各人の位置について図解を示

しておくことにする。

Aボックス（即ち吉田八十松）　B仙七　C茂手木　D岸井　E九太夫　F勝美　G

ミドリ　H糸子　I辰男

　糸子の証言

――この短剣に見覚えがありますか

――あります。たしか応接間の飾り棚の中に人形だの船の模型だのガラクタ類と一しょに置き並べてあったものです。西洋の短剣で高価なものではないようです

――応接間にはガラクタを並べておくのですか

――商売が高利貸ですから差押えで仕方なしにガラクタがふえるんですね。家中どの部屋も床の間の違い棚や飾り棚の中にガラクタだらけなんです

――いつなくなったか覚えていますか

――そんなことは知りません

――皆さんが坐っていた場所はこうでしたね

――こうだったと思います

――誰かがお父さんの方へ歩く気配に気附きましたか

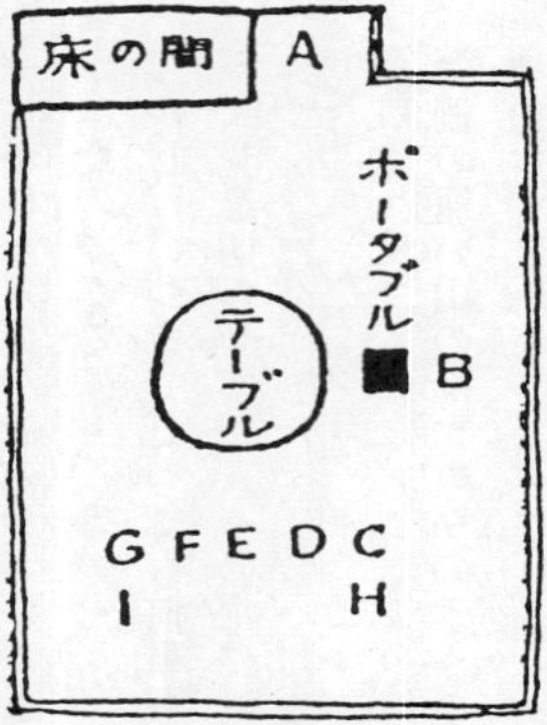

——全然

——お父さんの刺された気配は

——全然

——あなたと兄さんだけが後方に坐っていたのですね

——兄は立ってたんですよ。坐れば見えませんから。立ってたから後でよかったんでしょうね

九太夫の証言

吉田八十松は名手の名のある人ですが、旅先のことで人をアッと云わせる芸はできない相談だったのですね。それでもわずかな材料を生かして意表をつく苦心を払ったようです。たとえば中央にテーブルをすえ、下にはジュウタン、側面と天井には暗幕をはりめぐらして、いかにもテーブルをあげてみせるぞと云わぬばかり、ジュウタンの下や暗幕の上から側面すべてコードや紐《ひも》の仕掛け充分の様子にこしらえておいたのです。そのくせ、その仕掛けは何一つほどこしておかなかったのです。これはたぶん見物の者がそれを改めることを予期して裏をかいたのかと思いますが、あるいは被害者からでも私が参観にくることを前もって知らせをうけて意表にでた用意かも知れません。したがってボックスの中からカラクリをやる手法も用いません。ボックスの内から外へ通じる仕掛けは一切ほどこさぬ用心をしていたのです。したがってあの人が行ったのは縄ぬけして

前面へでて曲芸をやることだけでした。この曲芸も最初にちょッと意表をつきましたね。かなり巧妙な方法でした。夜光塗料の品物でなしに、まず四ポンドぐらいの鉄丸と音響仕掛けの道具を投げたんですね。鉄丸の落下音も相当なものでしたが音響仕掛けのガラガラという怪音には悩まされましたよ。むろんこれには紐がつけてあって、あとでたぐりよせてポケットへなりボックスの中へなり隠しこむのです。こうしてガンとおどかしておいて夜光塗料の品々をあやつりはじめたわけですが、え？　ハモニカや笛は吹けなかったはずだと皆さんが仰有ってるんですか。それはあのハモニカや笛は吹ける道理がありません。別のハモニカ別の笛を吹いてるのですよ。口にくわえッ放しにね。夜光塗料のぬってない別の物、ポケットの中の品物です。で、結局私には後閑さんの殺されなすッた音をききわけることができなかったのですが、たぶんあのガラガラの最中ですね。あの音響の最中に皆々悩まされたあげく方々に溜息《ためいき》や呻《うめ》き声が起りました。たぶんその一ツが被害者の苦悶の呻きではなかったでしょうか。うまく重なったものですよ。偶然です。たぶん犯人は音楽がはじまると同時に行動を起し被害者の後へまわって音楽の発する位置をたよりに狙いをつけていたものと思われますが、たまたまガラガラのチャンスを利用して非常に安全に目的を達することができたのですね。ガラガラがなくたって目的は達せますが、いくぶん危険ですね。苦悶の声や何かで早く判ってしまうでしょう。もっとも電燈をつけるまでには間があるでしょうから、自分の元の位置へ戻る時間に不足はないと思います。しかし呼吸の乱れや何か、隠しきるには一苦労も二苦労もしなければならぬ道理です。犯人の心当りですか。それがとんと分らぬのです。注意はもっぱら心霊術の方に吸いとられておりますし、吉田八十松さんがあれだけ歩きまわっても音のしないように仕掛けたジュウタンですから、忍び足の犯人の気配が分るものではありません。それが判るぐらいなら心霊術の縄ぬけの手品がすぐ判る道理じゃありませんか。見物人には吉田八十松さんが縄ぬけして前の方まで歩いてきて手品の数々をやっているとは気がつかないのですからね。事件発覚後の各人の挙動についてですか。左様ですね。各人一様に茫然たる有様という以外に特別の不審の者はおりませんでしたね。警察へ電話をかけに糸子さんが外へでました。しかし他の者一同はいましめあいました。警官の到着まで外へでた者はありませんでした。誰しも疑られるのはイヤですから、外へ出たいと云った者もおりません。そうこうしているところへ、吉田八十松さんが仕方なく自分で縄をといて出てきました。あの人にしてみれば自分で縄ぬけできるのを人に知られたくないわけですが、様子が判ってみればいつまでもボックスに鎮坐していられなくなったのでしょう。もっとも、殺人どこ吹く風というように、手首をもんでいるばかり、一言も喋りませんでした。ちょッとした変人ですね。心霊術師としては奇術の腕がたしかです。私が見たうちでは一番と申せましょう。夜光塗料をぬった道具類のさばきなぞはあざやかで、ハモニカを口にくわえて吹きながら、他のハモニカとメガホンとラッパの三ツを同時に空中に使いわけたのは一寸《ちよつと》したものです。私ならもっとうまくやってのける自信はありますがね。どうも奇術の話ばかりで恐縮ですが、それしか注意していなかったんですから、どうにも仕方がありません。

茂手木の証言

仰有《おつしや》るように、ぼくが被害者に最も近い位置にいたわけなんですが、大変な音響でしたし、奇術にばかり心をとられていたものですから、人の気配も、被害者の刺された気配も、全く気がつきませんでした。え？　犯人の心当りですッて？　あの場合、誰だって後閑さんを殺すことができましたよ。あれぐらい人殺しにお誂《あつら》え向きのチャンスはありませんねえ。それはもうあの場に居合わせた全員が容疑者ですよ。全員が犯人でありうるのです。むろんぼくなぞ位置は近いし疑られても仕方がありませんが、ぼくがあの人を殺す理由がないじゃありませんか。問題は結局なぜ殺したか。その理由、動機というものの問題ではありませんかね。え？　勝美にも遺産の四分の一がころがりこむのですか。いえ、一向に存じませんでした。他家へ縁づいた女にまで均等の遺産がねえ。相続なんてえことを考えてみたことがありませんので、そんな新法律は全く知りませんでしたよ。え？　ぼくの職業ですか？　土建会社の平社員ですよ。社長の秘書、悪く云えば用心棒ですかね。法律には縁がありません。

吉田八十松の証言

あの人が奇術師の伊勢崎九太夫ですか。それじゃアどうも嘘をついてもはじまりません。あの人の名は心霊術の仲間うちでは評判でしてな。こまったお方が現れたものですな。それはもうあの方の仰有る通りで。縄をぬけて前方へでて曲芸をやったわけですな。丸一小鉄をヘタにした曲芸を暗闇でやるわけなんです。いえ、あれだけが心霊術ではありません。他にたとえば翌日やるはずになっておった幽霊をだして物をきき物を語らせるというのがむしろ心霊術の主眼ですが。え？　その種あかしですか？　そればッかりはカンベンして下さい。それを知られてしまえば元も子もなくなるのでしてな。ま、私は私なりに発明した手法などがありましてな。他の業者にもそれを知られてしまえばこんな不都合はありませんでな。え？　あの晩のガラガラですか。あれも私の新作でして、ありきたりの手法に満足しなくなった見物衆のドギモをぬくために近ごろ発明いたしました。今回ははじめての依頼者ですから、敵地へのりこむ心得で新作品を一二用意して参ったのですが、それが犯人に利用されるとは思いがけないことでしたな。鉄丸の目方は三ポンド半です。え？　伊勢崎さんは四ポンドぐらいの鉄丸と仰有いましたか。おどろいたお方ですな。何もかも見通しじゃァありませんか。とてもかないません。いえ、犯人が私の方を廻って行ったような気配はありませんですな。左様、私の位置が犯人には判るまいと思われますので、私をすりぬけて行くことは不可能ではありますまいか。もっとも伊勢崎九太夫さんなら、それはできます。私のいる位置などあの方にはタナゴコロをさすようでして、次にどこ、次にはどこへということまで暗闇の中でちゃんとお判りでしたろう。その他の方々には無理でしょうな。へえ、当日、後閑さんと最も多く話を交したのは私だったかも知れませんが、みんな心霊術に関することばかりでして、あの方の身に危険が迫っているようなこと、むろん一言も仰有る道理がありません。なんしろ初対面でしてな。

辰男の証言

――年齢は

――三十一年五ケ月です

――お前は父を憎んでいたそうだな

――大ざっぱに分類すれば、好きな父ではありませんが、憎むといっては言いすぎじゃアありませんか

――何億の財産がころがりこんで、うれしいだろうな

――それは悪い気持じゃありませんよ

――素直に白状してしまえ。みんな判っているのだ

――何が判ってるんです。ぼくが殺したと何有るのですか。証拠があったら見せて下さい

――いまに見せてやる。時にお前はどっちを廻って行ったのだ。糸子のうしろの方だな

――ぼくは動きませんよ

——ミドリはお前が立ち去る気配に気づいたと言っておるよ
——冗談でしょう
——糸子も同じように証言をしている。かたわらを通りすぎたのは子供のような感じだったと云ってるぞ
——暗闇のことが判るものですか
——暗闇だからバレるはずがないと思っているのだな
——考えてみて下さい。父を殺さなくッたッて、やがて父が死んだあかつきは財産はぼくの物ではありませんか。わざわざ殺す必要があるものですか
——ビルマの孫がくると財産はお前の物ではなくなるのだ
——そのための心霊術実験会ではありませんか。伊勢崎さんは絶対にインチキだから心配するなと力をつけて下さっています。この実験会の結果、父のビルマ訪問が不可能になるのを信じていたのですから、父を殺す必要はないのです。だいたいぼくはシガない客ひき番頭ですが、ともかく暮しにこまらない定職があって多少の貯金もあるほどですから、今すぐに父の財産をつぐ必要なぞないのです。老後安穏に暮せるだけで結構で、今のうちはその希望とともに客ひき番頭でノラクラ暮している方がむしろ生きガイやハリがあってたのしい毎日だったんですよ。今すぐ父のあとをつぐというのは、むしろ怖しくて望ましいことではなかったのです
——伊勢崎九太夫は吉田八十松の心霊術をほめてるぞ。日本一だと云ってる。ビルマ

の孫の所や名を言い当てるのは不可能でないとほめちぎっているのだ

――ぼくはそんなことは初耳ですよ。伊勢崎さんが心霊術のインチキをあばいて下さるものと確信していたのです

――お前の着物に血がついてたぞ

――それは父を抱き起したのがぼくですから、血がついても仕方がありません。あの場に居合わせた人々の中で父を抱き起す役割は当然ぼくがひきうける以外に仕方がないではありませんか

――お前はバカ力があるんだなア

――客ひきですから年中荷物をぶらさげて歩いてるせいでしょう

――お前は坐っている人を立ったまま力いっぱい突くことができるんだからなア

――それはできるでしょう。やろうと思えばね。しかし、ぼくはやりません。そんな危い橋を渡らなくっても、待ちさえすれば自然にころげこむ財産ですからね

――その一ツ文句で云い逃れができるつもりか

――真実には多くの言葉は無用ですよ。ぼくがあせって父を殺す必要は毛頭ないのですから、それで言葉はつきてますよ

――頑固な奴だ。今日は帰してやるから一晩ゆっくり考えてみるがよい

谷村警部の補足せる報告。

兇器は後閑邸応接間の短剣。サヤは死体のかたわらに発見せらる。証拠物件はこの一ツのみ。鑑識の結果、指紋の検出を得ず。

目下の状況に於ては現場に同席せる全員を容疑者と目する以外に有力なる証言を得ず。位置の関係より、辰男、茂手木、糸子に最も可能性ありとするも、他の四名を不可能と断ずる根拠またなし。以上

★

翌日曜は一同足どめをくらッたまま何事もなくて、月曜に至って後閑邸へ参集を命じられた。午後六時半には日が暮れるから一時間半くりあげて七時から前々日と同じことを実演してみることになったのである。

各人の後閑邸到着から実演室への着席まで順を追うてやるのだが、ここらへんで便所へ行ッたッけ、お茶が来たッけ、そうだったかなアというアンバイで埒《らち》があかない。威勢のよい茂手木はとうとう怒ってしまった。

「オレは勤め人だぜ。熱海へ足どめしてくだらないことをさせて、だいたい警察のやり方がなってやしねえや。最新の科学を利用してテキパキと物的証拠がつかめねえのかやい。銭形平次時代みたいな実演会なぞ今どきやるとは何事だ」

「ま、キミ、我慢して今晩だけつきあってくれたまえ。明日からは自由だから」

というようなわけ。

まず見物人が着席する。現場は死体がないだけで、そっくり以前のままである。吉田八十松はこれまた哀れで、仙七とどこでどうして何を喋ってどこを通ってと相手がいないのに相手のぶんまでやらされて、ようやく実演室へたどりつく。つづいて糸子がアタフタかけこんできて、

「間に合ったア！　バカバカしい！」

ヤケを起して、ころげまわっている。いずれも先日同様のもしくは類似の服装であるが、茂手木と岸井は洋服に靴下、吉田八十松も洋服に靴下ばきで九太夫と辰男が足袋《たび》である。女もむろん足袋か靴下で、素足の者は一人もいない。

警官が代って吉田八十松をイスにしばりつけ、いよいよ実演の段取りとなったが、今度は八十松が怒ってしまった。警官たちを睨《にら》みまわして、

「あなた方、どうしてそこいらに立ってなさるんです。それじゃア実演ができません。とっとと引きとっていただきたいね」

「警官が立ち合わなくちゃア実演の意味をなさんのでな」

「そんなにたくさんアチコチにいちゃア邪魔で仕様がない」

「この警官たちが皆さんの代りに被害者の方へ歩いたり、その気配をききとめたりする役目なのだから仕方がないよ」

「しかし、あなた、私の方の側にいちゃア、鉄丸を投げたり、ガラガラを投げたり、いろいろなものを上へ投げたり振り廻したりするのだから、それじゃアとうてい実演する

わけにいきません」

「それはもッともだ。そっち側の警官は不要なのだから、邪魔にならない隅の方へ、その床の間のあたりへ集まるがよい」

ようやく準備ができた。被害者の方へ忍んで行くのは辰男、茂手木、糸子の三名の代人だけらしく、三名のうしろのそれぞれの位置に警官がいる。また、岸井、九太夫、勝美のうしろは無人のところを、ここには聴き役の警官が座についている。

糸子が電燈を消してきた。

「オーウ」

という八十松の遠吠え。警官の隊長が代りをつとめたらしくポータブルが鳴りだした。それからは先夜そのままである。さすがに八十松の芸は巧妙で、時間の間隔まで間髪の差もなく、舞い廻る品々も同じ場所に同じ動きを示したように思われた。

こんなことをやってみたって、実はムダにすぎないのだ。心霊術に注意を集中している場合と他の物音に注意を集中している場合とではその差甚大ではないか。甚大すぎる差と云えよう。それですら物音はほとんどききとれなかったのだから、この実演の結果は全員の容疑が一様に深まっただけで、特定の一人の容疑を深めることは完全に失敗に終ったのである。

特定の一人と云えば、特に茂手木の代人はガラガラが鳴りはじめてから行動を起し、鳴り終る前に行動を終えてなお余裕シャクシャクたるものがあったのだが、かかるガラガラの鳴ることを予期しうるはずもなく（九太夫すら予期しなかった）またその鳴りつづく時間を予知できるはずもない。だからそれを容疑の理由にすることは無理であった。

実演を終えると辰男は容疑者組をひきとめて、

「一パイやろうじゃありませんか。オヤジのガマ口の中のものを失敬しても、みんなで一パイやるぶんには差支えはありますまい。今夜は当家カイビャク以来の宴会でさア」

と云っても大したゴチソウはでやしない。そのへんのテンヤ物をとって酒宴をやった。警官に一パイどうぞなぞと誰一人云う者がいない。容疑者ともなれば皆々ムカッ腹をたてるのは当然で、なまじお世辞を使ったばかりにかえって怪しまれては物騒と、知らぬ顔をしている。

警官たちはなおしばらく現場の方で何かやっていたが、やがて署長が現れて、

「ヤ、皆さん、まことに御苦労さまでした。さぞイヤな思いをなさッたでしょうが、もう今夜限りで足どめは致しません。東京の方は東京へ、大和の吉田さんは大和へ、それぞれ遠慮なくお帰り下さい。現場の幕や道具類は用がありませんから御随意に荷造りして下さい。ただジュウタンだけは血がついておって証拠品ですから暫時警察でお預りいたします」

「ジュウタンとテーブルだけは御当家のものです」

「そうですか。それではなおさら都合がよい。奥に二個荷造りしたままの荷物がありますが、あれは吉田さんお使いにならなかったのですか」

「あれは特定の霊をよびだす時の道具立てでして、実は翌《あく》る晩に用いることになっていたのですが、その用がなくなったわけです」

「道具立てがなくちゃア幽霊はでませんかな。心霊術の幽霊はホンモノよりも芝居の幽霊に似ているようですな」

「ま、そんなわけです」

「では、失礼」

警官一行はチョッピリと心霊術に皮肉をのこして立ち去ったのである。警官にしてみればイマイマしい心霊術めというわけだろう。こんなものがなければ、こんなヤッカイな事件は起りやしなかったのだ。

商売熱心の九太夫はふと気がついた様子で八十松に向って、

「吉田さんにお願いがあるんですが、心霊術ではさすが日本一と評判の高いあなた、実は私、特定の霊をよぶ方にはあまりめぐりあったことがございませんのでね。ひとつこの機会に、妙な因縁ですがこうして変な風にジッコンを重ねた御縁に、今晩特定の霊をよぶ方の心霊術を見せていただけませんか。もちろん謝礼はいたしますが」

すると糸子がおどりあがって、手をうってよろこんで、

「すばらしいわね。お父さんの幽霊をだしてちょうだい。犯人をききましょうよ」

八十松は頭をかいて、

「あの暗闇じゃアお父さまにも犯人は判りますまい。それに私が犯人を知らない限り幽

霊も犯人を知らない規定になっておりまして、ま、あなた方には白状しておきますが、さっきの署長の言葉の通り、ホンモノよりも芝居の幽霊に似すぎているんですな。とても伊勢崎さんにお目にかけられるような芸ではありません。それに、こう申しては失礼のようですが、この八名の中に一名の真犯人がいることだけは確かでして、どなたがそれとは分りませんが、私としましても幽霊の術を見せてあげるような気分にはなれませんでな」

「当然。当然。だいたいこんな晩に幽霊をよぶ術をやろうなどとは不謹慎千万だ」

茂手木が大きな身体をゆすりあげて、怒り声で喚《わめ》いた。糸子は怒って、

「こんな晩て、どんな晩なのさ。たかがオヤジが殺されたぐらい。セイセイして当分結構な晩じゃないの」

「そうかも知れないわね。私もそう悪い気持じゃないわ」

とミドリが糸子に加勢した。そして、こうつけ加えて云ったのである。

「私はね。あの心霊術の音楽が真ッ暗闇で鳴りだしたとき、いまピストルか短刀があったら父を殺してやりたいと思ったのよ。そのうちにガラガラが鳴りだす。ええ、畜生め、無念だなアと思ってね。思わず無念の呻き声をたてたのよ」

何屈託のないノンキな顔だ。九太夫はあきれて、

「ハア。そういう真剣な呻き声もあったんですか」

「そうなんですよ。私の心霊作用が犯人さんにのりうつッてね。つまり私は共犯かな」

「やめとけ！」

一寸法師が立ち上ってジダンダふんで怒りだした。酒がまわって真ッ赤なホーズキのような顔である。怒りがなかなかとまらぬらしくアチコチ駈けずりまわってはジダンダふんでいる。

こうして怒りを自制する方法を常用しているのかも知れない。糸子はそれをおもしろがって眺めていたが、

「天下一品の兄貴だよ。とても肩身がひろくッてね。熱海の駅で客ひきしてる一寸法師の妹を知らねえかア。時々タンカをきってやるのさ。私の坊やフレンドにね」

「ヤイ、帰れえ！　みんな帰れえ！」

「お前がでてけえ！」

「ヤイ、糸子！」

「なんだい、ジダンダふんだって一メートルじゃアはえないや。クビをくくるにはカモイが高すぎるし、いい身分だなア」

「ウーム！」

一寸法師は益々真ッ赤になって必死に我慢しているのである。

「ではお先きに」

と九太夫は腰をあげて、急いで戻ったのである。

もっとも九太夫は決して不愉快だったわけではない。なんとなく憎みきれない一族だ。

むしろ好意を感じた方が強かった。どことなく天真ランマンなのである。ヤケのヤンパチの底をついているにしても。

★

九太夫はねられぬままに犯人は誰かということについて考えてみた。

あの暗闇ではみんなが殺しに行くことができる。そして殺すことができる。しかし奇術師として考えてみても、殺してから元の位置へ誰にもさとられずに、ぶつかったり、さわったりせずに戻ってくることが難物だ。人と人にはさまれた位置の者が特に困難である。奇術師の立場からでも相当に難物だ。ところが電燈がついたとき、一同元の位置にいたのであるから、人と人にはさまれた位置の者、特に九太夫その人の両側は犯人の容疑から取り除いてもよろしいようだ。実際問題として不可能に思われるのである。その両側は岸井と勝美であった。

両端の茂手木とミドリ、糸子と辰男は元の位置へ戻るのが割合楽だ。しかしミドリは離れすぎている。そして辰男の前面へ戻ってこなければならぬ。前面へ戻るのと後へ戻るのでは割がちがう。後の方はいい加減のところで間に合わせて折を見てなんとでもすることができる。前方の人々は後に目があるわけではない。おまけにミドリは着物であった。ミドリの位置からではむしろ前方の隅をまわると仕事は楽なのだが、心霊術とは何物か、その正体を知らないものが術の行われている前方をまわることができるはずはない。これも容疑者から消してよかろう。

結局、茂手木と糸子と辰男である。糸子はしょッちゅう出入していた。電燈を消したのも、つけたのも、事件発覚後電話をかけに部屋をでた唯一の人物も糸子であった。糸子は八頭身ぐらいの立派な身体で、相当に腕力もありそうだから、ツカも通れと短剣を刺しこむことが必ずしも不可能とは云えない。電燈を消して戻ってくるとき隠しておいた短剣を持ちこむこともできたはずだ。電燈をつけに出たとき、電話をかけに出たとき証拠の品を隠すこともできる機会にめぐまれている唯一の人物なのである。糸子の位置が殺して戻るに最も有利で、一同の後へ戻ればよいのだから、そしてその間に人の介在が皆無なのだから、彼女の場合戻り道でしくじる危険は全くなしと断じてよい。有力な容疑者だが、動機が稀薄だ。

茂手木も被害者への最短距離だから、往復の不自由は他に比較して甚だしく少い。岸井と二人だけで応接室にいた間に短剣を盗みとるチャンスも有り得たろう。彼は戦地に於て人殺しを常習にした怪物だから、あの好条件にめぐまれて仙七を一突きに刺し殺すのは久方ぶりの悦楽ぐらいにしか感じなかったかも知れないのである。動機はこれも稀薄だが、性格的に人殺し的なのだから、これは有力な容疑者である。

辰男は動機の上から最大の容疑者である。なるほど殺さなくとも自然に自分の物になる財産だということは一応筋が通っているが、正しい筋の裏側にはそれと同量の逆が含まれているのが当然である。殺さなければ財産を失う怖れというものは一ツや二ツの原因理由に限られているものではなくて無数の理由によって生じうることが可能なのだから、かえって一応筋が通っているだけ言い訳にならないと云えるのである。

ただそのような怖れの生じる理由が実在したかということが問題だ。辰男も糸子も同様後列であるから糸子についで、往復に危険の少い位置である。とにかく後列は前列よりも甚だしく有利で、おまけに後列は二人だけで隣りがないのだからなおさらだ。最短距離の茂手木よりも辰男の方が往復に有利と見てよい。辰男の位置の場合、遠距離ということは苦にならないのである。暗幕に沿って歩けばよいのだ。

こうしてみると、動機の上でも位置からでも辰男が最有力の容疑であるが、糸子の嘲りに対してジダンダふみ駈けまわって必死にこらえていたあの有様はどう解釈すべきだろうか。再び人殺しを犯す苦を必死にこらえていたのか。

むしろあのジダンダはとうてい殺人のできない弱気な小心な性格を現しているのではなかろうか。九太夫はあのジダンダになんとなく好感をいだいているのだ。この結論はだせなかった。

さて、その翌朝だ。オハヨー、奇術師サンと云って糸子がやってきた。

「ゆうべはウンザリして逃げたんですか」

「イエ、とんでもない。むしろあなたの一族にはじめて好意をもったのですよ。あなた方四人の兄妹にね」

糸子は素直にうなずいた。

「私もオジサンが好きになったわ。以心伝心ね。タデ食う虫も好き好きかな。勝美姉さんたらあんな人殺しが好きになるんだもの。私はね、今日は重大な報告に来たんです。吉田八十松ッてイヤらしいわね。ゆうべ私の寝室へ忍びこんできてね、私が蹴とばしてやったら、女中部屋へ行ったんです。その騒ぎ声に一メートルの先生が目をさましてね。彼氏フンゼンとふるいたつと凄い力でしょう。腕の太さだったらお相撲《すもう》ぐらいあるんですからね。八十松をノックアウトしちゃッて小気味よかったわよ。なんしろストレートパンチがオナカから下の方だけにしか命中しないんですから心霊術の先生もたまらないわよ」

「生命に別状はなかったわけですね」

「それはもう熟練してるから。宿屋の番頭は酔っ払いを適当に殴る限度を心得るのが重大な職業技術の一ツなんですッてね。ええと、重大な報告というのは、それじゃアなかったんですけど、女中のミネチャンがね、そんなことがあったんで思いだしたらしいんですが、どうもね、あの開けずの荷物が変なんですよ。あの荷物だけ直接ウチへ送りこまれたらしいんですね。ミネチャンから知らせを聞いて八十松クンが荷を受けとった時にね、どうも変だな、なんの荷物だろうと云ってとてもフシギがってたんですって。ともかく開けてみようてんでミネチャンに庖丁を持ってこさして今や開けようというところへ父が血相変えて出て来たんですってね。待て！　それはオレのだ！　と云って凄い見幕で怒鳴ったんですッてさ。怒っても凄い見幕を人に見せるような素直な父じゃアないんですよ。もっと陰険な父なんです。ところがその時はもの凄い見幕で怒ってね、庖丁をとりあげて投げすてたそうです。八十松クンはその見幕におどろきながらも、ですがこれは私名宛の荷物なんですからと答えると、誰の名宛でもその荷物は私の荷物だと父はキッパリ断定して人をよんで奥の部屋へ運ばせてしまったのだそうです」

「それは奇妙ですね」

「奇妙でしょう。もっと奇妙なことがあるんです。今朝八時ごろ八十松クンは車をよんでその荷物だけ駅へ持って行って送りだしたんです。眼がさめると食事もせずにいきなりですよ。例の実演場の方はまだそのままなんです。食事を食べ終えてからポツポツ取り片づけにかかってるんですよ。どうしてみんな出来上ってから一しょに運ばないのかと思ってね、なにかワケがありそうだからオジサンに報告に来たのです」

「それはすばらしい報告かも知れないね。とびきりのね。ウーム。そうか忘れていたね。なぜ後閑仙七氏がビルマの孫をひきとることを思いたったか。その謎だ。待てよ」

九太夫は思わず相好《そうごう》をくずしたが、

「糸子サン、ちょッと待って下さい。しばらく、考えるから。しかし、いそいで考えるよ。急がなければ追いつけないのでね。その間に糸子サンに警察署へ行ってもらうか。至急その荷物の発送を押さえてくれとね。ワケは考えをまとめた上で話します。間違っているかも知れないが……イヤ、イヤ、必ず当っているはずだ。糸子サン、急いで、急いで」

「ハイ、ハイ」

糸子は大至急立ち去った。警察でも荷物の発送を暫時止めるだけなら大したことにはならないと見てか、とにかく重大事件の関係物件であるから、九太夫の望み通り荷物の発送を押さえておいてくれたのである。

そこへ九太夫が警察を訪れて、

「どうやら事件が解決したと思いますよ。すくなくともあの荷物の内容を調べてみればね。ま、お茶を一杯のませて下さい」

★

それから五時間後。すでに吉田八十松は仙七殺しの犯人として逮捕され留置場にはいっていた。

九太夫は自分の旅館のロビーで糸子と辰男を前にコーヒーをすすりながら、気持よげに自慢話しをしていたのである。

「あなた方は四人そろってなぜ父がビルマの孫をよぶことを思いたったか、その本当のコンタンが知りたいと云ってましたね。すくなくとも実演のはじまるまでは、それがあなた方の最大の関心事であったはずです。ところがね。殺人事件が起ると、これをバッタリ忘れてしまった。無理からぬことさ。当の本人が殺されてしまえばそのコンタンも殺されたも同然で、もはや問題ではなくなったわけだ。私とても同じこと、そのことは、今朝糸子サンから荷物の話をきくまでフッツリ思いだしたことがなかったわけだ。ところが糸子サンの報告をきいてピンときましたね。たぶんビルマの孫の秘密がそのへんにあるんじゃないかとね。それから考えてみた。するといろいろのことがみんなそれに結びつけるとスッキリと説明がつくのですよ。まず第一に、後閑サンはいつも土曜の夕方にきて月曜の朝東京へ戻るのに、今度に限って木曜の夕方にきて金、土と外出もしないということですね。土、日ときまった心霊術の実演会を待つのに木曜から来ている必要はありませんや。いかにハリキッたにしても、子供でもそんなことはやりッこありません。つまり荷物を待つためだ。吉田八十松宛にくる荷物だから八十松に知られぬうちに処分したい。それで待ちに待ってたのですよ。第二には、八十松の荷物は駅止めでついています。しかるに他の一個は宅送で後閑仙七方吉田八十松、発送人も八十松です。同一人の送ったものが一ツは宅送、一ツは駅止め、これが変だ。その謎をキレイに解いてくれるのが糸子サンの報告です。それはオレの荷物だと叫んで後閑サンが凄い見幕で走ってきたと云いますし、八十松は荷物を受け取ったとき、何の荷だろうとフシギがっていたというではありませんか。フシギがるわけですよ。自分の荷物じゃないんだものね」

「それじゃア父の荷物なんですね」

「むろんですとも、つまりこの荷物を大和から熱海へ送りこむのがビルマの孫の秘密だったわけです、この大荷物を怪しまれずに熱海へ到着させるにはどうすればよいか、熱海駅でよりも大和からの発送が問題なんです。大和から大荷物を送ると怪しまれる理由があったのですから。そこで考えたのは、怪しまれずに大荷物を動かす方法。これがビルマの孫の秘密なのです。心霊術師は出張ごとに大荷物を動かすのが普通なのですから、しかも大和には吉田八十松という評判の心霊術師がいます。このことを知るに及んで後閑サンは大喜びしたのでしょうね。そこでさっそく心霊術師を呼び寄せるべき理由をあれこれと考えて、まず戦死したはずの長男が幽霊になって出てきたと云いふらしたのです。幽霊といろいろの話をしたが孫の名と女の名と、住所だけききもらした。そこで心霊術師にたのんで霊のお告げを示してもらう必要があると云って、ついに心霊術師をよびよせる段どりまで漕ぎつけたわけです。大和の吉田八十松と手紙で往復して日取りも定まった。そこで後閑サンは大和へ急行して例の大荷物を造り、大和の吉田八十松より熱海の吉田八十松宛に発送したわけです。吉田八十松の大荷物ならあの地方では誰に怪しまれる心配もありません。宅送ですから駅止めよりもおくれて、ずッと前にだしたのが土曜の午《ひる》ごろ、吉田八十松が熱海へ来てから着いてしまった。これは失敗でした。しかし荷物はとにかく到着し、凄い見幕で八十松を怒りつけて荷物をまきあげ奥の部屋へ運びこんだのですから、ビルマの孫の一件はそれで役がすんだわけです。ですから、ビルマの孫の一件の方を後廻しにして、実験会の方を先にやるようなノンビリした気持になったわけで、ビルマの一件に重大な意味があるなら何をおいてもビルマのお告げの方を先にすべきではありませんか。そのお告げを後廻しにしたというのは、もうその一件が役割を果してしまったからですよ。後閑サンは至極ノンビリしてしまって、実験会のたのしみの方を先にした始末ですが、そこに容易ならぬ大敵が生れていたことを知らずにいたのですね」

「八十松がなぜ父を殺したんですか」

辰男が熱心にきいた。

「それはね。吉田八十松は品性下劣な人物なんだね。彼は後閑サンに凄い見幕で怒られて荷物をまきあげられてから、いろいろ考えてみたのだろう。自分が送った荷物でないのは確かだし宅送という方法からみても自宅の者が送った荷物とも思われない。また自宅の者が送る理由もないのだね。すると確かにあの荷物は後閑氏のものだ。しかも後閑氏は自分の名で送らずに、吉田八十松から吉田八十松宛に送っている。そこには深いシサイがあるはずだ。悪智恵のはたらく奴だからおおよその見当はついたんだね。すくなくとも本人の名では送れない何物かだ。心霊術師は人に怪しまれずに大道具を発送できるから、そこを狙ってのカラクリだ。その内容は天下に高名な高利貸しの秘密の荷物であるから素姓のよからぬもので高価なものに相違ない。かくも苦心して送り届けている以上、よほど重大な何かが詰めこまれているに相違ない。こう断定したのだろうね。彼は奥へ運ばれた荷物がまだ開けられずそのままになっているのを見届けたから、これをまきあげようと考えたのだ。その方法は簡単だ。後閑サンを殺してしまえばよろしいのだ。かほどの秘密の品だから多くの人が荷物のことを知っているはずはない。表向きは立派に吉田八十松から吉田八十松へ送った荷物なのだから、後閑サンを殺してしまえば、あとは簡単だ。明日の実験に用いるための道具がはいっているのだが、もうその用がなくなったからと持ちだして、駅から送りだしてしまえばすむのさ。そこでこの日の実験はもっぱら後閑サンを殺すための都合だけで道具立てをしたのだね。下へジュウタンを二重にしいた。跫音《あしおと》を殺すためだ。彼の持参のレコードのうち最も音の高いユーモレスクの曲を選んだり、鉄丸とガラガラを仕掛けたり、後閑サンにレコード係りをたのんだりね。殺しの準備は満点だ。奴めは自由に歩きまわることができるし、後閑サンの近くに来ていながら鉄丸とガラガラを中央へんへ落して自分の位置をごまかすことが完全にできるのだから後閑サンも助からない。ガラガラが鳴りだす。レコードの音を目当てに後閑サンの後へまわり、気配によって充分に狙い定めて一突きに刺し殺した。八十松だけはガラガラが長く鳴りつづくことを知ってるのだから狙い定めて仕事を果すだけの落着きもあったわけだね。死体のかたわらへサヤを落して、あとは手なれた暗闇の曲芸をやればよかったのだ。かほどの八十松もこの成功になれてか、糸子サンと女中を襲って殴られたり、また例の荷物を発送するのを急いだりして、怪しまれるようなヘマをやってしまった。このヘマがなければ奴はつかまらなかったね。身替りにつかまるのは辰男君だったかも知れないよ。危いところさ。私も一時は辰男君以外に犯人はないように思ったことがあるほどなんだから」

「で、荷物の内容は何だったんです」

「さ、それなんだよ。終戦の前後に後閑サンは大和にいたらしいね」

「ええ、京都奈良が焼け残っていましたからあちらで商売していました」

「大和で盗みだした支那の古仏だそうだ。誰かが支那から持ち帰った逸品でね、支那でも国宝中の国宝というべき絶品だそうだよ。それがね。頭や、首輪や腕輪や目やオッパイや足輪なぞに古今無類の宝石をはめこんでいて、時価何十億か見当もつかないものだそうだ。等身大六尺ぐらいの仏像だったんだよ」

九太夫はホッと溜息《ためいき》をもらしたが、糸子サンはカラカラ笑って、

「仏像を盗みだすなんて、父にしては出来すぎてるわね。呆れたインチキ詩人だ！」

と云って、舌をだした。

能面の秘密

オツネはメクラのアンマだ。チビで不美人だが朗らかな気質でお喋《しやべ》り好きでアンマの腕も確かだから旅館なぞもヒイキにしてくれる。その日は朝のうちから予約があってかねてこれもオトクイの乃田家から夜の九時ごろ来るようにと話があった。

乃田家へよばれるのは奥さまの御用の時とお客さまの御用の時があって、お客さまは大川さんの場合が多い。この日も大川さん。オツネが九時十五分ごろ行ったときには食事の終るところで、九時半ごろからもみはじめた。

食事は本邸だが大川さんの寝るのは別館で本館にくらべればよほど小ヂンマリした洋館であった。乃田といえば昔は大金持だったそうで本邸なぞはどんな旅館も及ばないぐらい豪奢《ごうしゃ》なものだそうだ。茶室と能舞台なぞ国宝級のものを買いとって運ばせたもので、五千坪ほどの庭園もあった。熱海で今もこれほどの大邸宅を旅館にもせず持ちこたえていられたというのは莫大な土地や山林を所有していたからで、少しずつそれを売って非常にゼイタクな生活をしていた。そういう用で時々見えるのが大川と今井という二人の人。たいがい二人一しょに来ることが多いようだ。二人はここの旦那の生前に秘書をし

ていたそうで、この日は大川さん一人のようであった。オツネが別館へもみに行くとき、

「あとで奥さまもお願いなさるそうですからすみ次第来て下さい」

と女中さんから話があった。これもいつもの習慣だ。今井さんはまだ若いからアンマをとらなかった。

大川さんは小量の酒で気持よく酔う人だった。しかし寝る前に催眠薬をのむので四五十分もむうちに大イビキで眠りこんでしまう。この日もそうだった。この人は変った人で、

「お前のようなまずい顔のメクラでも酔ってアンマをとるうちにはとかく変な心も起きやすいものだから、その壁にかかった鬼女の面をかぶってもんでもらうことにしよう」

こういう妙な習慣になっていた。小心で用心深い人なのだろう。そのくせアンマは強くて、もっときつく、もっと力いっぱいと催促されるので、こういう人をもむと何人前も疲れるからアンマには苦手の客だ。オツネは大川がねこんだのにホッと一安心、鬼女の能面を外《はず》して卓上へおいて部屋をでた。

オツネはメクラながらもカンのよいのが自慢だから、行きつけの家や旅館に行ったときには女中たちに案内されるのが何よりキライだ。

「私はカンがいいのよ。一人で大丈夫」

どこへ行ってもこう云わないと気がすまない。もちろんどこの女中もそれがキマリになっているから案内に立とうとする者もいなくなっていた。乃田家でもそうだ。壁に手

さぐりで進むから跫音《あしおと》もなく唐紙をあける。すると奥の部屋から奥さんの声で、

「オツネサンかい」

「そうです」

「ちょッとそこで待っててね」

「ハイ」

誰か人がいるらしい。奥さんはあまり人にきこえないように声を低くしかし力をこめ、

「あなたのあつかましさにはもう我慢できなくなりました。今までに千万円はゆすっているのですよ。私ももう六十七にもなりましたから名誉ぐらいどうなってもかまいません。もう絶対にお金はあげませんから私の秘密をふれまわったがいいでしょう。第一、窓の外から夜中に戸を叩いてゆするなぞとは何事ですか。さっさと行きなさい」

「あとで後悔しますよ」

窓の外でふくみ笑いしてこう捨てゼリフを云う男の声がきこえた。奥さんが窓の戸をしめたので男は立ち去ったらしい。

――大川さんではないようだ、とオツネは思った。彼は熟睡しているし、男の声は低くてよくも聞きとれないぐらいだったが、大川の声とは違っていたようだ。来客は一人の様子であったが、この邸内にいる他の男と云えば、それは息子の浩之介か庭番の爺やだけだ。浩之介は南方の戦場から足に負傷して戻ってきてビッコであった。この二人にはオツネはほとんどナジミがなかった。奥さんはオツネを奥の部屋へよびいれて、

「とんだところを聞かれましたね。このことはくれぐれも人に話してはいけませんよ」

「ハイ。決して云いません」

「大川さんはおやすみですか」

「ハイ。高イビキでおやすみでした」

「そう」

それからオツネは奥さんをもんで出たのは十一時半ごろであった。いつもならその時刻だとまた行きつけの旅館へ顔を出してみるところだが、この日は大川をもんで疲れたので師匠の家へ戻って、

「今夜の乃田さんは鬼女の面の旦那だからとても疲れたんです。やすませて下さい」

客の席ではさすがにこんな話まではしないのだが、師匠の家ではずいぶんひどい話もうちあけて茶のみ話にしあっている。そこでこう云って休ませてもらい、疲れた晩の例によって五勺ほどの酒をのみ、

「乃田の奥さんは誰かにゆすられているんだよ。もう一千万円もゆすられたらしいよ。鬼女の面の旦那じゃないけどね」

と今しがた人に云ってくれるなと頼まれたばかりのことまでお喋りしてしまった。そして五勺の酒によい気持になってグッスリねたから、オツネはその晩の火事を知らなかった。

火事のあったのは乃田家の別館であった。山の手の水利の悪いところだし広い庭の中でホースがとどいて水がでるまでにも、ずいぶん手間どってしまった。それで別館一棟だけがキレイに焼け落ちてしまったが、焼けた中に一人の男の死体が発見された。二部屋にフトンがしかれていて死体の方は一ツである。死体の部屋が火元らしく、この部屋の二ツのドアには鍵がかかっていたことが焼跡の調査の結果確定した。廊下に面したドアには内側から、隣りの部屋に通じるドアには外側から、そしてその隣室にもフトンがしかれていたのである。死体は大川であった。密室の死体であるから煙草の火の不始末か自殺かと一応結論がでかかっていたのであったが、たまたまオツネのアンマ宿の向いに新聞記者が住まっていた。そしてこの記者が現場の取材から戻ったとたんに女のアンマと近所の人の立話をきいてしまったのである。

「あのウチにはオツネサンがゆうべもみに行ったんですよ。その人が妙な人でね、オツネサンのような年増の不美人でも酔っぱらってアンマをとると乙な気持になって困ることもあるからと顔に鬼女の面をつけさせてアンマをとる例なんですッてね。ところがまたオツネサンはあすこの奥さんがゆすられてるのを聞いたんですッて。今までに一千万もゆすられてるからもうイヤです。秘密を方々で云いふらしなさいッてね。すると男がいまに後悔しますよと怖しい声で云ってたそうですよ」

この記者は東京のさる新聞の支社員だ。今しも現場から戻ってきて本社へ平凡な過失死らしいと電話したばかりである。殺人なら大記事になる。温泉町ではこうした記事が大いに話題になるから、その方面に敏腕なのがそろっているものだ。近いころ関東の農家で似たような八人殺しがあって全国的な話題となったばかりであるから、これこそ特ダネとよろこんだ。

「そのオツネサンは今どこにいますか」

「まだグーグーねてますよ」

「もう十時をまわったじゃないか」

「アンマはそれぐらい寝ても毎日毎日疲れきってる商売よ」

そこで、記者はオツネに面会を申しこんで叩き起してもらった。そんな大事件が起ったと知るとオツネは顔の色を失ってしまった。

「そんなこと新聞に書かれちゃ大変だよ。まさかそんなことが起るとは知らないからウカツに喋っちゃッたけどさ。もう何を訊かれても答えないわよ」

「答えてくれなきゃ尾ヒレをつけて書くだけさ。君が悪事をしたわけじゃアあるまいし、むしろ君は一躍有名になって日本中に名を知られるぜ。君を悪く云うどころか、すごい名探偵だなぞと人々がもてはやしてくれるぜ」

「どうしても書くつもり」

「それがぼくの商売だもの、これが書かずにいられるものかい」

「それじゃア仕方がないわね」

とオツネは昨夜聞いたことと経験したことを辻記者に語ったが、なにぶんにも目の見えない人間の話であるからカンジンなところが一本釘がぬけてるようなアンバイだ。

「大川という人、君にゆすりらしい話をしたことがあったかい」

「まさか自分はゆすりですッて云う人ないと思うわよ」

「すると君は大川が眠ると部屋をでたんだね。そのとき鍵をかけずにでたわけだろう」

「あたりまえさ」

「大川の隣の部屋には誰が泊っていた？」

「誰も泊ってる様子はなかったけどね」

「ところが隣室と同じようにフトンがしいてあったらしいのだがね」

「それじゃア今井さんかな。大川さんと今井さんはお揃いで東京から来て泊ることが多いんだがね。私はしかしゆすりの男が今井さんだったと云うつもりはないんだよ」

「大川は君に鬼女の面をつけさせてアンマをとるぐらいだから時々みだらな素振りを見せたか」

「それぐらい用心深い人だから、そんなことしたことないにきまってるよ。そんなことまで尾ヒレをつけられちゃアこまるじゃないか。注意しておくれ」

「ヤ、すまん。君に変な素振りをするようじゃア乃田の奥さんと何かがあっても不思議じゃないと思ったからだよ。つまり隣室のフトンが奥さん用かという意味さ」

「バカバカしい」

辻はその他多くのことを聞きだしたが、アンマの観察だから確実と見てよいものは少なかった。やや確実なのは次のことだ。

オツネは九時半ごろから十時半ごろまで大川をもんだ。大川は酒と催眠薬をのんだと語っておりアンマの途中に大イビキで眠った。オツネはフトンを直してやり面を卓上において鍵をかけずに部屋をでたが、煙草の吸ガラがどうかなっていたかは分らない。大川はアンマの最中煙草に火をつけたことは確かだがそれが何かに燃えうつった気配は感じられなかった。(オツネは鼻の感覚が敏感だと自称している)大川の部屋をでるとオツネは本邸の奥さんの部屋へ行った。そのとき奥さんが窓の外の男にゆすりを拒絶していたが、相手の男は誰か分らない。十一時半ごろオツネは退去したが、火事が発見されたのは一時四十七分である。消火後の調査では大川の部屋のドアの鍵が全部かけられていた。大川は窒息後に焼死したらしく他殺をうけたような外傷も毒殺された疑いも発見されていない。

辻はその足で再び現場へ急行してみると、今しもその後の発表が行われたところで、大川のボストンバッグの焼けたのが発見されその中に約百万円ぐらいと推定される千円札束の燃え屑があったそうだ。当局ではそれをもって逆に外来者の兇行の疑いは失われたものと見きわめかけた様子であった。

辻は当局の発表なぞはもう問題にはしていない。直接邸内の人々に対決するのだ。ま

ず女中からというのが記者常識の第一課だから、三人の女中に個別対面してみたが、

「ゆうべのお客さんは大川さんお一人ですよ。たいがい今井という方と一しょに見えるものですから昼のうちにお掃除して――拭き掃除は庭番の爺さんですが、お二人ぶんの寝床の用意しておいたのですが、夜八時ごろお着きになったのは大川さんお一人でした。その後どなたもお見えにはなりません」

三人の女中の答えは同じであった。オツネが立ち去るまで起きていたのは若い女中一人で、奥さんの部屋と女中部屋は大そう距離があるから何の物音もきこえなかったと云う。

「隣室との間のドアの鍵はふだんかけておくのですか」

「いいえ、私たち洋館のドアの鍵はかけない習慣でした」

これは女中たちが断言したので他殺の見透しがでてきたのだ。

そこで奥方に対面をねがった。案外にも面倒なく対面してくれたが、ゆすりのことをきくと激怒してしまった。

「私は誰にゆすられた覚えもありません。ゆうべ人にゆすられたなんて、そんなことはありません。その時刻には誰に会った覚えもありません。ましてそんなことを云った覚えは断じてないのです。おひきとり下さい」

プイと立って出てしまった。大川のカバンの中の百万円については聞くヒマがなかったので慌てて警官のところへ行って問うてみると、株を買ってもらうために依頼した百

万円だということが分った。オツネの言葉によっても奥さんがゆすりにお金をやった様子はなく、そのアベコベに拒絶したのだから、おそらくそういう性質の金なのだろう。

あとの家族は息子の浩之介だが、彼は門に接属した門番小屋のようなところを事務所兼用にして寝泊りしているのである。彼の営業は高利貸しであった。熱海の大火の折に母からもらっていた山林を売って高利貸しをはじめ、その当時はかなりの好調であったらしいが、今では成績不振らしくビッコひきひき駈けずり廻っているだけで落ち目になると焦《あせ》りがでて借り手にしてやられるようなことになりがちでいけなくなる一方であるらしい。使用人も居つかなくなり、中学をでて夜学へ通っている小僧が一人いるだけだった。事務所を訪ねてみると、帳簿のほかには探偵小説ばかりが並んでいる。ビッコのせいかブルジョアの息子のようなオットリしたところもない。

「ずいぶん探偵小説をお持ちですね」

「愛読書です」

「昨夜の十時半ごろですが、ある男が母堂を窓の外からゆすっていたというのですよ。母堂が答えて云われるにはもう千万円もゆすったあげくまだゆするとはあつかましい。もう名誉もいらないのだからみんなに秘密を云いたてるがよい。ビタ一文もだしませんとね。すると窓の外の男がいまに後悔しますよと云って立ち去ったそうです」

「そんなことを母が云ったんですか」

「いいえ、偶然きいた人がいるのです」

「そうでしょうな。人が邸内で変死した当日にそんなことがあったと自分で云う人間がいたらおかしいです。またそんなことのあった直後に人を殺すのもおかしいでしょう。ましてゆすられているのにね」

「探偵小説の常識というわけですか」

「まアそうです。母も探偵小説はかなり読んでる方ですよ」

「あなたはへんな男が門を通るのを見かけなかったのですか」

「ぼくは九時ごろからパチンコやって、その時刻ごろにはウドン屋でウドンを食べていましたね。この小僧君が小田原の夜学から戻った十一時ごろ偶然道で一しょになって帰ってきたのです。あなたはぼくがそのゆすりだと仰有《おつしや》りたいのかも知れないが、あの母から千万円もゆすれる腕があれば高利貸しで失敗なぞするはずありませんよ」

「すると母堂からゆするには高利貸し以上の腕が必要だと仰有るわけですね」

「まアそうです。どんな秘密か知りませんが、その秘密をつきとめる以外には手がないと思いますよ。もっともその秘密が軽々しく判明するぐらいならゆすりも成立しないわけですね。特に母の口からはきくことができますまい」

辻はその本邸の応接間にいくつかの能面が飾られていたのを見たことを思いだした。その中には鬼女の面もあったように思った。鬼女の面とはどういう形のものか実は彼はよく知らないのである。

「お宅には鬼女の能面がいくつもあるのですか」

「そうですね。能面はたくさんありますよ。ウチでは父も母も仕舞い狂ですから能面は実用品です。日本で優秀というべき面もいくつかあるはずです。鬼女の面も三ツや四ツはあるでしょうね」

「焼死体のあった部屋にも鬼女の面があったそうですね」

「あの別館には高価なものはおかないはずですが、何かそのような物があったかも知れません」

そこへ来客があったので辻は辞去したが、反対側の長屋に住んでいる爺やのところへ立ちよってアリバイをただしてみると、

「私は九時から十二時まで八百屋で将棋をさしていましたよ。ゆうべのことだから八百常にきいてごらんなさい」

八百常にただしてみるとこのアリバイはハッキリしている。八百常の家族も口をそろえて云うのだからまちがいなかった。辻は支社へ戻ると東京へ電話して今井という人物について調査を依頼し、次のような意味の原稿を送った。

はじめこの事件は過失死か自殺と見られたが、オツネの証言によって乃田夫人がすでに何者かに一千万円ゆすられ、また当夜十時半にも窓を叩いて訪れたゆすりを拒絶している事実が分った。この窓を叩いた何者かが殺人した疑いが濃厚となった。大川は女アンマに肩をもませるにも鬼女の能面をかぶらせるぐらい小心で用心深い男だから、オツネが夫人の部屋にいることを知りながら起きだしてゆすりに行くのはおかしいし、彼が

タヌキ寝入りでなかったことはオツネがアンマの感覚と経験によってまちがいないと証言している。オツネは大川の熟睡を見とどけ能面を卓上におき鍵をかけずに立ち去っている。しかるに二ツのドアの鍵が一ツは外側一ツは内側からかけられているのは何者かが犯行ののちまず廊下にでるドアを内から鍵をかけて隣室へでてこのドアを外側から鍵をかけて逃げ去ったことを意味している。洋室のドアは女中たちが平素かけない習慣になっているので他の何者かがかけたことは明かだ。しかも隣室との間のドアは隣室の方からかけられているので死者の仕業でないことが証明できるのである。乃田夫人をゆすっていた男についてはアリバイのあるのは庭番の爺やだけで、浩之介にはない。また常に大川と同行して泊っていた今井という人物は隣室のフトンにねることを予定して女中たちが用意しておいたものでこの人物のアリバイについても疑惑をもたれている。複雑な怪事件に発展する見透しが強くなった。ただカバンの百万円が奪われていない点について一応の疑惑はあるが、それは盗むヒマがないような突発事が起ったことを想像するより仕方がない。

こういう意味の記事を全国版地方版ともに写真入りで書きたてた。警察も他社も過失死と見てオツネに一応きいてみることも忘れていたから、この記事におどろいて本格的な調査がはじまったのである。

×

翌日任意出頭の形で熱海署に現れた今井は一昨夜は九時から十一時まで新宿で酒をのんで十二時前に帰宅していると述べた。

「今朝新聞でよんで知ったのですが、大川さんはゆすりではありませんね。むしろ金を貸していたのです。六七百万は奥さんに貸していたでしょう。奥さんは株に手をだして近ごろでは大損の連続で、もう売る物もつきかけていたようですよ。ちょッとした鉱物のでる山が残っていまして、これが貧鉱なんですが、それをぼくに売ってくれとの頼みで、なかなか買い手がウンと云わなかったのですが矢の催促です。これをどうやら千八百万で契約ができて半金だけ現金払いあとは三月後の手形ということで一週間ほど前にそこの社員とぼくが当家へきてとりあえず九百万の現金を渡して正式に契約書を取り交しました。そのとき奥さんにもう株をやってはいけませんとくれぐれも念を押して、また大川さんからの借金も払ってあげて下さいとおたのみしておいたのです。大川さんが一人で熱海へ見えられたのはそれを受けとるためで、私が保証人になっていた借用証も持って行かれました。そのタンポはこの豪華な屋敷ですから、これを元利六七百万で人手に渡すバカな話はないのです。ぼくはその前からちょッと怒っていましてね。それというのが奥さんがぼくに半年以上も交渉させて何度か現地まで人を案内しているのにその実費以外にお礼にくれたのがなんと五万円ですよ。思ったよりも売値がわるかったので怒った気持は分らぬこともありませんがこのデフレ時代でしょう。そういうわけで腹をたてていましたからぼくは大川さんと同行はしませんでした。人が借金を返してもらうのに同行してもはじまりませんからね。そういうわけで、あの奥さんの流儀で借金とりもゆすりというなら、これもゆすりかも知れませんが、大川さんは人をゆするような人ではないのです」

彼の証言は意外なものであった。

「他に誰かゆすっていたような様子はありませんでしたか」

「そうですね。株ですった金だけでも何億でしょうから一千万ぐらいは右から左へどうにかなってもハタから分りゃしませんね。ゆすられるような秘密は他人には知ることができないからゆすりの種にもなるわりで、そういう私生活の方面のことは見当がつきませんね」

「息子の浩之介という人はどれぐらいの資金をもらったのですか」

「ちょッとした山林ですよ。時期がよかったからすぐ二三千万の金になったようですが、高利貸しをはじめてからたちまちダメになる一方でしたね」

「乃田家の財産は現在どのぐらいあるのですか」

「今ではスッカラカンですよ。今度売れた千八百万のほかにはその半分も値のなさそうなのが一ツ二ツで、あとはあの家屋敷だけです。むしろ骨董品にいくらかあるかも知れませんが、実はめぼしい物はもう大方売ってしまったようです。その方にはぼくらはタッチしませんから知りません」

今井の言葉はまるで犯人が乃田家の者だときめてるような口ぶりであった。あげくに

は、

「大川さんの奥さんがいま熱海におられるというお話でしたから、大川さんの熱海旅行の目的等についてきいてごらんなさい」

そこで大川夫人にききただしてみると、この旅行は株券を買うためではなく借金を返してもらう目的であったということがハッキリした。

「家屋敷の抵当があることですから借金返済を催促したようなこともなかったのですが、また、むしろそんなわけですから百万円だけうけとるわけがないように思えましてね。奇妙なことだと思っておりましたのです」

「御主人は今井さんとずッと懇意にしておられたのですか」

「今ではお勤め先もちがっておりますし年齢のひらきもありますので、乃田さま以外のことではあまり交渉もなかったようです」

ところが東京からの報告によると今井の申し立てたアリバイはきわめてアイマイだ。新宿の飲み屋でもそういう常連はなく心当りがないような話で、彼の申立てを証明したのは女房だけだ。夜中の十二時ごろ戻ってきてそのまま正体なく翌朝おそくまで寝こんでいたというだけだ。

翌る朝刊の辻の記事では浩之介も今井もそれぞれアリバイが不明確でその裏附け捜査が行われている、ということが伝えられていたが、また浩之介と奥さんの共犯の線もでているると書かれていた。たのみになるのがメクラ一人の証言だから特ダネを握って颯爽《さっそう》と出発した辻も早くも捜査難航、キメ手がないと訴えている有様であった。

×

奥さんがゆすりのこととなると相変らず断然ゆすられた覚えがない、それはメクラの空耳だと言いはるものだから、オツネはやるせない思いで暮さなければならなかった。

「これもみんな辻さんの罪ですよ」

と恨《うら》むものだから、辻もせつない。

「いまに真相をつかんで君の顔をたててやるからな」

と云ってはいるが心はうかない。本社からはこの特種を生かすために応援の記者を送ってよこしたが、こうなると支社と本社の記者同士で功名を争う気持になるから、面子《メンツ》にかけてもという気魄《きはく》だけが悲愴になりすぎて毎日酒をのまずにいられない気持だ。

今井については本社で東京を洗っていて依然アリバイは不明確だが、熱海でその時刻前後に彼を見たという積極的なものがでてこないからどうすることもできないのだ。焼跡からは彼の遺留品もでてこなかったが、とにかく当夜大川が大金をうけとっていることを知っていたのは今井だ。ところが乃田家の金庫を調べてみると現金が、二百五十万ほどと、鉱山を売買した翌日の預金が五百万、焼けたのを合わせて八百五十万ほどだ。九百万のうちこれだけ残っているのだから、今井の犯行にしては奇妙である。むしろ大川の借金取り立てが不成立に終ったと見なければならぬ。

すると窓の外から戸をたたいてゆすっていたのは大川当人であったかも知れない。その場合に犯人は奥さんであり、あるいは浩之介共犯説も考えられるわけだ。

するとある日、浩之介に使われていた夜学生の小僧が辻を訪ねてきて、

「辻さん。ぼくは薄気味わるくってあのウチを逃げだしたんですがね。ぼくの話が役に立ったら就職世話してくれますか」

「新聞社というわけにはいかないかも知れないが役に立つ話なら今の何倍もいい会社なり商店へ世話するぜ。どんな話だ」

「ゆうべのことなんですよ。夜中の十二時なんです。庭番の爺さんがそっと庭の方へでて行く姿を見たから、怖い物見たさでぼくそッとつけたんですよ。するとね、ぐるッと庭をまわって奥さんの部屋の窓をたたくんです。そしてね、奥さんから何かを受けとって何かをやったんです」

「それで」

「そのとき爺さんは低いつぶれ声で外国語の呪文のようなことを云ったんです。ラウォームオー。そうきこえたんです」

「ラウォームオー」

「そうなんです。長くひっぱる発音でそう云ったんです。たしか、そうきこえましたぜ」

「奥さんは?」

「何も答えません。品物を改めて窓をとじてしまったのです」

「品物の形は？」

「それは分りませんが本か雑誌のようなものでしたね。爺さんの受けとったのもやはりそんなものでしたが、あとで分ったことでしたが、これは札束でした。二百万円です。この日三百万円の火災保険がはいったものですからその一部です」

「どうしてそれが分った？」

「今朝になって婆さんが堂々と云うんですよ。奥さまから退職手当に二百万円いただいたから郷里へ帰って小さな店をひらこうなんてね。それをきくと浩之介旦那が血相かえて奥さんの部屋へビッコをひきずっていきましたがね。ボンヤリと戻ってきました。奥さんからもたしかに退職手当に与えたものだと云われたのでしょう。ゆすっていたのはアイツか、信じられない、と呻《うめ》くようにつぶやいて、どこかへ出かけましたのです。でね、ぼくは荷物をまとめて逃げだしてきたんですよ」

「意外きわまる話だね」

「あのウチにはまた何か起りますよ。とても怖しくて居たたまらなくなったんです」

完全に信じうるものをも疑えというのが、これも探偵小説の第一課だ。爺さんのアリバイは完全だった。疑う余地がなかった。しかし人為的に完全なアリバイをつくることも不可能ではないはずだ。

辻は乃田家へ急いだ。爺さんはよいゴキゲンで引越しの荷造りをしているところだ。辻の顔を見ると爺さんが先に声をかけた。

「やア、新聞屋さん。あの小僧の注進がありましたかい」

「まさにその物ズバリだね。二百万円の退職手当だってね」

「そうなんです。なんしろこちらへ御奉公してかれこれ三十七八年ですからね。よそはそれ以上の退職金をだしますよ」

「そんなことを人の耳に入れなくたっていいじゃないか」

「自慢話ですよ。正式にいただいたものを隠すことはないですよ」

「真夜中に窓の戸をたたいて秘密にいただき物をしてもかい」

「下郎は庭から廻るものと相場がきまったものですよ」

爺さんの言葉や顔にはおどろいた様子がない。小僧に見られたことに気がついていたのだ。奥さんにはとうとう対面できなかったが、女中さんに伝言して返答をきいてもらうと、たしかに退職手当二百万円やりました。永年の勤続ですから、と爺さんと同じような返事であった。深夜に窓を叩いて金を渡しても退職手当ですかときいてもらうと、たしかに退職手当ですと返事があって、それ以上はノーコメントであった。

辻はアンマ宿へ自動車を走らせてオツネサンをさらうように押しこんで爺さんの家へ運んできた。

「オツネサン、この声に聞き覚えがないかい。爺さんと話をしてよく聞きわけておくれ」

「アハハ。私はね、あの晩は九時から十二時まで八百常で将棋をさしてましたよ。オツネサンの聞き覚えのはずがないよ」

オツネはせつなげにションボリ頭をふって、

「低くってただ一言のききとれないような声だからね。もう無理ですよ」

「そう、そう。まさに、その通り、オツネサンのきいた男は何と云ったね」

「いまに後悔しますよ、と云うんだけど」

「では私がそれをやってお目にかけよう。低い声で、いまに後悔しますよ、とね」

オツネサンは頭をふってみせた。無理だ、わからないという意味だ。辻はジダンダふんだが及ばなかった。

×

辻はしかしこれこそ特ダネの気持で長文の記事を送った。しかしそれは地方版の隅っこに二段の小さい記事でのせられただけだった。この事件もそろそろ忘れられようとしていた。三十六七年も夫婦二人で勤めた者が退職金二百万円はさのみ騒ぎたてることもないがというように訂正され、深夜の窓の戸を叩いての授受は故意に怪しまれることをしているだけにこれが別れの思い出の茶番のようなことも考えられ、ゆすりにしてはもっとさりげない方法があるはずだ、という批判がつけ加えられていた。

この記事にくさっていると、支社へ姿を現したのは伊勢崎九太夫である。彼は熱海の旅館の主人だが、昔は名高い奇術師で、非常に探偵眼のすぐれた人物で難事件を一人で解決したこともあるから、辻はこの事件が起ってからすでに三度も九太夫の意見をききに行っていた。そのたび九太夫は自分の聞きたいことを根掘り葉掘りきくだけで返事をしたことがなかったのである。

「どうも、あの記事は残念でしたね。新聞記者は書きたがる悪癖があっていけませんよ。ああいうことは伏せておいて様子を見るのが賢明です」

「しかしそれを教えにきて下さったのは曰《いわ》くがあるからでしょう。あれを退職金授受の思い出の茶番にされて泣くにも泣けない気持ですよ」

「それはあなたの名文の罪もあるね。外国語の呪文のようなはひどすぎますよ」

「じゃア何ですか」

九太夫はもう辻の問いには答えを忘れ、根掘り葉掘りききはじめた。幸い小僧を泊らせておいたので、これもよびだして九太夫の質問に応じさせた。

「君が後をつけたことが爺さんに知れたらしいが、それを気づかなかったかね」

「いま考えると婆さんが見ていたのだと思うんです。家の前を通りますから」

「茶番のような受け渡しをやってる時は気づかれていない確信があるのだね」

「そうです。その時は絶対に気附かれていません」

「窓の戸を叩いた音はどれぐらい。かなりの音かね」

「かなりの音です。聞き耳をたててると二三十間さきでも聞きとれる音ですね」

「跫音《あしおと》は？」

「これも忍び足ですが音はわかりました」

「それでは窓をあける音は？」

「これはかなりの音ですよ」

「窓をあけた幅は？」

「四五寸ですね」

「部屋にあかりはついていたね」

「そう明るくはありません。小さな豆電球のスタンドかと思いました」

「奥さんはずッと無言だね」

「そうです」

「ヤ、いろいろ分りました。それから浩之介さんのことですが、事件の晩十一時ごろ道で会って一しょに帰ってきたのは本当ですか」

「それはまちがいありません。熱海銀座と駅から山を降りてくる道のぶつかるところがあるでしょう。ちょうどあのへんを山手の方へ歩きかけていたのです。あのへんから乃田さんの邸まではまだかなりの道です。それで登り坂ですから、ビッコのあの人の足では相当の時間がかかるんですよ」

「火事の時はねていたのかね」

「ええ、消防車がきて叩き起されるまで知らずにいました」

「それでいろいろ分りかけてきたが、そんなことをした理由はなぜだろうね」

「ぼくがですか」

「失敬失敬。むろん君ではない。あの人がだよ。むずかしいことをしているわけがね」

「それは誰のことですか」

と辻が声はずませてきいたが、九太夫はそれに答えずに、

「とにかく今晩、夜が更けてから実験してみましょう。十二時ごろ拙宅へお越し下さい。小さな実験です。これが思うようにいっても、まだのみこめないことが山ほどあるんですよ。事件解決は一歩また一歩ですよ」

九太夫はこう約束して帰った。その晩の十二時ごろに辻は九太夫を訪問した。九太夫は彼を待っていたが、

「ここは海沿いで海の音が耳につくから山手の静かな宿をとっておきました。もう仕度もできております」

「海沿いではいけないのですか」

「そうなんです。音に関する実験ですから」

山手の閑静な旅館で車を降りると、九太夫は階下の静かな部屋へ辻を案内し、

「この部屋をさがすのに苦労しましたが、だいたいに条件はよろしいようです。あなたはそのへんで黙って見ていて下さい。声をだしても身動きしてもいけませんよ。実験中はあらゆる音をつつしんで下さい。私はまずこの廊下のイスに腰かけ隣室の廊下へ通じる潜《くぐ》り戸をあけておきます。さて、ここへオツネサンをよびますが、あの女は自分ではカンのよいメクラだと思いこんでいますが、メクラは目が見えなくて他との比較を知ら

ないのですよ。オツネサンは自分はカンがよいから一人で歩けると口癖に云いたがりますが、カンは大いによくないね。廊下の壁に沿うてノロノロノロノロ歩いてくるのですよ。便所なぞへ行くと何かに突き当ったり四苦八苦ですよ。先日私が一人言を云ったとき、オヤどなたかいらッしゃるんですかと聞くんです。ではいま呼びますからこれから暫時物音を封じて待っていて下さい」

まもなくオツネは壁にそうてノロノロ歩いてきたらしく戸をあける時まで跫音もしなかったが、戸をあけて、

「こんばんわ」

「ちょッとその部屋で待っといで。いますぐ話が終るから」

「ハイ」

「どうも君はいけませんね。今夜はこの静かな部屋でアンマをとって休息したいと思っていたのに、案内もこわず隣室から潜り戸をあけてくるとは。すぐ帰っていただきたいと思いますね」

「それはとんだ失礼をいたしました。そういうこととは知りませんでとんだ失礼を。では、おやすみ」

「おやすみなさい」

九太夫の一人二役だ。声とアクセントをちょッとちがえただけで、さのみ変化のある一人二役ではなかった。九太夫はイスを立って、歩かずに後方へ手をのばしてガラガ

と潜り戸をしめた。

「さア、さア、これで無礼な客が退散しました。オツネサン、おはいり」

「ハイ」

とオツネが部屋へはいった。

「オツネサン、いまのお客を知っているかね」

「さア、声だけでは分りませんが、私の知ってる人ですか。この旅館へくる人ですね。それじゃア小田原の河上さんでしょう。ナマリで分りますよ」

「あの人は跫音のない人だね。出て行く跫音がきこえたかい」

「戸がしまったから分りましたが、恐縮して忍び足で逃げたんですね。あの人らしくもない」

九太夫はクックッ笑いだした。そして辻に呼びかけて、

「ね、辻さん。私もこんなことだと思いましたよ。せんだって私の一人言を他人の声とカンちがいしたのを見た時からこの実験の結果だけは分っていたんです」

「あら辻さんですか。部屋を出なかったのね。道理で跫音がきこえないはずだ」

「なるほど面白い実験でしたね。しかし益々わけが分らなくなりました」

「それなんですよ。あの奥さんは能もやれば長唄もやる。声の変化は楽にだせる人です。男の作り声ぐらいは楽なんですね」

オツネは辻以上にびっくりして、しょげてしまった。

「それじゃアあのとき私がきいたのは奥さんの作り声ですか」

「そうだと思うね。だからお前さんは戸のしまる音はきいても、戸のあく音はきかなかったと思うね。あんなにノロノロと壁づたいに長の廊下を道中してくれば戸のあく音はきこえるはずだが、つまり戸はたぶんお前さんが別館をでる前からあいてたのだ。そしてお前さんを待っていたのだろう。戸がしまれば立ち去る音はきこえなくともどうでもいいように、これを蛇頭にして蛇尾と云うのかも知れないがオッネサンにとっては龍の胴だけあれば思考が満足してるんだね。そこがお前さんのヒガミの少い気立てのよいところだがね」

「私ははずかしくなりましたよ」

「まアさ。そこがオッネサンの値打だね。人にだます気持があれば必ずだまされるお人好しなんだから」九太夫はこうオッネを慰めたが、さて辻に向って、

「さて今晩はこの静かな旅館で考えてみようじゃありませんか。こういうことがなぜ行われたか。あなたのお部屋は小田原の河上さんの部屋に用意ができておりますよ」

×

新聞記者だから辻は結論をせっかちにだす。目がさめると大体見当がついている。最も時間のかかったのが外国語の呪文の件であるが、オッネの錯覚と同じようにこれも小僧に錯覚ありと見るべきだ。結論がでるとせっかちだ。すぐにも報道にかからずに

いられないのが持ち前の性分で、九太夫の起きだすのを待ちかまえ、さっそくその前に大アグラで坐りこんで、「この事件は爺さんが奥さんの依頼でやった殺人ですね」

「なるほど」

「奥さんは後日に至って爺さんにゆすられることを察していたから天性のお喋りで秘密の保てないオツネにわざとそれを聞かしておいたんだと思いますよ。爺さんのアリバイは十二時までですから奥さんの作り声の件が解決すればアリバイはないわけです。火事は一時四十何分かに発見されているんですからね。つまり奥さんの作り声は容疑者のアリバイをみだす役目も果していたのです」

「その着眼は面白いですね」

「そこで爺さんは大役を果してしかもカバンの百万円には手をつけないような殊勝なことも果しました。その百万円をトリック代として二百万円は当然でしょう。ところが奴め稚気があるから、わざと窓の外から戸をたたいてラフォームオー、つまりカラ証文とイヤガラセを云ったんじゃないですか」

「カラ証文。いいところを見てますね」

「カラ証文の受取りとひきかえに苦りきった奥さんが二百万円渡した。これはたしかに渡さなければならぬ金です。どんなにからかわれてもこの金をやって追いだす以外に手がなかった」

「そうですか。それではもう一度、あなたの支社へ参上してあの小僧に一言きいてみることに致しましょう」

「まさか小僧が犯人ではありますまいね」

「むろんそうですが、小僧にきいてみることが一ツあるのです」二人は辻の支社へついた。さっそく小僧をよんで九太夫がきいた。それは実に思いがけない質問であった。

「あの邸内で新聞を早く読むのは誰だね」

　小僧もびっくりして即答できなかったほどである。

「そうですねえ。ぼくは夜学で夜ふかしして朝が早い方ではありませんし、奥の人たちもみなおそいんです。結局新聞の投げこまれるのが爺さんの窓口からですし、あの夫婦は早起きだからぼくらが起きる前に面白そうな記事は全部暗記しているほどですよ」

「あの邸に辻さんの新聞もはいっていたろうね」

「むろんです。奥さんは株をやってますからたいがいの新聞は目を通していました」

　九太夫は我意を得たりとうなずいて、

「これですよ。解決の緒口《いとぐち》は。爺さんは事件の翌々日も誰より先に新聞を読んだに相違ないのは毎日の習慣ですから当然考えることができます。あなたがあの朝の記事で報道するまでは警察も他の新聞もオツネのことを忘れていました。過失死か自殺と考え、アンマの話など聞く必要もないと思っていたわけです。だから辻さんだけがその前の日に取材にきても警察がほぼ過失と定めていることだし、犯人もさほど気にしてはいなかったでしょう。特に犯人は一ツのことを知らなかった。死体の部屋にあった能面のことを知りませんでした。あなたもその能面についてきいたでしょうが、興味本位のきき方で、事件と深く関係を結ばせて取材しなかったんじゃないですかね」

「そうですね。そういう訊き方はしなかったようです。被害者が鬼女の面をアンマにかぶせて、もませていたという傍系的な興味を一ツつけ加えるのが楽しみのための取材でしたね」

「そうですよ。ところがあの日の記事を読むとそうではない。一ツ見落してはならぬことが書いてあります。あの日もオツネは鬼女の面をつけてもんだ。もみ終えて面を卓上へおいてドアの鍵をかけずに退出したと書かれている。もしこの能面が邸内のどこかに焼けもせずに在ったとすれば、その所持する人や所持しうる人が犯人であることは明かではありませんか。早起きは三文の得とはこれですな。庭番の爺さんは誰よりも先にこれを読んだ。そして毎日邸宅や庭園内を掃除にまわっていますから、室内や園内のどこに何があるかは誰よりもよく承知です。どこかでそれを見ていたとすれば、そしてそれをまだ人々が新聞をよまぬさきに手に入れたとすれば、これはゆすりの材料になりますよ。二百万円は安いぐらいだ。つまりあの爺さんのゆすりはあなたの記事ができた日にはじまった新商売にすぎなかったわけだ。ほとぼりのさめかけたころ本格的にゆすりははじめて退散したわけですが、彼が奥さんに二百万円とひきかえた品はラフォーモンやカラ証文ともちょッとちがって、羅生門、たぶん羅生門の鬼女の面ではないのですかね」

辻が二の句のつげないうちに小僧がさけんだ。

「そうですよ。それですよ。ちょうど面ぐらいの品物でした」

辻はやや納得できぬ顔で、

「それで多くのことが明かとなりましたが、奥さんが作り声をしたことや能面を持ち帰ったわけは？」

「それにはいろいろな説明がありうると思いますが、探偵小説など読みますと、特に西洋におきましては、女が悪者にゆすられている場合、絶対にノーコメントで押し通すことができて、またその秘密を知って女を護衛する立派な男なぞが逆にそこをつかれて女と一しょにいたためにアリバイを立証できなくなる例が多いのですね。そこを逆用してノーコメントの手をあみだすつもりだったかも知れませんよ。ちょッとした手だと思いますよ」

「なるほどねえ。新聞もゆすりの件で彼女のノーコメントに一目おいてる傾向がありましたね」

「それなんですよ。次に面の件ですが奥さんは鬼女の面をかぶり顔を隠してやったんじゃないですかね。そしてドアの鍵をかけたり、火をつけたり、またドアの鍵をかけたりして夢中に逃げて、鬼女の面を自分の部屋までつけたまま持ち帰ったのかも知れません。だから爺さんが何かひきかえに二百万せしめたあの記事が新聞紙上にでなければ、ひょッとするとその能面に再会できたかも知れませんが、もうその見込みはないでしょう。要するにあらゆる物的証拠が失われているわけです」

辻はここまで聞いて益々ガッカリしてしまった。これを記事にしても物的証拠がなければ金的を射とめることができない。すべてが九太夫の単なる推理にすぎないのである。実にどうも残念だ。彼は腕をこまぬいて考えに沈んでいたが、

「しかし、これを記事にしないわけにはいきませんよ。爺さんに白状させても記事にしてみせますよ」九太夫は静かに制した。

「天下の大新聞がカラ振りはつつしんだ方がいいようですよ。あの爺さんは白状することがありますまい。しかしいまに天罰が自然に犯人の頭上に訪れると思いますよ。なぜならですね。奥さんにはもう残った金がありません。これから益々株に手をだすことでしょうが、二人の味方の一人は自分が殺し、一人は背《そむ》いて去りました。あの人の金は砂にまくようなものです。自然に破滅が訪れますよ。老醜の極に達して恥を天下にさらすのです。乞食になって野たれ死ぬかも知れませんよ」

この予言は実に近いうちに実現したのである。浩之介が有金さらって逃げたのである。これを警察へ訴えでれば大川殺しの真相をあばいてやるという置き手紙があった。浩之介は家の内情について明るいし、探偵小説にもくわしいから、九太夫と同じ推理に達することができた。二百万円に代えられたものが能面であることも悟ったのである。

奥さんはヤケを起して残りの全財産を短日月で株に使い果してしまい、クビをくって死んでしまった。

アンゴウ

矢島は社用で神田へでるたび、いつもするように、古本屋をのぞいて歩いた。すると、太田亮氏著「日本古代に於ける社会組織の研究」が目についたので、とりあげた。

一度は彼も所蔵したことのある本であるが、出征中戦火でキレイに蔵書を焼き払ってしまった。失われた書物に再会するのはなつかしいから手にとらずにはいられなくなるけれども、今さら一冊二冊買い戻してみてもと、買う気持にもならない。そのくせ別れづらくもあり、ほろにがいものだ。

頁をくると、扉に「神尾蔵書」と印がある。見覚のある印である。戦死した旧友の蔵本に相違ない。彼の留守宅も戦火にやかれ、その未亡人は仙台の実家にもどっている筈《はず》であった。

矢島はなつかしさに、その本を買った。社へもどって、ひらいてみると、頁の間から一枚の見覚のある用箋《ようせん》が現われた。魚紋書館の用箋だ。矢島も神尾も出征まであそこの編輯部《へんしゅうぶ》につとめていたのだ。紙面には次のように数字だけ記されていた。

34	14	14
37	1	7
36	4	10
54	11	2
370	1	2
366	2	4
370	1	1
369	3	1
367	9	6
365	10	3
365	10	7
365	11	4
365	10	9
368	6	2
370	10	7
367	6	1
370	4	1

心覚に頁を控えたものかと思ったが、同じ数字がそろっているから、そうでもないらしい。まさか暗号ではあるまいが、ヒマな時だから、ふとためす気持になって、三十四頁十四行十四字まですすむと、彼はにわかに緊張した。語をなしているからだ。

「いつもの処にいます七月五日午後三時」

全部でこういう文句になる。あきらかに暗号だ。

神尾は達筆な男であったが、この数字はあまり見事な手蹟じゃなく、どうやら女手らしい様子である。然《しか》し、この本が疎開に当って他に売られたにしても、魚紋書館の用箋だから、この暗号が神尾に関係していることは先ず疑いがないようだ。

用箋は四つに折られている。すると彼の恋人からの手紙らしい。

矢島は神尾と最も親しい友達だった。それというのも二人の趣味が同じで、歴史、特に神代の民族学的研究に興味をそそいでいた。文献を貸し合ったり、研究を報告し合ったり、お揃いで研究旅行にでかけることも屢々《しばしば》だった。それほどの親しさだから、お互に生活の内幕も知り合い、友人もほぼ共通していたが、さて、ふりかえると、趣味上の友人は二人だけで、魚紋書館の社員の中に同好の士は見当らない。のみならず、この本は市場に見かけることのできなかったもので、矢島は古くから蔵していたが、たしか神尾が手に入れたのは、矢島が出征する直前であったような記憶がある。

それに矢島が出征するまで、神尾に恋人があったという話をきかない。そのことがあれば、細君に隠しても、矢島にだけは告白している筈であった。

矢島の出征は昭和十九年三月二日、神尾は翌二十年二月に出征して、北支へ渡って戦死している。してみると、この七月五日は、矢島が出征したあとの十九年のその日であるに相違ない。

矢島は社の用箋を持ち帰って使っていた。他の社員もみなそうで、当時は紙が店頭にないのであるから、銘々が自宅へ持ちこむ量も長期のストックを見こんでおり、矢島の出征後の留守宅にも少なからぬこの用箋が残されていた筈であった。

矢島は妻のタカ子のことを考える。神尾の知人にこの本を蔵しているのは矢島の留守宅だけであり、そして、そこにはこの用箋もあったのだ。

神尾は軽薄な人ではなかった。漁色漢でもなかった。然し、浮気心のない人間は存在せず、その可能性をもたない人は有り得ない。

矢島が復員してみると、タカ子は失明して実家にいた。自宅に直撃をうけ、その場に失明して倒れたタカ子はタンカに運ばれて助かったが、そのドサクサに二人の子供と放れたまま、どこで死んだか、二人の子供の消息はそのまま絶えてしまっていた。

病院へ収容されたタカ子が実家とレンラクがついて、父が上京した時は罹災《りさい》の日から二週間あまりすぎており、父に焼け跡を見てもらったが、何一つ手がかりはなかったそうだ。

タカ子の顔の焼痕は注意して眺めなければ認めることができないほど昔のままに治っていたが、両眼の失明は取返すことができなかった。

神尾は戦死した。タカ子は失明した。天罰の致すところだと考えている自分に気づいて、矢島はあさましいと思ったが、苦痛の念はやりきれないものがあった。

タカ子の書いた暗号だという確証はないのだから、まして一人は失明し、一人は死んだ今となって、過去をほじくることもない。戦争が一つの悪夢なんだから、と気持をととのえるように努力して、買った本は家へ持って帰ったが、片隅へ押しこんで、タカ子に一切知らせないつもりであった。けれども、そういう心労が却《かえ》って重荷になってきて、なまじい自分の胸ひとつにたたんでおくために、秘密になやむ苦しさが積みかさなってくるように思われた。

そのうちに、矢島はふと気がついた。出征するまで、タカ子はいつも矢島の左側に寄りそってきた。新婚のころの甘い記憶がタカ子に残り、ひとつの習性をなしているのだ。

夜ふけて矢島が机に向い読書にふけっている。タカ子が寄りそう。矢島は読書の手をやすめて、タカ子にくちづけしてやる。そして、くすぐったり、キャアキャア笑いさざめいて、たあいもない新婚の日夜を明け暮れしたが、当時から、タカ子は必ず矢島の左側に寄り添うのであった。寝室でも、タカ子はいつも良人の左側に自分の枕を用意した。

新婚は、新しい世界をひらいてくれる。矢島はタカ子がひらいてくれた女の世界を賞玩した。時には、好奇し、探究慾を起した。そういう新しい好奇の世界で、タカ子がいつも左側へ寄りそい、左側へねる、ハンで捺《お》したように狂いのないその習性について思いめぐらしてみたものだ。本能である筈はない。古来からのシキタリがあり、タカ子はそれを教えられており、自分だけが知らないのかとも考えたが、二十年ちかくも史書に親しんでそれらしい故実を読んだこともないから、たぶんそうでもないのだろう。

してみると、男の右手が愛撫の手というわけであろうか。そう考えると、タカ子の左側ということが、あまり動物の本能めいて、たのしい想像ではなかったが、事実に於て右側では自分自身カッコウがつかないような感じもするから、別に深い意味のない感じの世界から発して、二人の習慣が自然に固定しただけのことかも知れなかった。

ところが戦争から戻ってみると、タカ子は左側へ寄りそったり、右側へ寄りそったり、ねむる時にも左右不定になっていた。然し、それもムリがない。タカ子は失明しているのだから。矢島はそう考えていた。

然し、暗号の手紙から、それからそれへと思いめぐらすうち、矢島はふと怖しいことに気がついて、一時は混乱のため茫然《ぼうぜん》としたものである。

神尾は左ギッチョであった。

矢島は復員後、かなり著名な出版社の出版部長をつとめていた。ちょうど社用で、仙台へ原稿依頼にでかけることになったので、仙台には神尾の細君が疎開しており、どっちみち訪問すべき機会であるから、カバンの中へ例の本をつめこんだ。

社用を果してのち、神尾夫人の疎開先を訪ねると、そこは焼け残った丘の上で、広瀬川のうねりを見下す見晴らしのよい家であった。

神尾夫人は再会をよろこんで酒肴《しゆこう》をすすめたが、夫人もともに杯をあげて、その目に酔がこもると、いかにも生き生きと情感に燃えて、目のある女の美しさ、それをつくづく発見したような思いがした。

神尾夫人は元々美しい人であったが、目のないタカ子にくらべて、なんという生き生きとした距《へだた》りであろうか。然し、この生き生きした人が、自分と同じように、神尾とタカ子に裏切られている被害者なのだと考えると、加害者のみすぼらしさが皮肉であり、わが現実がまことに奇妙にも思われた。

タカ子が単なる失明にとどまらず、子供たちと同じように死んでいたら、あるいは自分は今日の機会に求婚して、この人と結婚したかも分らない。ふと、そんなことを考える。そして変に情欲的になりかけている自分に気が付くと、思いは再び神尾とタカ子のこと、自分が現にこうあるように、彼らがそうであったという劇《はげ》しい実感に脅やかされずにはいられなかった。

神尾の長女が学校から戻ってきた。もう、女学校の二年生であった。矢島の娘が生きていれば、やっぱり、その年の筈であった。神尾の長女は、生き生きと明るい。そして、美しい女学生になっていた。その母よりも、さらに生き生きと明るく、立ち歩き、坐り、身をひるがえして去り、来り、笑い、羞恥する目。矢島は、いつもションボリ坐っている妻、壁に手を当てて這いずるように動く女、またある時は彼の肩にすがって、単なる物体の重さだけとなってポソポソとずり進む動物について考える。せめて二人の子供が生きていてくれたなら、そしてこの娘のように生き生きと自分の四周を立ち歩いていてくれたなら、そんなことをふと思って、泣き迸《ほとば》しりたい思いになった。にわかに心は沈み、再び浮き立ちそうもなくなって、坐にたえがたくなったので、最後に例の一件をもちだした。

「実は神田の古本屋で、神尾君の蔵書を一冊みつけましてね、買い求めて、形見がわり珍蔵しているのです」

彼はカバンからその本をとりだした。

「神尾の本は全部お売りになったのですか」

夫人は本を手にとって、扉の蔵書印を眺めていた。

「神尾が出征のとき、売ってよい本、悪い本、指定して、でかけたのです。できれば売らずに全部疎開させたいと思いましたが、そのころは輸送難で、何段かに指定したうち、最小限の蔵書しか動かすことができなかったのです。二束三文に売り払った始末で、神尾が生きて帰ったら、さだめし悲しい思いを致すでしょうと一時は案じたほどでした」

「欲しい人には貴重な書物ばかりでしたのに、まとめて古本屋へお売りでしたか」

「近所の小さな古本屋へまとめて売ってしまったのです。あまりの安値で、お金がほしいとは思いませんけど、あれほど書物を愛していた主人の思いのこもった物をと思いますと、身をきられるようでしたの」

「然し、焼けだされる前に疎開なさって、賢明でしたね」

「それだけは幸せでした。出征と同時に疎開しましたから、二十年の二月のことで、まだ東京には大空襲のない時でしたの」

してみれば、神尾の蔵書が魚紋書館の同僚の手に渡ったという事もない。あの暗号の七月五日は十九年に限られており、その著者はタカ子以外に誰があるというのだろうか。

その本のなかに、変な暗号めくものがありましたが、と何気なくきりだしたいと思ったが、堅く改まるに相違ないからどうしても言いだせない。目のある人間はこんな時には都合の悪いものであると矢島は思った。

すると本を改めていた神尾夫人がふと顔をあげて、

「でも、妙ですわね。たしかこの本はこちらへ持ってきているように思いますけど。たしかに見覚えがあるのです」

「それは記憶ちがいでしょう」

「ええ、ちゃんとここに蔵書印のあるものを、奇妙ですけど、私もたしかに見覚えがあるのです。調べてみましょう」

夫人の案内で矢島も蔵書の前へみちびかれた。百冊前後の書籍が床の間の隅につまれていた。すぐさま、夫人は叫んだ。

「ありましたわ。ほら、ここに。これでしょう?」

矢島は呆気《あつけ》にとられた。まさしく信じがたい事実が起っている。同じ本が、そこに、たしかに、あった。矢島はその本をとりあげて、なかを改めた。この本の扉には、神尾の蔵書印がなかった。どういうワケだか分らない。腑に落ちかねて頁をぼんやりくっていると、ところどころに赤い線のひいてある箇所がある。そこを拾い読みしてみると、彼はにわかに気がついた。それは矢島の本である。彼自身のひいた朱線にまぎれもなかった。

「わかりました。こっちにあるのは、私自身の本ですよ。いったい、いつ、こんなふうに代ったのだろう」

「ほんとにふしぎなことですわね」

神尾とタカ子はしめし合せてこの本を暗号用に使った。そういう打ち合せの時に、入れちがったのではあるまいか。これぞ神のはからい給う悪事への諸人《もろびと》に示す証跡であり、神尾とタカ子の関係はもはやヌキサシならぬものの如くに思われて、かかる確証を示されたことの暗さ、救いのなさ。矢島はその苦痛に打ちひしがれて放心した。

然し一つの記憶がうかんでくると、次第に一道の光明がさし、ユウレカ! と叫んだ人のように、一つの目ざましい発見が起った。

この本をとりちがえたのは、矢島自身なのだ。矢島は神尾にこの本を貸していたのだ。そのうちに、神尾もこの本を手に入れた。矢島に赤紙がきて、神尾の家へ惜別の宴に招かれたとき、かねて借用の本を返そうというので数冊持ってきたが、その一冊がこの本だ。そしてその本を採りだすとき、二人はもう酔っていて、よく調べもせず、持ってきた。その時、たぶん間違えたのだ。

そのまま矢島は本の中を調べるヒマもなく慌ただしく出征してしまったから、矢島の本が神尾の家に残ることとなったのである。

矢島はたった一冊残っている自分の蔵書のなつかしさに、持参の本はもとの持主の蔵書の中へ置き残し、自分の本を代りに貰って東京へ戻った。

然し、思えば、益々わからなくなるばかりであった。

自分の留守宅にあった筈の、そして全てが灰となってしまった筈のあの本が、どうして書店にさらされていたのだろうか。

罹災の前に蔵書を売ったのだろうか。生活にこまる筈はない。彼に親譲りの資産があったから、封鎖の今とちがって、生活に困ることは有り得なかった。

矢島は東京へ戻ると、タカ子にたずねた。

「僕の蔵書の一冊が古本屋にあったよ」

「そう。珍しいわね。みんな焼けなかったら、よっかたのにねえ。買ってきたのでしょう。どれみせて」

　タカ子はその本を膝にのせて、なつかしそうに、なでていた。

「なんて本？」

「長たらしい名前の本だよ。日本上代に於ける社会組織の研究というのだ」

　本の名をいう矢島は顔をこわばらしてしまったが、タカ子は静かに本をなでさすっているばかりである。

「僕の本はみんな焼けた筈なんだが、どうして一冊店頭にでていたのだか不思議だね。売ったことはなかったろうね」

「売る筈ないわ」

「僕の留守に人に貸しはしなかった？」

「そうねえ、雑誌や小説だったら御近所へかしてあげたかも知れないけど、こんな大きな堅い本、貸す筈ないわね」

「盗まれたことは？」

「それも、ないわ」

　すべて灰となった筈の本が一冊残って売られている。その不思議さを、タカ子はさのみ不思議とうけとらぬ様子で、ただ妙になつかしがっているだけであった。

「あなたが、どなたかに貸して、忘れて、それが売られたのでしょう」

　と、タカ子は平然と言った。

もとより、その筈はあり得ない。出征直前にわが家へ戻ってきた本である。

タカ子は失明している。目こそ表情の中心であるが、その目が失われているということは、すべての表情が失われると同じことになるかも知れない。すくなくとも、目のない限りは努力によって表情を殺すことは容易であるに相違ない。タカ子の顔から真実を見破ろうとする自分の努力が無役なのだと矢島はさとらざるを得なかった。

然し、まだ方法は残っていた。ここまで辿《たど》ってきた以上は、つくせるだけの方法をつくしてやってみようと彼は思った。

矢島は本を買った神田の古本屋へ赴《おもむ》いて本の売り手をきいてみた。帳簿になかったけれども、店主は本を覚えていて、それは売りに来たのじゃなくて、通知によって自分の方から買いに出向いたものであり、どこそこの家であったということを教えてくれた。

そこは焼け残った、さのみ大きからぬ洋館であった。

主人は不在で、本の出所に答えうる人がなかったが、勤め先が矢島の社に近いところだったから、そこを訪ねて、会うことができた。その人は三十五六の病弱らしい人で、さる学術専門出版店の編輯者であった。

職業も同じようなものであったが、愛書家同志のことで、矢島の来意をきくと、一冊の書物にからまる心労にきわめて好意ある同感をいだいたようであった。

その人の語るところはこうであった。

もう東京があらかた焼野原となった初夏の一日、その人が自宅附近を歩いていると、あまり人通りもない路上へ新聞紙をしき、二十数冊ほどの本をならべて客を待っている男があった。立ち寄ってみると、すべてが日本史に関する著名な本で当時得がたいものばかりであったから、すでに所蔵するものを除いて、半数以上を買いもとめた。もとめた本の多くは切支丹《キリシタン》関係のもので書名をきいてみると、明《あきらか》に矢島の蔵書に相違なかった。タケノコ資金に上代関係のものを手放したが切支丹関係のものは手もとに残してあるから、矢島の旧蔵も十冊前後まであるという話であった。

「外へ持ちだして焼け残ったものを、盗まれたのではないでしょうか」

と、その人が云った。

「たぶん、そうでしょう。僕の家内はその日目をやられて失明し、二人の子供は焼死してしまったのです。郷里とレンラクがとれて父が上京するまでの二週間、僕の家の焼跡を見まわる人手がなかったのですから、父が焼跡へでかけた時には、すでに何物もなかったのです。僕は然し家内が本を持ちだしたことを言ってくれないものですから、そんな風にして蔵書の一部が残っているということを想像もできなかったのでした」

然し、こうして、矢島の蔵書が焼け残ったイワレが分ってみると、解せないことは、明に矢島の家のものであった本の中に、なぜタカ子の記した暗号があったかということであった。それをタカ子が出し忘れた。否、出し忘れるということは有り得ない、いったん書いてみたけれども、変更すべき事情が起って、別に書き改めた。そして先の一通を不覚にも置き忘れたと解すべきであろう。それにしても、神尾は死んだ。矢島の家は焼けた。家財のすべて焼失し、わずか十数冊残って盗まれた書物の中の、タカ子がたった一枚暗号のホゴを置き忘れた、秘密の唯一の手がかりを秘めた一冊だけが、幾多の経路をたどって矢島その人の手に戻るとは、なんたる天命であろうか。

神尾は死に、タカ子は失明し、秘密の主役たちはイノチを目を失っているというのに、たった一つ地上に残った秘密の爪の跡が劫火《ごうか》にも焼かれず、盗人の手をくぐり、遂にかくして秘密の唯一の解読者の手に帰せざるを得なかったとは！　その一冊の本に、魔性めく執拗な意志がこもっているではないか。まるで四谷怪談のあの幽霊の執念に似ている。これを神の意志と見るにしても、そら怖しいまでの執念であり、世にも不思議な偶然であった。

矢島が感慨に沈んでいると、その人は曲解して、

「僕も実はタケノコとはいえ愛蔵の本を手放したことを今では悔いているのです。こんな気持であるだけに、あなたのお気持はよく分るのですが、僕の手に一度蔵した今となっては、それを手放す苦痛には堪えられるとは思われないのが本当なのです」

言いにくそうな廻りもった言葉を矢島は慌ててさえぎって、

「いえ、いえ。焼けた蔵書の十冊ぐらい今さら手もとに戻ったところで、却《かえ》って切なくなるばかりです。僕はただ、わが家の罹災の当時をしのんでいささか感慨に沈んでしまったただけなのです」

と、好意を謝して、別れをつげた。

その晩、矢島はタカ子にきいた。

「あの本がどうして残っていたか分ったよ。あの本のほかにも十何冊か焼け残った本があったのだ。家の焼けるまえに誰かがそれを持ちだしているのだよ。君は本を持ちださなかったと言ったね。いったい、誰が持ちだしたのだろう。君が忘れているんじゃないか。あの時のことをしずかに思いかえしてごらん」

タカ子は失明の顔ながら、かんがえている様子であった。

「空襲警報がなって、それから、君は何をしたの？」

「あの日はもうこの地区がやかれることを直覚していたわ。そこしか残っていないのだもの。空襲警報がなるさきに、私はもう防空服装に着代えていたけれど、ねていた子供たちを起して、身仕度をつけさせるのに長い時間がかかったのよ。やかれることを直覚して、あせりすぎていたから身仕度ができて、外へでて空を見上げるまもなく、探照燈がクルクルまわって高射砲がなりだして、するともう火の手があがっていたのだわ。ふと気がつくと、探照の十字の中の飛行機が私たちの頭上へまっすぐくるのです。一時に気が違ったように怖くなって、子供を両手にひきずって、防空壕へ逃げこんだのよ。その時は怖さばかりで、何一つ持ちだす慾もなかったわ。息をひそめているうちに、怖いながらも、だんだん慾がでてきたのよ。そのとき秋夫がお母さん手ブラで焼けだされちゃ困るだろうと言ったの。すると和子が、そうよ、きっと乞食になって死んでしまうわ、ねえ、何か持ちだしてよ、と言ったのよ。私たちは壕をでたの。そのときは、もう、四方の空が真ッ赤だったわ。けれどもチラと見ただけよ。私たちは夢中で駆けたの。あのときは、でも、私の目は、まだ、見えたのよ。空ぜんたい、すん分の隙もなく真赤に燃えていたわ。そうなのよ。ゆれながら、こっちへ流れてくるようにね、ぜんたいの火の空が」

火の空をうつしたまま、タカ子の目は永遠にとざされ、もしや、今も尚《なお》タカ子の目には火の空だけが焼き映されているのではないかと矢島は思った。その哀切にたえがたい思いであった。

真実の火花に目を焼いて倒れるまでの一生の遺恨を思いださせる残酷を敢《あえ》てしてまで、埋もれた過去の秘密をつきとめることが正義にかなっているかどうか、矢島はひそかにわが胸に問うた。彼の答のきまらぬうちに、タカ子の言葉はつづいた。

「私は臆病だから、恐怖に顛倒して、それからのことはハッキリ覚えがないのよ。三度ぐらいは、たしか往復したはずよ。食糧とフトンと、そんなものを運んだと思っているけど、あの時は、まだ、目が見えていたのだけれどね、目に何を見たか、それが分らなくなっているの。私が最後に見たものは、物ではなくて、音だったのよ。音と同時に閃光《せんこう》が、それが最後よ。ねえ私はあの晩、子供たちに身支度をさせたの、手をひいて走って、防空壕にかたまって身をすりよせて、そのくせ、私は子供の姿を見ていない。私が最後に見たものは、焼ける空、悪魔の空、ねえ、子供は私をすりぬけて、何か運んで、すれちがっていたはずなのに、私はその姿を見ていないのよ。ねえ、どうして見えなかったのよ。見ることができなかったのよ。ねえ、私はどうして、何も見ていなかったのよ」

「もう、いいよ。止してくれ。悲しいことを思いださせて、すまない」

タカ子には見えるはずがなかったから、矢島は耳を両手でふさいで、ねころんだ。そして、もうこれ以上追求は止そうと思った。

然し、翌日になって別の気持が生れると、あれはあれであり、これはこれである筈、失明の悲哀によって秘密を覆う、それもタカ子の一つの術ではないかという疑い心もわいた。一枚のヌキサシならぬ証拠がある。魔性のような執念をもって火をくぐり良人の手にもどるという事実の劇しさは女の魔性の手管《てくだ》を破って、事の真根をあばいて然るべき宿命を暗示しているようにも思われた。

その日出社すると、昨日会った彼《か》の蔵書の所有主から電話がきた。

「実はです」

声の主は意外きわまる事実を報じた。

「昨日申し上げればよかったのですが、今になって、ようやく思いだしたのです。あなたの昔の蔵書にですな、買った当時中をひらくと、どの本にも、頁の心覚えのような数字をならべた紙がはさんであったのです。その人にしてみれば、大事の控えだろうと思いましてね、まさか旧主にめぐり会うと思ったわけではないのですが、マア、なんとなく、いたわってやりたいような感傷を覚えたのですね、そのまま元の通り本にはさんでおいてあります。御希望ならば、その控えは明日お届け致しますが」

矢島は慌てて答えた。

「いいえ、その控えは、その本と一緒でなくては、分らなくなるのです。では、お帰りに同行させていただいて本の中から私にとりださせていただけませんか」

そして矢島は承諾を得た。

各《おのおの》の本に、各の暗号がある。それは、どういう意味だろう。なるほど、彼と神尾の蔵書は、ほぼ共通してはいた。本の番号を定めておいて、一通ごとに本を変えて文通する。それにしても、彼の手にある一通には、本の番号に当る数字は見当らない。あらかじめ、本の順序を定めておいたとすれば、本の番号はいらないワケだが、それにしても、各の本に暗号がはさんであったという意味が分らない。各の本ごとに、暗号を書きしくじる、それも妙だが、それを又、本の中に必ず置き忘れるということが奇妙である。

謎の解けないまま、矢島は本の所有主にみちびかれて、その人の家へ行った。

ワケがあって、ちょッと調べたいことがあるから、十分ばかり、調べさせてもらいたいと許しをうけて、旧蔵の本をさがすと、十一冊あった。その中に二枚あるもの、三枚のもの、一枚のもの、合計して十八枚の暗号文書が現れた。

矢島はただちに飜訳にかかった。

その飜訳の短い時間のあいだに、矢島は昨日までの一生に流してきた涙の総量よりも、さらに多くの涙を流したように思った。彼のからだはカラになったようであった。なんという、いとしい暗号であったろうか。その暗号の筆者はタカ子ではなかったのだ。死んだ二人の子供、秋夫と和子が取り交している手紙であった。

本にレンラクがないために、残された暗号にもレンラクはなかった。然しそこに語られている子供たちのたのしい生活は彼の胸をかきむしった。

その暗号は夏ごろから始めたらしく、七月以前のものはなかった。

サキニプールヘ行ッテイマス七月十日午後三時

この筆跡は乱暴で大きくて、不そろいで、秋夫の手であった。

イツモノ処ニイマス

という例の一通に同じ意味のものもあった。例の処とは、どこだろうか。たぶん、公園かどこかの、たのしい秘密の場所であったに相違ない。どんなに愉しい場所であったのだろうか。

エンノ下ノ小犬ノコトハオ母サンニ言ワナイデ下サイ　九月三日午後七時半

ナイテイルカラカクシテモワカッテシマウト思イマス

小犬のことは、そのほかにも数通あった。その小犬の最後の運命はどうなってしまったのだろう。それは暗号の手紙には語られていなかった。

兄と妹は、こんな暗号をどこで覚えたのだろうか。戦争中のことだから、暗号の方法などについても、知る機会が多かったのだろう。

二人にとっては暗号遊びのたのしい台本であったから、火急の際にも、必死に持ちだして防空壕へ投げいれたのに相違ない。自分たちの本を使わずに、父の蔵書の特別むつかしそうな大型の本を選んでいるのも、そこに暗号という重大なる秘密の権威が要求されたからであったに相違ない。

その暗号をタカ子のものと思い違えていたことは、今となっては滑稽であるが、戦争の劫火をくぐり、他の一切が燃え失せたときに、暗号のみが遂に父の目にふれたという、この事実には、やっぱりそこに一つの激しい執念がはたらいているとしか矢島には思うことができなかった。

子供たちが、一言の別辞を父に語ろうと祈っているその一念が、暗号の紙にこもっている。そう考えることが不合理であろうか。

矢島は然し満足であった。子供の遺骨をつきとめることができたよりも、はるかに深くみたされていた。

私たちは、いま、天国に遊んでいます。暗号は、現にそう父に話しかけ、そして父をあべこべに慰めるために訪れてきたのだ、と彼は信じたからであった。

●解説――

確固たる探偵小説観を背景にした短編

山前　譲

すでに七十回もの回を重ねている日本推理作家協会賞は、一九四七年に探偵作家クラブ賞として創設された。部門には変遷があるが、一九四八年の第一回で長編部門を受賞したのは横溝正史『本陣殺人事件』だった。以後、長編の受賞作を列記すると、坂口安吾『不連続殺人事件』、高木彬光『能面殺人事件』、大下宇陀児『石の下の記録』……ここで坂口安吾の名に違和感を抱くのではないだろうか。探偵文壇の作家ではないからだ。そしてその受賞が探偵文壇で物議を醸したのも事実だが、当時、もっとも明確な探偵小説観を示していたのが安吾である。すでに推理小説という用語も使っていた。本書はその安吾によって書かれた探偵小説の短編をまとめての一冊である。

安吾は早くから探偵小説に親しんでいた。旧制中学ぐらいのときに、「新青年」に発表された佐藤春夫の短編「家常茶飯」（一九二六）の人間性の正確なデッサンに感心したという。安吾は一九〇六年（明治三十九年）十月二十日、新潟県新潟市に生まれ、一九二五年に東京府の私立豊山中学校を卒業しているから、時系列的にはやや矛盾がある。ただ、その頃ようやく日本にも探偵文壇が確立され、探偵小説の出版が盛んになっていたから、安吾は刺激されたのだろう。

一九三一年（昭和六年）に発表した「風博士」で一躍新進作家として注目を集め、安吾は精力的に作品を発表するが、戦争によってしだいに作品の発表の場を失っていく。そんな時、「現代文学」の同人である平野謙、荒正人、大井広介、埴谷雄高らと集い、探偵小説の犯人当てに興じたという。これは日本のミステリー史において特筆される出来事だ。もっとも、安吾の正解率はあまり良くなかったというけれど。

そして迎えた一九四五年八月十五日の終戦、印刷用紙の調達もままならないのに出版界は活気づいた。人々は活字に飢えていたのだ。とくに探偵小説は人気だった。その勢いのなか、一九四七年、江戸川乱歩を会長として探偵作家クラブが設立される。そして安吾も、かねてより構想していた長編探偵小説を執筆するのだった。それが一九四七年七月から翌年八月まで「日本小説」に連載された『不連続殺人事件』である。

この長編は、作者自ら賞金を提供して犯人当ての懸賞がかけられ、探偵小説ファンを挑発した。〝作者の意図するところは、皆さんに、知的な娯楽を提供し、クソ面白くもない世の中に、毎日、何時間か、たのしい休養のゲームを贈り物し、一つ無邪気にシカメッ面のシワの洗濯をやりましょう、という微意にほかなりません〟と、最後の〈読者への挑戦状〉で述べている。江戸川乱歩はこの長編を、〝純文学畑の作家の探偵小説として画期的の本格作品であるばかりでなく、私の見る所によれば、内外の探偵小説を引っくるめて、殆ど前例のない新手法を取入れた最も注目すべき作品〟と高く評した（「『不連続殺人事件』を評す」）。

結果として寄せられた解答にほぼ正解というのが四名もあって安吾を慌てさせているのだが、ただそれは、フェアプレイに徹するという創作姿勢の結果だから、安吾も嬉しかったに違いない。〝推理小説というものは推理を楽しむ小説で、芸術などと無縁である方がむしろ上質品だ。これは高級娯楽の一つで、パズルを解くゲームであり、作者と読者の智慧くらべでもあって、ほかに余念のないものだ〟と「推理小説論」（一九五〇）で持論を展開している。

戦後、「堕落論」や「白痴」で人気作家となった安吾だが、『不連続殺人事件』の連載中に「アンゴウ」を発表し、さらに一九四九年二月から『復員殺人事件』を「座談」に連載する。残念ながらこの第二長編は雑誌廃刊のため中絶してしまったが、一九五〇年十月から「小説新潮」に「安吾捕物帖」（刊行にあたっては『明治開化安吾捕物帖』と称した）を連載した。短編の探偵小説は難しいが、捕物帖のスタイルならば可能ではないかという野心的な試みで、一九五二年八月まで、全二十話が発表されている。ヒロポンやアドルムの中毒症状に苦しんでいたなかでの執筆だった。

これに手応えを感じたのだろうか、一九五三年からは探偵小説の短編に意欲を見せた。『不連続殺人事件』に登場した巨勢博士が探偵役を務める「選挙殺人事件」と「正午の殺人」、そして熱海の奇術師の伊勢崎九太夫が探偵役の「心霊殺人事件」と「能面の秘密」では、狭い意味でのトリックにこだわっている。一方、ここには収録されていない「犯人」（一九五三）や「都会の中の孤島」（同）も含めた他の作品では人間の心の謎を描いている。

一九五二年から連載された『安吾史譚』が話題を呼び、翌年に長男が生まれたことで創作意欲も高まった安吾だが、一九五五年二月十七日、脳出血で急逝してしまう。探偵作家クラブ賞の贈賞式に欠席というようなこともあって（大井広介によればそれはテレたからだそうだが）、生前には安吾と交流をもたなかった乱歩だったが、没後、三千代夫人との縁ができ、編集に携わった「宝石」に『復員殺人事件』を『樹のごときもの歩く』と改題して再掲載し、続編を高木彬光に書かせた。

無頼派と言われた坂口安吾だが、探偵小説においては理論的な裏付けのある刺激的な作品を遺した。本書収録の短編でそれを味読できるに違いない。

（やままえ　ゆずる・推理小説研究家）

●初出一覧——

「投手殺人事件」（『講談倶楽部』一九五〇年四月号、七月号）
「屋根裏の犯人」（『キング』一九五三年一月号）
「南京虫殺人事件」（『キング』一九五三年四月号）
「選挙殺人事件」（『小説新潮』一九五三年六月号）
「山の神殺人」（『講談倶楽部』一九五三年八月号）
「正午の殺人」（『小説新潮』一九五三年八月号）
「影のない犯人」（『別冊小説新潮』一九五三年九月刊）
「心霊殺人事件」（『別冊小説新潮』一九五四年十月刊）
「能面の秘密」（『小説新潮』一九五五年二月号）
「アンゴウ」（『別冊サロン』一九四八年五月刊）

＊本文庫所収の各篇は、「アンゴウ」が『坂口安吾全集・6』（ちくま文庫、一九九一年五月刊）、それ以外の作品は『同全集・11』（同、一九九〇年七月刊）に依拠する。表記については、執筆時の社会状況と著者物故であることを鑑み、そのままとした。

心霊《しんれい》殺人《さつじん》事件《じけん》

安吾《あんご》全推理《ぜんすいり》短篇《たんぺん》

二〇一九年 三 月二〇日 初版発行
二〇一九年 四 月二〇日 2刷発行

著　者 坂口安吾《さかぐちあんご》
発行者 小野寺優
発行所 株式会社河出書房新社
〒一五一－〇〇五一
東京都渋谷区千駄ヶ谷二－三二－二
電話〇三－三四〇四－八六一一（編集）
〇三－三四〇四－一二〇一（営業）
http://www.kawade.co.jp/

ロゴ・表紙デザイン 粟津潔
本文フォーマット 佐々木暁
本文組版 株式会社ステラ
印刷・製本 中央精版印刷株式会社

Printed in Japan ISBN978-4-309-41670-0

黒死館殺人事件

小栗虫太郎　40905-4

黒死館を襲った血腥い連続殺人事件の謎に、刑事弁護士法水麟太郎がエンサイクロペディックな学識を駆使して挑む。本邦三大ミステリの一つ、悪魔学と神秘科学の一大ペダントリー。

白骨の処女

森下雨村　41456-0

乱歩世代の最後の大物の、気宇壮大な代表作。謎が謎を呼び、クロフツ風のアリバイ吟味が楽しめる、戦前に発表されたまま埋もれていた、雨村探偵小説の最高傑作の初文庫化。

消えたダイヤ

森下雨村　41492-8

北陸・鶴賀湾の海難事故でダイヤモンドが忽然と消えた。その消えたダイヤをめぐって、若い男女が災難に巻き込まれる。最期にダイヤにたどり着く者は、意外な犯人とは？　傑作本格ミステリ。

見たのは誰だ

大下宇陀児　41521-5

誠実だが、無理をしているアプレ学生が殺人容疑で捕まった。仁侠弁護士探偵・俵岩男が事件の究明に乗り出す。真犯人は？　ある種の倒叙法探偵小説の白眉。没後五十年、待望の初文庫化。

蟇屋敷の殺人

甲賀三郎　41533-8

車から首なしの遺体が発見されるや、次々に殺人事件が。謎の美女、怪人物、化け物が配される中、探偵作家と警部が犯人を追う。秀逸なプロットが連続する傑作。

二十世紀鉄仮面

小栗虫太郎　41547-5

九州某所に幽閉された「鉄仮面」とは何者か、私立探偵法水麟太郎は、死の商人・瀬高十八郎から、彼を救い出せるのか。帝都に大流行したペストの陰の大陰謀が絡む、ペダンチック冒険ミステリ。

疑問の黒枠

小酒井不木　41566-6

差出人不明の謎の死亡広告を利用して、擬似生前葬と還暦祝いを企図した村井喜七郎は実際に死亡し……不木長篇最高傑作の初の文庫化。

海鰻荘奇談

香山滋　41578-9

ゴジラ原作者としても有名な、幻想・推理小説の名手・香山滋の傑作選。デビュー作「オラン・ペンデクの復讐」、第一回探偵作家クラブ新人賞受賞「海鰻荘奇談」他、怪奇絢爛全十編。

いつ殺される

楠田匡介　41584-0

公金を横領した役人の心中相手が死を迎えた病室に、幽霊が出るという。なにかと不審があらわになり、警察の捜査は北海道にまで及ぶ。事件の背後にあるものは……トリックとサスペンスの推理長篇。

人外魔境

小栗虫太郎　41586-4

暗黒大陸の「悪魔の尿溜」とは？　国際スパイ折竹孫七が活躍する、戦時下の秘境冒険ＳＦファンタジー。『黒死館殺人事件』の小栗虫太郎、もう一方の代表作。

日影丈吉傑作館

日影丈吉　41411-9

幻想、ミステリ、都市小説、台湾植民地もの…と、類い稀なユニークな作風で異彩を放った独自な作家の傑作決定版。「吉備津の釜」「東天紅」「ひこばえ」「泥汽車」など全13篇。

日影丈吉　幻影の城館

日影丈吉　41452-2

異色の幻想・ミステリ作家の傑作短編集。「変身」「匂う女」「異邦の人」「歩く木」「ふかい穴」「崩壊」「蟻の道」「冥府の犬」など、多様な読み味の全十一篇。

花嫁のさけび

泡坂妻夫　41577-2

映画スター・北岡早馬と再婚し幸福の絶頂にいた伊都子だが、北岡家の面々は謎の死を遂げた先妻・貴緒のことが忘れられない。そんな中殺人が起こり、さらに新たな死体が……傑作ミステリ復刊。

妖盗S79号

泡坂妻夫　41585-7

奇想天外な手口で華麗にお宝を盗む、神出鬼没の怪盗S79号。その正体、そして真の目的とは⁉　ユーモラスすぎる見事なトリックが光る傑作ミステリ、ようやく復刊！　北村薫氏、法月綸太郎氏推薦！

迷蝶の島

泡坂妻夫　41596-3

太平洋に漂うヨットの上から落とされた女、絶海の孤島に吊るされた男。一体、誰が誰を殺したのか……そもそもこれは夢か、現実か？　手記、関係者などの証言によって千変万化する事件の驚くべき真相とは？

鉄鎖殺人事件

浜尾四郎　41570-3

質屋の殺人現場に遺棄された、西郷隆盛の引き裂かれた肖像画群。その中に残された一枚は、死体の顔と酷似していた……元検事藤枝慎太郎が挑む、著者の本格探偵長篇代表作。

東京大学殺人事件

佐藤亜有子　41218-4

次々と殺害される東大出身のエリートたち。謎の名簿に名を連ねた彼らと、死んだ医学部教授の妻、娘の“秘められた関係”とは？　急逝した『ボディ・レンタル』の文藝賞作家が愛の狂気に迫る官能長篇！

『吾輩は猫である』殺人事件

奥泉光　41447-8

あの「猫」は生きていた?!　吾輩、ホームズ、ワトソン……苦沙弥先生殺害の謎を解くために猫たちの冒険が始まる。おなじみの迷亭、寒月、東風、さらには宿敵バスカビル家の狗も登場。超弩級ミステリー。

最後のトリック

深水黎一郎　41318-1

ラストに驚愕！　犯人はこの本の《読者全員》！　アイディア料は２億円。スランプ中の作家に、謎の男が「命と引き換えにしても惜しくない」と切実に訴えた、ミステリー界究極のトリックとは⁉

花《はな》窗《まど》玻《は》璃《り》　天使たちの殺意

深水黎一郎　41405-8

仏・ランス大聖堂から男が転落、地上80mの塔は密室で警察は自殺と断定。だが半年後、再び死体が！　鍵は教会内の有名なステンドグラス…。これぞミステリー！　『最後のトリック』著者の文庫最新作。

屍者の帝国

伊藤計劃／円城塔　41325-9

屍者化の技術が全世界に拡散した一九世紀末、英国秘密諜報員ジョン・Ｈ・ワトソンの冒険がいま始まる。天才・伊藤計劃の未完の絶筆を盟友・円城塔が完成させた超話題作。日本ＳＦ大賞特別賞、星雲賞受賞。

葬送学者R. I. P.

吉川英梨　41569-7

“葬式マニアの美人助手＆柳田國男信者の落ちぶれ教授”のインテリコンビ（恋愛偏差値０）が葬送儀礼への愛で事件を解決⁉　新感覚の“お葬式”ミステリー‼

がらくた少女と人喰い煙突

矢樹純　41563-5

立ち入る人数も管理された瀬戸内海の孤島で陰惨な連続殺人事件が起こる。ゴミ収集癖のある《強迫性貯蔵症》の美少女と、他人の秘密を覗かずにはいられない《盗視症》の主人公が織りなす本格ミステリー。

戦力外捜査官　姫デカ・海月千波

似鳥鶏　41248-1

警視庁捜査一課、配属たった２日で戦力外通告⁉　連続放火、女子大学院生殺人、消えた大量の毒ガス兵器……推理だけは超一流のドジっ娘メガネ美少女警部とお守役の設楽刑事の凸凹コンビが難事件に挑む！

河出文庫

神様の値段　戦力外捜査官

似鳥鶏　41353-2

捜査一課の凸凹コンビがふたたび登場！　新興宗教団体がたくらむ“ハルマゲドン”。妹を人質にとられた設楽と海月は、仕組まれ最悪のテロを防ぐことができるか⁉　連ドラ化された人気シリーズ第二弾！

ゼロの日に叫ぶ　戦力外捜査官

似鳥鶏　41560-4

都内の暴力団が何者かに殲滅され、偶然居合わせた刑事二人も重傷を負う事件が発生。警視庁の威信をかけた捜査が進む裏で、東京中をパニックに陥れる計画が進められていた――人気シリーズ第三弾、文庫化！

世界が終わる街　戦力外捜査官

似鳥鶏　41561-1

前代未聞のテロを起こし、解散に追い込まれたカルト教団・宇宙神瞳会。教団名を変え穏健派に転じたはずが、一部の信者は〈エデン〉へ行くための聖戦＝同時多発テロを計画していた……人気シリーズ第４弾！

推理小説

秦建日子　40776-0

出版社に届いた「推理小説・上巻」という原稿。そこには殺人事件の詳細と予告、そして「事件を防ぎたければ、続きを入札せよ」という前代未聞の要求が……ＦＮＳ系連続ドラマ「アンフェア」原作！

アンフェアな月

秦建日子　40904-7

赤ん坊が誘拐された。錯乱状態の母親、奇妙な誘拐犯、迷走する捜査。そんな中、山から掘り出されたものは？　ベストセラー『推理小説』（ドラマ「アンフェア」原作）に続く刑事・雪平夏見シリーズ第二弾！

殺してもいい命

秦建日子　41095-1

胸にアイスピックを突き立てられた男の口には、「殺人ビジネス、始めます」というチラシが突っ込まれていた。殺された男の名は……刑事・雪平夏見シリーズ第三弾、最も哀切な事件が幕を開ける！